當太陽墜毀在哈因沙山

朱和之

【出版緣起】

重拾記憶，再現歷史殘頁

國家文化藝術基金會董事長　林淇瀁（向陽）

一九四五年八月，日本宣布戰敗投降。九月，美軍B-24轟炸機「清算者號」在三叉山東北方，因颱風墜毀，機上二十五人全數罹難。當時的台東廳關山郡，派出兩隊搜救隊員九十七人上山搜救，不幸遭遇第二個颱風襲擊，有二十六名搜救隊員犧牲。在這次空難加山難的罹難者中，包含來自美國、澳洲、荷蘭等國戰俘，以及日本、阿美族、平埔族、布農族等各族群。事過境遷，這樁湮滅在荒煙蔓草的歷史事件，因為一九七〇世代小說家甘耀明與朱和之的關注，終於透過他們的小說重現於二十一世紀的今天。

二〇一八年九月，甘耀明與朱和之不約而同以三叉山（舊稱哈因沙山）為主題，申請國藝會「長篇小說創作發表專案」。兩人憑藉各自獨特的寫作風格獲得計畫補助。甘耀明《成為真正的人》（原計畫名稱「夏末來的清算者」）於二〇二一年結案、出版，贏得多項文學大獎。朱和之《當太陽墜毀在哈因沙山》（原計畫名稱「三叉山上的終戰」）於二〇二二年結案，並於二〇二三年榮獲「全球華文文學星雲獎」長篇歷史小說類首獎。二〇二四年付梓上市，未達半年，已將二刷。國藝會能從旁支持《成為真正的人》、《當太陽墜毀在哈因沙山》兩部優質作品出版，與有榮焉。

朱和之畢業於政大廣電系，二〇二二年受邀參加美國愛荷華國際寫作計畫。他以細膩的文筆和對歷史、文化的深刻描繪聞名，囊括三座百萬小說大獎。二〇一六年以《樂土》獲得「全球華文文學星雲獎」歷史小說首獎，二〇二三年再度以《當太陽墜毀在哈因沙山》獲得同一獎項首獎，二〇二〇年也曾以《南光》獲得羅曼・羅蘭百萬小說賞。他的作品結合真實歷史事件與個人想像，擅長透過多元視角，探討各族群文化與身分認同，這本《當太陽墜毀在哈因沙山》延續他的創作關懷，以台東霧鹿地區為背景，橫跨日治與戰後初期，透過三位主要角色：漢人潘明坤、日警城戶八十八、布農族人海朔兒的視角，重現各族群在霧鹿的共存與發展，也深刻寫出了災難當頭時，人性的堅韌與脆弱。

《當太陽墜毀在哈因沙山》是國藝會「長篇小說創作發表專案」出版的第五十一本作品，另俱意義。五十在婚姻中象徵金婚，代表愛情與忠誠的持久；在企業或組織中，代表穩定與成就；在《聖經》中象徵禧年，代表重生與自由。五十一則象徵在穩定中向前邁進，持續開創新的意義。期許朱和之繼續創作動人的小說，也期許專案在固有機制中保持彈性、靈活推動，成為支持作家創作的後盾。最後，也要感謝長年贊助本專案的和碩聯合科技公司，期盼更多企業加入贊助，支持台灣文學，樹立文化典範。

目錄

楔子

當那股香氣悄悄瀰漫進關山庄時，人們並未立刻察覺。

那不是凡間的氣息，幽幽隱隱，清雅高貴，只應該是天上神明渾身散發的淡淡芳芬，但奇怪的是其中卻又突兀地摻雜著火燎焦灼。

每個人都正忙碌著，庄內從戰爭末期的沉悶蕭條裡乍然活轉回來，家家戶戶都有做不完的事。驛前商會人潮洶湧，像摔散一包原本是管制品的砂糖般瞬間吸來整窩螞蟻，不由分說搬走各種剛送到的貨物，有時候連綑紮的繩子都還沒拆就急著要貨。

人們累壞了，卻又都亢奮不已。身體裡兩種力量在交戰，想狠狠睡一覺但躺在床上卻輾轉難眠，想狼吞虎嚥卻總是消化不良，想狂聲放歌但喉嚨已忘了如何歡唱。

終於，人們感受到有些不尋常，轉過脖子張望像群多疑的貓，但察覺不出所以然。低下頭繼續手邊的事，又分明有某種氣息籠罩全身，四周空氣也都被翳上一層厚實的質地，隱約暗示著有事情正要發生。

人們發現自己正在抽鼻子，努力辨識空氣中的淡薄訊息。那氣味逐漸濃郁起來，過分甜鬱，同時夾藏著令人警戒的燻嗆。抬頭看時，街上已是人頭攢動。

難道是空襲失火？豔陽下人們面面相覷，不約而同猜測，又一起搖頭，說戰爭已經結束好幾天了。確實最近敵機都沒有再出現，也沒聽到空襲警報的蜂鳴聲和召集青年團救火的急促鐘聲。然而誰知道呢？戰爭畢竟是這麼不講理的事情，聽說有日本軍官不甘心，揚言二十萬臺灣軍完好無缺，要徹底抗戰玉碎，會不會是真的又打起來了？

風有一搭沒一搭地撥著落葉，發出乾枯而斷續的搔刮聲，寥寥落落。人群裡心思細密的留意到這騷動，會想起秋天來了，天氣還是很熱但時序確實已經入秋，對啊，明天都中元了，往昔這是最熱鬧的時候。風忽然使勁猛颳，滿地嘩啦嘩啦亂響，四周樹木也吶喊助陣，那氣味瞬間變得無比清晰，卻也令人更加感到複雜而疑惑。

ひのき！有人喊道。

每個鼻子都朝向天空，抽動鼻翼嗅聞。是檜木的味道沒錯，但怎會飄得滿庄都是？是媽祖婆！一個老阿媽驚喜感動，雙手合十說，今天媽祖金身要回駕返庄，這一定是婆的神靈到了！

不，還是很像火燒厝。幾個年輕人向氣味的來源拔腿狂奔，沒幾步路到了庄尾，就看見山邊里壠神社的方向熱氣蒸騰。大家奮力跑上一段緩坡，筆直參道盡頭的神社本殿果然正在熊熊燃燒，嗶剝有聲，四面八方撲送出濃嗆的檜木氣味。

本殿前面聚集大群穿著正裝的日本人，由宮司領頭，從關山郡守、關山庄長、三名警部以下，郡內所有頭面人物都到得齊全，也有許多日本婦女和服盛裝，好像葬禮似的肅穆落寞。這麼稀奇，自從米軍開始空襲之後，官員和警察怕被當成掃射目標，一概穿著便服出勤，連日本人最重視的體面都不要，已經很久沒有這種盛大場面。

漢人們站得遠遠看熱鬧，也不避諱日本人聽見，反覆議論，說阿本仔降伏以後，怕他們的神明被臺灣人報復破壞，或遭到即將要來的中國人褻瀆，寧可自己先把神社撤銷。稍早舉行過昇神之儀，把御靈代上的神明請回天上，然後將本殿燒掉。

幹伊娘，咱臺灣人才不像他們那麼敢死，神明都收去燒！

眾人想起幾年前兩百多尊神明被強制集中在臺東街海山寺焚燒，說什麼要讓寺廟神昇天，無論媽祖婆、上帝公或元帥爺都被日本警察粗暴地潑上煤油燒掉，相較之下，現在日本人還能用莊嚴的儀式送神，太便宜他們了。

報應！有人看得解恨，眼中流動快感。也有人雖然討厭日本人，但看到這般落魄光景也有幾分唏噓。一人肆無忌憚笑說，剛才送神上天的時候，宮司發出喔——的呼聲，音調一直拔高上去，我還以為是空襲警報呢！

喔——喔——

他怪腔怪調大聲模仿。

火勢愈發盛大，薰香與焦嗆更加濃烈，翻翻滾滾的熱氣逼得後方山巒躁動扭曲不已。隨著蒸騰的煙霧，那些讓人始終搞不清楚究竟是什麼神靈的大國魂命、大己貴命和少彥名命全都飛昇而去，永遠離開這片土地。人們雖然看不見那些神靈，但確實在瞬間感受到肩頸上忽然一鬆，某種重壓跟著熱氣飛走了。

本殿完全沐浴在火光之中，不辨形影。關山郡守似乎不忍再看，深深鞠了一躬，轉身而去，參禮眾人也陸續鞠躬散去。

忽然劈里啪啦一陣爆響，彷彿機槍掃射，所有人都熟練地縮起身體閃避，又立刻意識到那並非槍聲，質地輕盈太多，而且帶著某種歡快情緒，那是已經好久不曾聽到的，被總督府禁止施放的鞭炮聲。

神社旁邊的小徑上，一道嗩吶聲破空而出，那樣張揚高亢，那樣堂皇直率。緊接著鑼鼓齊響，竟是一列陣頭和神駕昂揚而過，氣派的鑾轎上端坐媽祖金身——那本該是被日本警察下令「整理」銷毀的神像，卻被人們偷偷藏起來，直到今天才聖駕歸返，前面甚至還有七爺、八爺兩尊大型神偶大搖大擺開路。

日本人看得目瞪口呆，完全不曾預知漢人在背地裡計畫了這一切，也無法想像這麼齊全的陣頭道具是從哪裡變出來的。

婆回來了！漢人們蜂擁離開神社，歡天喜地加入陣頭行列。鞭炮沿路施放不停，火光、爆響和硫磺硝煙的氣味將神明御路上的魑魅魍魎盡皆驅逐，並把平安福慧帶回關山庄的每個角落。

家家戶戶門口擺出供桌，焚香燒金，拿出所有食物供奉祭拜。戰爭期間連半兩也求之不得的豬肉被大塊大塊擺上來，短缺已久的白米成包堆疊，還有雞鴨魚羊、酒盞果物，潮水般氾濫在街道上。

從神社奉燒式回來的日本人恍如隔世，彷彿誤闖進一條支那街，完全無法理解這些東西平常都藏在哪裡，怎麼躲過警察每日嚴密搜索？小東西也就算了，豬和羊那麼大的動物，還要餵食，到底怎麼辦到的？

但真正最讓他們震驚的是庄民們的樣貌，原本灰撲暗沉的國民服不見蹤影，全都換上鮮豔的臺灣人衣裳。人人滿臉明亮，對著神駕虔誠祭拜，一轉過頭便哄然歡笑。什麼謹身奉公、堅忍持久的皇民規範完全消散無蹤，而那種彷彿打從娘胎就帶來的慵懶順從也都一掃而空。

濃重的鞭炮硝煙極度刺激著日本人的感覺神經，那是他們曾經賤斥為粗鄙、野蠻而必須禁絕的味道，如今鑽入全身毛孔，嚴正地宣告他們就是那些要被驅趕的鬼怪。

在寺廟整理下被納入本願寺系統的關山寺瞬間恢復成天后宮，從肅穆冷傲的日本佛寺還原為熱鬧的臺灣廟宇，任由人們自在出入。廟埕上不知何時架好戲臺演起布袋戲，北管鑼鼓弦吹使勁奏演，圍觀人群看得嘴巴開開，跟著劇情鼓掌叫好。

空氣中焦嗆的味道已經消失了——人們是這麼記得的，整個庄頭沉浸在純然的檜木清香裡，而媽祖神駕乘著一片祥瑞薰芳緩緩通過街道，回鑾安座，重放神光。

入夜之際，家家戶戶在門口燒金紙燃成一盆盆火堆，屋簷下掛起一盞盞燈籠，上頭寫著陰光普照，供桌上換過一批普度供品，熱情招待被冷落許久的孤魂野鬼們前來享用。整條街道火光連綿，橙紅幽影搖曳跳動，照亮了多年燈火管制下的漫長黑夜。

這樣的事情有可能發生過嗎？人們在往後三、四年裡反覆回憶、吹噓並且爭論不休。有人說媽祖坐的不是鑾轎而是臨時編紮的竹轎，也有人說媽祖沒有坐轎而是他親手捧在懷裡請回來的，有人則說當時不可能有七爺八爺的大仙尪仔，甚至有人說媽祖回鑾安座跟日本人燒神社根本就不在同一天……但關於這天的事情像是一場大家同時闖入的奇妙夢境，每個人都有只屬於自己的記憶痕跡，無法辨別究竟是真是假。

第一章 潘明坤

潘明坤趁夜色鑽進里壠商會後院的防空壕，偷偷埋藏自家神主牌。

白天看還不覺得，晚上暗漠漠，才發現防空壕真像墳墓。日本人做過實驗，說拱狀壕頂能提供最大的爆破抵抗力，提高生存率，但是加上覆土植草偽裝，看起來立刻變成一座大墓，門口阻擋爆風的水泥牆就是墓碑。

太平洋戰爭開打時，防空壕需求大增，挖掘業者漫天開價，還不一定請得到。里壠商會頭家林金堂透過人脈拜託，優先挖了這座深達四點五公尺的標準防空壕，覆土格外厚實堅固。倒是沒有想到，有一天這裡會變成明坤偷埋神主牌的地方。

明坤點著一根蠟燭走下階梯，彷彿走向陰間，不由得放慢腳步。他忽然聽見壕外好像有什麼動靜，緊張地吹滅燭火，瞬間陷入無邊黑暗。這下進退兩難，洞內一片幽冥，迴盪著可疑氣流聲，陰風慘慘，令人全身起雞母皮。但外界也不安全，若是被日本警察發現，神主牌遭到沒收燒毀，那他的罪過就大了。

他聽著自己粗重的呼吸聲，確定外面沒有動靜，摸索出火柴重新點燃蠟燭。嚓的一聲好響亮，硝煙味濃重到會驚動整個庄頭，但這是鬼魂討厭的味道，頓時削減了來自黑暗的威脅。

燭光幽微，磚塊縫隙被刻得好深又不住搖晃。卻是在如此微光中，明坤頭一次仔細端詳防空壕內情景，如同在看自己百年後的歸所。

他輕手輕腳，盡量不發出聲響地挖掘，當小鏟子碰到石塊就用手去掰，一下就弄得滿頭大汗。

不知怎麼，小心翼翼跪地挖土時，他想起人生中最初的記憶。

那是他四歲的時候，在阿母家的佛公廳跪著，手裡被塞了三炷香。阿公在他身旁祝禱，向神明和潘家列祖列宗報告，從現在開始，明坤仔從姓張改為姓潘，是我們潘家的長孫了，將來繼承潘家香火，請神明和祖先保庇他平安健康，乖乖勢大漢。

對祖先拜拜，阿母說。小明坤學著大人使勁上下搖晃香炷，連連鞠躬，接著大人把香取走，安插在香爐裡。他並不理解這一切的意義，只是興味盎然地觀看灰白色香煙不斷往上飄升，從燒紅的香頭上噴湧得那麼快，又忽然頓下來矯健迴繞，然後平平四散開去，像是某種瞬息開謝、即生即死的活物。

以後你就叫潘明坤，不是張明坤了，知道嗎？阿公慎重交代，小明坤懵懵懂懂點頭。末了阿公卸下心頭重擔說，這樣以後就有人替我捧斗了。

說來奇妙，往後初一、十五拜祖先，阿公跋桮問祖先吃飽了沒，經常連連得到陰桮，說還未，換成小明坤來跋卻都一下就得到聖桮，阿公總愛笑說這是祖先疼孫，家有男兒萬事足。

稍微懂事一點他才明白，阿母是和多桑離婚回家的。那時阿貴舅舅死了，阿公找多桑商量，想讓明坤過繼給阿貴傳續潘家香火，多桑倨傲回絕，不歡而散。原本感情就差的父母趁勢大吵了幾架，阿母帶著姊姊和自己回阿公家，從此他變成潘明坤。

他對於在多桑家的幼年生活完全沒有印象，但人是認得的。他不喜歡多桑，每次這位穿著巡查補制服的男人出現就代表一場激烈而無意義的爭吵。多桑經常藉口到家裡來執行官廳命令，一下子確認清潔衛生，一下子宣傳國民精神總動員，或者到處翻找有沒有違法的闇市商品。連小明坤都看出來，多桑只是故意勾纏，宣示他作為明坤父親的身分，並且宣洩對前妻離異的不滿。

「看到多桑不會叫啊，你阿母是怎樣教你的？」張阿土總是劈頭對著明坤教訓。

「我們家跟你已經沒關係了，你別一天到晚來亂。」阿母看到他就厭煩。

「爸仔囝就是爸仔囝，就算坤仔改了姓還是得叫我一聲多桑！」張阿土和阿母吵了半天，照例都會搬出這句，「反正大家遲早都要改日本名，姓張姓潘改來改去，了然啦！」

「若是這樣，當初你幹嘛不讓坤仔改姓潘？」

「那是兩回事，我張阿土的兒子當然要跟我姓，就算我改日本姓，我兒子也要跟著我改！」

「連祖宗都可以拋棄，沒天良！」阿母最後都會朝著張阿土揚長而去的背影罵道，「你要做四隻腳的自己去做，別把我們牽拖作伙。」

不久之後阿母再婚，招贅繼父郭在進門，明坤叫他「阿叔」。那是個像貓一般的男人，白天總是在某個地方曬太陽睡覺，對外界任何譏諷或斥罵充耳不聞，連張阿土都拿他沒辦法。然而一到晚上精神就來了，即使在戰爭最激烈、物資最缺乏的時候，也總是能從不知什麼地方變出一小瓶酒來，喝了便極其豪爽地笑，露骨地拉著阿母親熱。

明坤稍微長大一點之後曾問阿母為什麼要嫁給這樣沒用的男人？

「女人總要有個歸宿，否則死後沒有神主牌仔可以去，只能當孤魂野鬼。」阿母理所當然說。

「但是阿叔是招贅進來的。」

「招進來他就是咱潘家的人，我也就有歸宿了。」

明坤不懂，阿母自己姓潘，死後卻不能成為潘家祖先，得招贅一個沒有潘姓血緣的丈夫，才有資格歸入自家神主牌仔。當然他很快明白這是因為只有男人能承繼香火，那怕阿母萬分能幹，整個家都是她在撐持，而阿叔再怎麼散仙，阿母還是得靠他才算有歸宿。

「你阿叔也有他的好處。」阿母說，「總是笑面笑面，念他也不會回嘴，相伴比較輕鬆。不像你那個多桑喔，講起來就讓人一肚子火……」

阿母充滿幹勁，又有股不服輸的倔強氣，日子再清苦也都能撐過去。唯獨她愛賭四色牌，輸多贏少，家境始終無法改善。後來阿母生養太多孩子，實在應付不來，等明坤讀到公學校三年級就叫他輟學去幫人放牛放羊或帶鴨子去池邊吃草，再大一點以後開始搬貨做粗工，賺錢貼補家用，拉拔弟妹長大。

幾年後阿公病了，勢頭兇猛，一倒下就再也離不了眠床。阿公反覆叨念，慶幸自己有先見之明，收回明坤這個長孫幫他捧斗，臨終時特地把他喚到跟前，氣若游絲地交代要良早娶妻，多生幾個兒子把潘家香火傳下去。明坤得把耳朵貼著阿公嘴邊才勉強聽得清楚，阿母則在一旁反覆答應，會啦會啦，阿爸你放心啦。

明坤十九歲時，長輩們商量讓他娶姊姊的小姑，也就是姊夫的小妹劉滿，所謂姑換嫂，親上加親。但他覺得自己太窮，學歷又低，怕以後在岳家抬不起頭來，遲遲沒有回答。

某天明坤偶然在路上遇到多桑，想迴避已來不及，看到張阿土向他招手，只好過去。

「跟你講一個新聞，實在很笑詼。」張阿土擺出一貫的萬事通姿態說，里壠商會頭家林金堂的太太最近一直生病，看庄內的兩光公醫看不好，去鹿野請神田先生看也看不好，從天后宮求香灰來吃也沒用，後來他早夭的女兒紅緞來託夢討婚，才知道是這個原因——未嫁女兒死後不能歸入自家神主牌，只能變成無主孤娘，所以年紀到了常會討婚。當然這並非吉祥光彩的事，所以女家都會備一份大禮給願意迎娶的「姑爺」。

「林仔正在找對象，若是找不到，可能就得用老辦法丟個紅包在路頭，看誰貪心手賤去撿了，你要小心別亂撿東西啊。」

「那個紅包會很大嗎？」明坤問。

「林仔是咱關山庄最有錢的人，他包的紅包，絕對夠人另外娶個活的新娘還有剩！」

「多桑，我甘願娶那塊神主牌！可不可以請多桑替我出面？」明坤平常並不想跟張阿土多有牽扯，但聽到這個新聞毫不猶豫衝口就說。他年輕鐵齒，根本不怕忌諱，而且恨透了貧窮的鬱卒厭氣，連結婚都不敢，眼前掉下一個大紅包，不拿白不拿。

「本気か？」張阿土狐疑地打量他，盤算道，「我看你條件也是真剛好，娶那塊神主牌仔，不只是賺一個紅包爾爾，以後就跟他們林家有關係了。你若是有認真，我替你出面去講。」

「多桑，我是認真的！」

張阿土似笑非笑說，「事成的話，媒人的禮數我還是要拿喔。」

等多桑走遠，明坤滿腔衝動退去才感到有些不安，自己真的要娶一個女鬼為妻嗎？後來他才想起自己其實曾看過林紅緞，那是少年時去里壠商會搬貨打零工，偶然看見一個女孩子，只覺異常白皙，不愧是生意人的千金，並非窮人家小孩可比。

雖然她身形單薄還未發育，少年明坤心裡卻浮出一個念頭，不知將來能否娶到像這款的女孩子？當然這只是妄想，自己不可能高攀得上，不久後卻聽說她忽然亡故了，明坤很快就忘記世上曾有這個人。

張阿土果真立刻開始活動，林家那邊跑了幾趟之後談成了，劉家這邊卻當然不歡喜，如此一來劉滿等於嫁做細姨，還要認一個女鬼當大房大姊，差點翻臉。

阿母認定一切都是張阿土亂出主意，打壞兒子好事，氣得尋上門去吵架。張阿土好整以暇拿出一紙半仙精批的明坤八字，說兒子命有兩妻，若不先娶冥妻恐怕對活妻不利。阿母質疑張阿土從來不記得兒子生辰月日，又是怎麼批的八字？張阿土竊笑說那半仙違反攤販管理規則被他抓過好幾次，八字要怎麼批就怎麼批，事到如今，有個說法顧全大家面子就行了。

最後潘家請能言善道的媒人好說歹說，畢竟是現成有一大筆安家費這點，終於讓劉家點頭。

日子算好，跋桮得到紅緞同意，明坤便先迎娶冥妻。當天凌晨四點，明坤身穿新作的西裝，戴著一副黑手套，率領一頂黑轎準時抵達林家。屋內燈火通明，燭光高燒，十足辦喜事模樣，卻又安靜得詭異。

至此明坤才初次和林金堂正式照面，他按照多桑吩咐叫對方「阿爸」，林金堂點點頭不作聲，嚴肅地端詳了他一眼，領他進門。

明坤心臟怦怦亂跳，耳鼓直響，沒想到這麼緊張。他牢記阿母說的，一切當作喜事來辦，想讓冥妻歡喜，自己得先歡喜。然而他一進門卻差點沒被嚇得滲尿，只見神明桌前的紅花梨木椅上擺著一個紙紮小人，身穿潔白洋式新娘裝，頭戴白紗，面容竟像活人似的，笑得無比燦爛。

他事前被告知會有這仙紙人，紅緞的神主牌就放在裡面，但沒有想到這麼肖真。那張臉眼熟得有點蹊蹺，斟酌細看，竟是剛竄紅的電影明星李香蘭，原來是從廣告畫報上剪下來的，怪不得如此生動。

他看過庄上多少嫁娶熱鬧，新娘子必須表現羞怯，「歹勢歹勢」，倘若不經意露出那怕只是些微笑意，都會被人批評不端莊。但冥妻人偶卻用上這張奔放爛漫笑顏，滿心歡喜，墨黑媚眼直勾著他的魂魄，頓時好像褲襠上被人挑逗地摸了一把，不自覺縮起身子。

明坤不斷告訴自己，這是喜事，要讓冥妻歡喜，她會保佑我平安順利大賺錢。他心想這是我自己選的，沒什麼好怕，深吸一口氣鼓勇上前，接過七支香祝禱，誓言將來會好好祭祀紅緞，讓她有個安穩歸宿，請她保佑大家平安順利。

林金堂十歲的兒子茂榮捧起一個盤子交給明坤，上面有一個香爐，討吉利的煤炭、大蔥和香菸等物，還有非常顯眼的厚厚一疊大紅包。明坤一接過來就像吞了定心丸，腳也不抖了。

茂榮捧起冥妻人偶作勢向父母拜別，林金堂接過人偶交給明坤，慎重地說：「我把紅緞交給你，以後她就是你的人了。」

林金堂遞過來時人偶傾斜，像是要奔進他的懷抱。明坤將人偶牢牢捧住，小心地請上黑轎，毫不回頭地離開林家。

黑轎默默在幽闃的街道上行進，黎明前萬籟俱寂，也沒有鞭炮和鼓吹，只有轎身晃蕩時的木頭嘎吱作響，還有轎夫克制的喘息聲。明坤抬頭看到滿天星光，月亮不見蹤影，那人偶俏媚的眼神清晰地浮現腦中，揮之不去。他忽然信心百倍，覺得自己會有成功的一生。

冥妻迎回家後，舉行喜宴，只邀自己家人辦了一桌。接著將人偶燒化，她的容顏捲曲扭動，帶著盈盈笑意化入火中，也化入明坤心裡。紅緞的神主牌供奉在祖先公媽旁，等一年後合爐。

幾天之後明坤和劉滿結婚，禮數周到，擺開排場給足女方面子，畢竟讓劉家無話可說。

明坤覺得自己很幸運，因為沒過多久皇民化運動嚴格推行，這些迷信舊俗一概都不能再辦。

而沒有這場冥婚，他的人生整個都會不一樣。

婚後潘明坤到里壠商會工作，林金堂先派他搬貨送貨，看他聰明幹練，應對大方，有空閒時就教他寫字、簿記和日語，漸漸讓他代班站櫃檯，但始終維持著若即若離的關係，也絕口不提紅緞和冥婚的事。明坤非常敏銳，從不敢以姑爺自居，保持著介於遠親和店員的曖昧分際。

關山庄上只有兩家臺灣人經營的雜貨商會，連日本人都在這裡採購日用品。庄內人口雖少，但因為是舊里壠支廳和升格後的關山郡役所所在，又是理蕃道路起點，往來旅客多，而出差的人都很願意買瓶酒或幾包菸當作消遣。

林金堂有個本事，只要到日本人家裡拜訪，一眼就能看出對方缺什麼，回頭立刻送來，很受好評。庄內的日本男人多是警察或文官，最在乎酒夠不夠喝，算準時間送一箱清酒或啤酒上門就能討得歡喜，等到過年時他們要買新衣新鞋自然會來光顧。至於那些日本婦女才是值得花心思經營的主顧，不只是柴米油鹽日用百貨，或者門松注連繩稻草蝦等節慶裝飾，還會購買利潤最高的各種化妝保養品。

明坤聰明又肯學，很快掌握訣竅，再換上襯衫和西裝褲，抹點髮油，立刻變得體面清爽又帶著三分時髦，在這鄉下的商會裡已經是很像樣的銷售員。每當婦女對著櫥櫃裡的商品面露遲疑之色，他都能從對方的穿著儀態掂出斤兩，俐落地取出對方最可能買下的那一瓶，無論是ヘチマコロン絲瓜水、クラブ美身乳液、レートフード乳白美容料、守田香水，還是各家廠牌的髮油，他都對其功效、特性和香味瞭如指掌，儼然美容專家。

推銷時，他熟練地套用廣告用語，請看這高尚的光澤、典雅的香氣、適當的黏濕度，使用起來非常舒爽愉快云云，總能立刻打動顧客的心。就算在戰爭愈趨激烈，強調節約、反對浪費和享樂的時節，他也能加油添醋活用廣告詞，提醒婦女務必做好肌膚防空，防備紫外線轟炸，請用最新產品在短短五分鐘內完成驚人的美容效果！

「唉呀呀，這麼伶俐的小哥，以前沒看過你呢。」不少女性客人說。

「我是老闆的親戚，剛到店裡幫忙，請多指教！」明坤總是得體地用日本禮數應答，同時心中暗笑，其實關山庄就這麼點大，很多客人他都看過，不外乎是某某巡查夫人或者郡役所庶務課的雇員，只是以前她們絕不會正眼去看街邊一個骯髒窮苦的臺灣人少年罷了，而現在這些婦人們卻都神情專注地聽他介紹女性保養品。

明坤甚至驚訝地發現，連一個曾經在公學校為細故狠狠抽打過他的女教師都沒認出他來。明坤故意推薦她一頂土氣得可笑的帽子，謊稱是東京正流行的款式，那教師試戴一番，對著鏡子左看右看之後竟也滿意地掏錢買下，客客氣氣向他道謝。

明坤踏進一個從來不曾想像的世界，日本人的，散發著近代味的，冒著啤酒泡沫的世界，並且彷彿和遠方的臺北、日本內地乃至西洋有了某種連結。

他忽然獲得林金堂的信任是因為一件緊急大事。那天傍晚林金堂從臺東街辦貨回來，神色嚴峻招手叫他出去，默默疾步來到天后宮。

林金堂吩咐廟公提早關上廟門，時值盛暑，廟宇曬了整天太陽，門扉吱歪一聲把風關在外面，立刻就變得十分悶熱。明坤不知道發生什麼事，但知道自己置身在一個重要時刻。

「日本人要來把神像收走了。」林金堂試著壓低聲音但仍掩不住激動地說，總督府頒布寺廟整理政策，臺東廳已經通令各郡徵收所有臺灣人的寺廟神，集中到臺東街燒掉。

「日本人那麼敢死，神明都敢燒？」明坤難以置信，空氣悶熱得像是四周已經堆放柴火燒起來了似的。

「我親眼看到臺東街的警察闖進幾間大廟把神明金身搬走，所以趕回來搶救。」林金堂說。

「我幹……」廟公想起在神前不可造次，硬生生把髒話吞下，恨恨地罵日本人喪盡天良，將來必受報應。

林金堂跪在神前說明原委，請求媽祖允許他把金身移動藏匿。然而他跋桮的時候卻一連擲出神意不許的陰桮，無論怎麼祝禱懇求都還是一樣。他有些急了，再三解釋日本人執意蠻幹，真的會把神明金身收去燒掉，請婆暫時委屈，讓弟子尋找妥當所在藏起來，將來時機適當再請婆回來鎮殿……

紅色半月形狀的筊桮在堅硬的石板地上喀啦作響，聲音迴盪在廟殿裡，卻始終堅定拒絕，即便換成廟公來請求也一樣。到後來，他們甚至可以感覺到筊桮猛然蓋在地上，透露出神明的怒意。

「看起來媽祖婆無論如何不肯向日本人退讓。」廟公無奈說。

「明坤，不然你來問。」林金堂把希望交給明坤。

明坤也沒主意，他無法想像廟裡沒有神明，變得空蕩蕩的樣子。於是他直率地說，「婆啊，日本人要消滅咱的神明，本來您是沒有退讓的道理，但大家都很需要您的庇蔭，請姑且念在眾生，暫時換個地方繼續護佑大家吧。至少大媽本尊讓我們保留起來，委屈二媽分身代為受難，請婆恩准！」

他雙手一放，兩枚筊桮彈跳了好幾下，發出格外清脆的聲音，三個人六隻眼睛緊緊盯著看，先是一枚落地陽面朝上，同時間另一枚則擱在神桌一支桌腳，變成立桮。

「婆恩准了！」林金堂讚賞地說，「請二媽挺身受難，守住神明的威嚴，明坤設想得很周全。」

廟公醒悟道，「如果所有神像都搬走，日本人來一尊都收不到也說不過去，只好委屈幾尊神明受難了。」

廟裡除了媽祖，還配祀著神農大帝、關聖帝君和其他神明，林金堂很快盤算一下，決定把幾尊比較古早靈驗的藏起來，留下幾尊敷衍日本警察。他向神明稟報，這次一擲就得到應允。

媽祖金身不小，藏在哪裡是個問題。里壠商會和日本人往來頻繁，並不適合藏匿，想來想去，最後決定放在里壠神社後山上的廢棄樟腦寮，那裡人跡罕至，又可遮風避雨。計議已定，三人便連夜把神像搬上山去。

幸虧他們動作快，過沒幾天，警察果然大陣仗闖進廟裡，蠻橫地把神像搬下來丟進麻袋裡帶走。聽說州內各郡、各庄廟宇的神像也都盡數被強行撤除。

臺東廳警務課刻意選在陽曆八月底，中元節當天宣告寺廟整理完成，在臺東街海山寺廟埕進行寺廟神升天燒卻。明坤和換帖兄弟阿財趕去看，從廳內各地前來的數千人從臺東驛前一路擠到海山寺，若是不明就裡，還以為日本人重新開放舉行廟會了。

他們勉強找到一棵還算有空的樹爬上去觀看，只見一個高階警官親自坐鎮，拄著配劍指揮手下從一個又一個麻袋中倒出各種神像，玉皇大帝、玄天上帝、王母娘娘、神農大帝、三山國王、元帥爺、土地公、各府王爺、將軍，最多的當然還是媽祖婆，總共兩百多尊。

神明們東倒西歪，王爺枕在娘娘腿上，將軍倒頭栽，彼此交疊不成體統，但就算即將遭逢屈辱，臉上都依然保持著尊貴威嚴。

明坤認出堆在頂上的一尊就是關山天后宮二媽，平時負責出巡或者到其他廟宇交陪，今日代替大媽本尊受難。

那名高階警官發表冗長訓話，說崇拜寺廟神是落後的迷信行為，而且拜拜向來過度鋪張浪費，阻礙本島人的精神與生活改善，此番寺廟整理，正可讓本島人改正信仰云云。但圍觀人們群情激動，交頭接耳嗡嗡擾擾，根本沒仔細聽。

高階警官說罷一揮手，警察們開始朝著神像堆潑灑煤油點燃，瞬間燒起熊熊大火。神明鬍鬚捲曲，衣袍皺縮，臉孔變得焦黑。圍觀人群像是同樣被燒著般哀哭起來，嘩啦跪成一片，合十痛心呼喊各自的神明尊號，婆啊！婆啊！上帝公啊！王爺啊！

火焰騰空而起，即便攀在外圍樹上，明坤也能感受到撲面熱風和煤油燃燒的臭味。他雙腿用力夾緊樹幹，騰出手猛拜，不住向神明痛悔道歉，而自己的心也好像隨著焦臭的黑煙翻翻滾滾，被燒掉一大塊。

寺廟整理之後緊接著是正廳改善，日本人不只要消滅廟裡的神明，連家家戶戶佛公廳上的祖先牌位也容不得。

壞消息照例是多桑張阿土帶來的，他領著保正像是要踢翻潘家門板似地搖擺進來，大肆嚷嚷。繼父郭在老遠聽到風聲早就溜得不見蹤影，只有阿母和明坤出來察看，劉滿和弟弟妹妹們則躲在後面偷聽。

「菩薩像要撤，神主牌要撤，整張神桌都要撤掉！」張阿土取出一張宣傳單，趾高氣昂說，

「照這個樣子布置神棚，奉祀神宮大麻（代表神體的木札），以後就專注敬拜天照大御神。」

「日本神我們會供奉，但能不能留著祖先一起拜？」阿母強忍不滿，試著商量。

「ダメ（不行）！正廳改善必須徹底執行，廟裡的神明都已經燒刧轉回天上了，一般家庭的佛公廳更要整理。你們要是不忍心，我可以幫忙撤除。」張阿土說著就伸手去抓神主牌位。

「稍等一下！」明坤拉住張阿土，「撤我們會撤，但請讓我們看個好日子，慎重拜別祖先，再請他們回去天上。」

張阿土回頭看了一眼，對他的舉動感到有些訝異。

「真拿你們沒辦法，事到如今還堅持這些沒意義的事。」張阿土把手甩開，「最多一週，下次來神棚就要布置好，神主牌也得燒掉，可別偷偷藏起來啊。」

「你自己真的把張家的公媽燒掉了嗎？」阿母不甘心地問。

「那當然。」張阿土理直氣壯說，「順便告訴你們，我已經申請改名，叫做長田種夫。時代不同了，從現在開始不下定決心做一個日本人不行！」

明坤心想，如果自己沒有改姓潘，現在也已經跟著多桑變成長田某某了。

他們看了個好日子，備辦格外豐盛的供品向祖先謝罪，由明坤將神主牌從神桌上撤下。這次他沒有跋桮詢問祖先意願，默默自己決定要把神主牌埋藏在里壠商會的防空壕裡。神主牌拿走以後，原本的位置上留下一圈香灰的痕跡，中間格外乾淨，也格外空蕩。

為防範張阿土檢查，明坤找來一副空白的神主牌，假裝慎重燒化埋在屋後。但張阿土並不是那麼細心的人，進來確認神棚已經設好，對布置方式隨口挑剔一番就走了。

回想間，明坤終於在防空壕地上挖了一尺多深，覺得應該夠了，而且這樣小心翼翼的作業格外使人勞累。於是他打開油布包，取出神主牌立在地上，端正跪好，雙手合十默禱。阿公阿媽，眾位祖先，子孫不孝，今日無奈要把神主牌埋在這裡，都怪日本人沒天良，不准我們再拜公媽，只能拜天照大神，還說公媽都要收去燒掉，才只好暫時埋起來，等將來有機會再把你們請出來好好祭拜，請祖先原諒！

他把神主牌放回油布裡打包，忽然想起紅緞的名字也已經寫在祖先牌位上，剛才竟忘了，趕緊重新取出神主牌立起，合十向她祝禱一番，這才包裹妥當擺進土坑掩埋。當他把土覆上時，心裡一陣刺痛，彷彿親手把祖先們的神魂打落陰間，犯著莫大的罪，又好像把自己的一部分也埋葬了。

明坤留意到蠟燭燒了一半，滴落許多蠟淚。他把燭火吹熄，讓自己置身黑暗，心想明天要來把地上的蠟仔細刮乾淨，不可留下痕跡。

「坤仔，你知道全臺灣最像日本的所在是哪裡嗎？」多桑張阿土問。

明坤十四歲身材抽高之後就開始到里壠商會打零工，尤其是每季一次的關山越嶺道輸送行列出發前，大量貨物整理搬運需要人手，他就會來幫忙。

他還記得那年第一次來搬貨，身材力氣還沒長足，又沒經驗不得要領，正累得像是一躺下就會化進土裡，多桑不知何時出現在一旁悠哉地看熱鬧，懷裡抱著跟再婚太太生的孩子，也就是明坤的異母弟，嘴裡唱著兒歌逗哄。

「臺灣最像日本的所在，就是有關山越嶺道首都之稱的霧鹿駐在所啊！」張阿土說。

明坤覺得多桑又在那裡膨風，而且自己正焦頭爛額，於是隨口應了句，「多桑去過霧鹿喔？」

「去是還沒有去，不過每次小林課長上山視察回來，都會連著好幾天霧鹿這樣霧鹿那樣，說好像回到內地的故鄉。」張阿土說得天花亂墜彷如親見，「霧鹿的房子啦，氣候啦，食物啦，全都跟內地一樣。對了，尤其是春天的時候，櫻花滿開，紅的紅，白的白，多美呢！」

明坤不由得停下來，徒勞地想像滿山遍野櫻花開放會是什麼樣子，多桑的描述讓他產生好奇，而他手上正在搬運的貨物就是要運到霧鹿去的。

每三個月，里壠商會就會派出五、六十名阿美族人背運物資到深山裡，幫霧鹿警察官吏駐在所附設的雜貨店補貨，是商會的一大例行業務。

從關山庄出發，建有一條關山越嶺警備道深入內山，穿過布農族領域的心臟地帶，沿途設有十幾個警察官吏駐在所控制原住民。這條道路最後翻過中央山脈通往高雄州的六龜，全程得走上十天，但由於蕃地禁止平地人進入，所以沒什麼人走過，當然也不知道究竟。

聽說山上都還是非常原始的生蕃，跟那些被遷移下山的布農族人不一樣。事實上關山庄或早先所稱里壠支廳，就是總督府為了「理蕃」而設立的新市街，庄內道路如同棋盤格般嚴整，居民也多從外地遷來，原本散居在此地的平埔族和阿美族則被迫移到外圍去。

明坤十一歲那年，關山越嶺道全線貫通，從此每一季都進行日用商品補充，委託里壠商會承辦，並由官方徵調阿美族人夫出勞役搬運，以便在山上平價供應商品。

這些阿美族人都很勇壯，三貫六百目（十三公斤半）的味噌樽或醬油樽一個人就可背起三、四個，還有光看就很重的玻璃瓶裝啤酒清酒，用麻繩綁成一綑一綑的，也是提得毫不費力。此外堆積如山的白米、食油、鹽巴、茶葉、罐頭、醃漬物、衣服鞋襪和各式雜貨，也都被他們放在背架上，用前額頂住頭帶一撐就站起來。

五、六十名壯漢背負起不可思議的重物，迤邐穿過街道，朝著神祕的蕃地進發，形成充滿遐想的奇景，總是吸引庄民們駐足觀看，成為這條街上定期大事。

桃太郎大人，桃太郎大人，你腰上掛著的黍米糰子，分給我一個吧。

分給你吃喔，分給你吃喔，只要跟著我去討伐惡鬼，就分給你吃喔……

張阿土搖晃著懷中嬰兒，唱起〈桃太郎〉，忽然自顧莞爾，「真笑詼，你看這個運送行列，也好像要去討伐鬼島呢。」

由於對蕃地抱著如此神祕的想像，幾年後當明坤獲得林金堂信任，受命出任運送擔當者的時候，興奮又緊張到好幾天睡不著覺。一般來說漢人絕少獲准進出蕃地，但太平洋戰爭開始之後，以往擔當運送的日本店員應召出征到南洋前線去了，林金堂一時沒有其他人選，剛好張阿土的警察背景讓明坤破例取得蕃地旅行許可，因此就把隊伍交給他。

那幾年，街上常舉辦出征遊行和勝利遊行，先是幾十支長條白布出征旗上寫著入伍者姓名，祝應召渡邊三郎君、祝出征城戶幸雄君，鋪排開來像是一片靈堂白幡。後來則是從郡役所屋頂垂下大布條標語，祝香港陷落、祝新加坡陷落，動員關山郡內包括池上和鹿野的居民學生都來慶祝，總是旗海亂舞歌聲飄揚，天黑了還提燈籠鬧到深夜，也沒人在乎燈火管制。

因此當越嶺道運送隊出發時，庄民們夾道觀看，明坤有種自己正要出征的錯覺，何況他要去的是一般人無法涉足的神祕禁地，不免有些飄飄然。

隊伍在猶帶寒意的春風中啟程，有三隻狗跟著牠們的阿美主人隨行，前前後後跑動探哨，興奮不已。阿美族人夫來自泉、雷公火和德高班寮等部落，各有領袖。其中特別的是雷公火頭目山元光夫和他的姪子，雙腳打著綁腿穿分趾鞋，上半身卻是一絲不苟的三件式西裝和紳士帽。他們不背重物，而是帶著木工用具。

「山上的房子一半是我蓋的。」山元對明坤說，「我每一季都會上山進行建物維護。」

山元是里壠商會的常客，裝扮時髦，並且是關山庄上少數擁有電唱機，會訂購曲盤的客人。明坤直到這次隊伍出發，聽見山元和人夫們對答如流，才意識到他是阿美族人。

離開街庄就是清寂郊野，負重前行的人夫並不交談，安安靜靜地前行。隊伍才過海端，當天路程還沒一半，輕裝的明坤已經有些吃力，而背負重物的阿美族人們雖然各個滿頭大汗，卻沒有半分勉強的感覺。

明坤提醒自己不要忘記林金堂交代的要點，所有貨物品名數量都要跟雜貨店老闆詳細核對，在此之外，有些特別注文訂購的商品，比如霧鹿監督警部補大人喜歡的赫爾梅斯威士忌要優先直接奉送到宿舍，也有幾位巡查部長會幫太太購買化妝品或幫孩子訂閱少年誌。

「對了，」林金堂說，「城戶八十八巡查部長指名要買熊本產的天妙香，跟別的香不一樣，要另外挑出來拿給他。」

城戶八十八？明坤心想這個名字真奇怪。

新武路溪遠遠繞著海端轉了九十度的大彎，從平原上驟然向山谷裡收束進去。谷口山腳下拉著一道廢棄的鐵絲網，是舊的隘勇線，據說很久以前還會通電防止蕃人闖下山。

道路沿著溪谷邊緣推進，一直到當晚過夜的新武路駐在所為止都可通行汽車，每天固定有一班車來收發公文信件，搭載公務乘客並補充生活物資。所以儘管溪床逐漸收窄，兩邊山丘也越來越高，感覺跟外界並沒有兩樣。

但隔天離開駐在所往上，氣氛就完全不同了。

這天路程遙遠，天色微亮就得啟程。新武路駐在所派了一名巡查和一名警手荷槍實彈押送，沿途經過的駐在所都會派人輪替，直到霧鹿。

不久之後他們走上大崙溪鐵線橋，只見吊索和橋面延伸到遠方的朦朧中，底下水聲漉漉，兩條溪流分頭從群山中奔來，在橋下匯流沖積出大片灰白色礫灘，上面沒有任何植物可以生長。

天地玄黃，宇宙洪荒。明坤腦中浮出阿爸林金堂教他的千字文，覺得形容的就是這樣的地方吧。

隊伍相隔一定間距陸續進發，每個人夫連同背運的物資加起來都有上百公斤，每踩出一步橋面就微微下沉又彈起，越到中央晃動越烈。橋心距離水面三、四樓高，明坤停步俯瞰破碎的水花，凜冽谷風劈頭颳來，瞬間心頭一搖，趕緊抓著鐵線，定定心繼續上路。

過橋之後，越嶺道離開溪床沿著山勢腰繞，原本在耳邊縈繞不去的水聲忽然消失，變成森林簌簌作響，還有不知名怪鳥嘶啞的長聲啼叫。路面緩緩循坡而上，不設階梯，蜿蜒盤旋無止無盡。

明坤無法想像為什麼有人要住在這種地方。

午後天氣驟變，雲霧猝不及防湧上，將群山裹成白茫一片。隊伍毫不停滯前進，明坤發現前後都看不到其他人身影，天空和山谷都已不見。石頭草葉全都濕濡，渾身衣服鞋子也覆上細細的水珠。這是走進雲裡了啊，那不就等於走到天上了。他想。

儘管為了避免遭到伏擊，越嶺道兩旁二十公尺內的草木都被砍除，但雲霧將視野吞噬，白茫茫裡幽影幢幢，明坤腦中浮現幾個新聞紙上常見的用語，不逞的兇蕃，獰猛的獵首民族云云，不由得有些緊張起來。

雨變大了，明坤穿上雨衣，依然被冰冷雨水淋了滿頭滿臉，踩著草鞋的雙腳也整個濕掉。他氣喘吁吁走著，身軀越來越勞累，終於只能低頭關注腳前一兩步之地。

道路沿山纏繞，彎彎曲曲。轉過一道山壁時，明坤忽然和一雙眼睛相對，乍看以為是小狗但不是，耳朵招展抖動，眼睛下方延伸著深深的淚槽，好像很會哭的樣子。

那是一隻正在雨流溝裡喝水的山羌，倏然驚啼扭腰竄走，一下子就去得好遠。明坤嚇得定在原地，猛念阿彌陀佛，摸著脖子心想如果剛才是遭到襲擊，自己根本連怎麼死的都不知道。

明坤曾聽人說雲鎖四方的天氣是打獵的大好時機，濃霧會將人的形影和氣息掩蔽，讓動物難以察覺，果然他就在霧裡猝然和一頭山羌遭遇。雖然彼此對望只有短短一瞬，但那黑亮又幽深的眼睛卻像是帶著他通到某個無從想像的雲間遠處。

迷茫中，山間忽然響起蒼勁的歌聲，是某個阿美族人在唱。明坤平時聽慣阿美族歌謠中的 ho-hay-yan 和 way-yan 之類的音詞，但此時在山中濃霧裡，歌聲卻彷彿從遙遠的太古傳來，帶著完全不同質地。一時間，其他阿美族人也加入歌唱，音調高低呼應，靈動得像蝴蝶，雄渾得似洪流。

滿山雲氣倏地散去，眼前豁然開朗。只見山谷中一道道陡峭的稜線左右穿插，層層疊疊向遠方迤邐而去，險惡崩壁和茂密森林交織，而谷中幾縷殘霧悠悠依戀不去，天空蔚藍澄澈。

明坤彷彿穿過雲霧來到另一座山裡。

山中太陽落下得早，隊伍總算在日頭擦著山巔時抵達目的地，越嶺道穿出森林，前方是廣闊的河階臺地，彷彿漂浮在山嶺之間。斜陽下，萬物沐浴一片暖黃，格外鮮豔。

道旁有一尊地藏菩薩像，山元說，這裡被稱為霧鹿玄關，看見地藏菩薩就到霧鹿了。

道路循著臺地邊緣山腳前進，沿途出現一棟又一棟木造屋舍，等距相鄰，許多布農族人在門口駐足觀看。

這就是所謂的蕃社和生蕃人。明坤心中一凜，先是遠遠只看到一樁又一樁粗壯的小腿，然後才看到他們的面孔煥發著粗曠樸拙的氣魄，正待仔細觀察，一隻黑色土狗忽然衝上前來對他狂吠，尾巴像鐮刀般直豎著，逼得他停下腳步。

「呆姆！」一個布農少年低喝一聲，狗便順服地退後。明坤看那少年目光閃動著自然神采，額頭上有兩道胎記，就像剛才看到的山羌一樣。

「櫻花開了呀。」旁邊一個阿美族人道。

明坤抬頭時，前方緩坡高處一道石壘上花樹滿開，緋紅粉白，襯著青綠山色如煙似霧。嚴密守衛的石壘和鐵絲網裡面是規模龐大的霧鹿駐在所，號稱關山越嶺道東段首都，也是運送隊的目的地。走得更近之後，他會看到更多種在圍牆內的櫻花、桃子和梅樹。啊，這就是所謂的日本風情嗎？還是書上說的桃源鄉？總之都是明坤從未見過的景況。

五十多名阿美族人吆喝呼應，抖擻邁步，在最後一段路上排成壯觀行列。駐在所前人影攢動，喊著來了來了，日本小孩們衝出來迎接，興奮大叫，像山雀般開心地跳來跳去。終於到了！明坤從沒想過看到日本人會這麼高興。

•

明坤第一次夢見紅緞。

紅緞穿著大紅色衣裙，彷彿要出嫁那種紅，那是本就少見，戰時更不可能看到的醒目顏色。明坤並沒有看見紅緞的臉，但他知道就是她。他們默默坐在河邊，明坤的左肩挨著她圓潤的右肩。眼前不是卑南溪這種平時在灰色礫灘上細流潺潺，夏天暴雨後才突然變得泥流滾滾的荒溪，而是明坤不曾實際看過的寬闊長河，豐沛卻無聲地緩緩流動，水面平靜廣大，像一座湖，映著幽微天光。

剛結婚時，換帖兄弟阿財老是故意戲謔地問，聽說鬼妻會附身在活妻身上跟夫婿相好，而且特別風騷，讓人抵擋不了，你有遇過嗎？有遇過嗎？明坤總是叫阿財不要黑白講，其實心下也不無好奇，但從來沒有遇過什麼古怪，也沒夢見過紅緞，直到今天。

妳給我個兒子好不？明坤問。

紅緞沒有回答。

我必須幫潘家傳宗接代，生出兒子是我的本分。

紅緞輕聲一笑，逕自起身向河流走去，紅色裙擺微微飄動，形影美好，但直到最後都不曾轉過頭來讓他看見容貌。

明坤醒來，察覺下體硬得不像話。和紅緞相處的奇異感覺還殘留著，猶自迷茫在夢境和現實的邊界，然而睜開眼睛看到完全陌生的環境，立刻又陷入另一種不知置身何處的疑惑。

上方傳來細密而斷續的滴答聲，過了一會兒他才意識到那是雨點打在亞鉛浪板屋頂上。沁寒的空氣中夾著一股薰香，幽微晨光中勉強能看到屋內景況，木造斜屋頂，紙拉門，榻榻米。這是九州熊本的山村民家，不，是霧鹿駐在所的警察宿舍。明坤終於想起來，自己借住在城戶八十八巡查部長宿舍。

紙門另一邊已經有人活動的聲息，似乎可以聽到城戶低聲誦念。

明坤送貨時去過不少日本住家，跟臺灣人用厚重牆壁和木板門窗興建、室內總是幽幽暗暗的房子不同，日本住家門戶敞亮，狹窄的屋裡也只用薄薄的紙門區隔空間。他總覺得這樣的房子很沒有安全感，但實際住了一晚，倒也睡得安穩。

他稍一猶豫，緩緩拉開紙門，果然看到城戶跪坐在矮几前祝禱，一截天妙香已快燒完。

「早安。」明坤用敬語說。

「早。」城戶說。

城戶部長的太太春枝從後門的炊事場探頭說，「你起來啦，稍等一下，早飯就快好了。」

「好的！」明坤學著日本人元氣十足地答應。城戶夫婦待他親切自然，彷彿家人間日常相處多年。

昨天隊伍傍晚抵達霧鹿時，從霧鹿監視區監督以下所有人都在駐在所大門前迎接。不只孩子們興高采烈，連警察和夫人們也都衷心歡迎，對每個人夫都說一聲辛苦了。

明坤牢記林金堂的交代，首先把兩瓶赫爾梅斯威士忌送到警部補宿舍，然後把特別訂購的物品送到幾個警察住處，包括城戶要的天妙香。

第一次看到城戶時，他沒有戴警帽，方頭闊面，好像一個倒扣的銅缽，上面又戴著一副黑色圓框眼鏡。明坤心想，這就是日本人說的「一徹」老頑固會有的樣子吧。

「嚇我一跳。」城戶看到明坤卻是一愣，喃喃道好像，好像，接著回頭大聲呼喚妻子，「媽媽來看，這位新來的潘君長得好像幸雄啊。」

春枝來到玄關，「唉呀，是有那麼一點。」

城戶返回室內，拿出一張照片遞給明坤。天色昏暗，只能隱約看到相片上的人穿著海軍制服，乍看似乎確實與自己有幾分神似。

「鼻子比較像，」春枝歪著頭說，「其他倒還好。」

「明明就很像。」城戶手指在照片上點了又點。

春枝反駁道，「照片上臉那麼小，看不準啦。幸雄三年前才來的，你這麼快就忘了他長什麼樣子。」

「你幾歲？」城戶問。

「二十二。」

「跟幸雄只差一歲！」城戶殷勤地說，「小學校去年被颱風吹壞，到現在都還沒修好，搬運隊只能勉強在蕃童教育所過夜，太擁擠了。你今天就住我家吧，晚飯也在這吃。進來、進來！」

「啊……太好了，謝謝您。」明坤稍一遲疑便立刻接受。雖然初次見面就打擾人家未免太厚臉皮，但昨天晚上在新武路駐在所外露宿，半夜冷得睡不著，今天又淋了雨，實在累壞了，有像樣房子可住的誘惑難以拒絕。

城戶拆起天妙香的包裝，逕自脫鞋上榻榻米走到矮几前跪坐下來。這時屋內已經頗為幽暗，城戶在紙盒裡簌簌摸索，然後嚓的一聲，伴隨紅磷燃燒氣味的微小火光閃動，一根火柴照亮他粗糙的右手，也隱約打亮桌上供奉的小佛像。

他專注地點燃剛入手的線香，等香頭燃起微微紅光，便搖晃手腕把火柴熄滅，四周的一切再次遁入幽暗。

陌生的香味漫漶過來，明坤無法辨識其中的香料，只覺得是一種深沉的薰味，有點像某些上好的木料，或者漢藥鋪的氣息，但更優雅，稍停又慢慢透露出些許甜鬱。

城戶長跪不動，嘴裡似乎喃喃默念著什麼。明坤就地坐下，雖然只隱約看到城戶的背影，但卻能感覺到那銅缽般的臉孔倏然柔和下來，變成一團剛打好的麻糬。

明坤摸著榻榻米上一縷一縷突起的藺草，天色更暗了，外面人們的活動也沉寂下來，風把木頭窗櫺吹得空咚空咚，遠處山羌在吠叫，像幼犬的聲音。室內似乎很小，但感覺又跟戶外沒有太多隔絕。不知道現在幾點？

就是在這時候，明坤頭一次覺得自己彷彿身處在日本內地深山村落的屋舍裡。

「這是我們熊本的香。」春枝在明坤身邊坐下，深深領受著香薰，放鬆地說，「算不上高級品，不能跟大阪那邊的東西比，然而是我們故鄉的味道，一點起來就像是在熊本老家似的，甚至忘記身處蕃地。」

「原來如此。」

「多虧潘君把熊本的氣味送到這麼荒僻的深山來呀。」

晚餐的時候城戶點起煤油燈。這讓明坤想起小時候，那時關山庄剛剛通電力，但他們家用不起，晚上需要照明時都會點煤油燈，點亮瞬間會發出一陣焦臭味，過一下子就沒了，大家就湊著微弱燈光吃飯，而且一吃完飯就要趕快熄燈省油。

「我有三個兒子，幸雄、昭雄、嘉雄。」城戶自顧介紹起來，說昭雄在臺南念商業專門學校，三子嘉雄也在去年下山去讀臺東中學了。

「長子幸雄呢？」明坤問。

「他呀。」城戶夾菜的筷子頓了一頓，「他在海軍服役。」

「確實，他在照片上就是穿著海軍制服。」明坤忽然明白，城戶幾個兒子都下山了，也許正因此覺得寂寞吧。

「試試這個高菜，菜是自己種的，我太太用老家的方法醃漬，稱得上是霧鹿名物。」城戶夾了一大筷子高菜漬放進明坤碗裡。

「菜是部長種的啊？」

「是啊，這就是我們霧鹿族的生活。」

往後明坤經常聽到霧鹿族這個說法，這裡的日本人都這樣自稱。而明坤會發現，他們確實跟平地的日本人過著很不一樣的生活。

「這樣說來，山中生活是怎樣的呢？」明坤問。

「蕃地生活雖然簡單清苦，但實際待久了，會感到獨特的魅力，讓人不想下山呢，哈哈哈。」城戶說。

「那是你還沒開始風濕痛才這樣說，我可受不了。」春枝不留顏面地說。

飯後不久，一名警手來報告說警部補已經入浴完了，輪到他們使用浴場。

「潘君一起去吧。」城戶理所當然地招喚。

「啊，這個嘛……我沒有浴衣。」明坤無法想像自己跟日本人一起入浴，臨時隨口編了理由推辭。

「上次幸雄來，不是忘了一件浴衣沒帶走，他們身材差不多，妳拿給潘君吧。」

「可是那是幸雄的……」

「反正擺著也沒用！」

春枝有些不情願，但終究還是把浴衣找出來交給明坤。

浴場就在他們屋子後面，同樣掛著一盞煤油燈。城戶和同棟宿舍的鄰居影山光一共用入浴時間，兩人一進浴場就把衣服除得精光，明坤也只好有樣學樣。

山上入夜之後立刻變得很冷，明坤淋了幾勺熱水，只覺異常暢快。他坐在木凳上刷洗，身上拂著從窗口吹進來的山風，耳邊是城戶和影山泡在五右衛門風呂裡用濃重的熊本腔閒話，還有警手不時進來照看柴火。他們似乎在抱怨新來的上司，年輕識淺，又是新潟人，什麼都不懂。明坤即使大致能理解九州方言，也還是聽得霧煞煞。

明坤不記得幼時是否曾和多桑一起洗澡，此刻卻與兩個日本男人裸裎相對，這番光景實在很不可思議。

「阿一，你看潘君長得很像幸雄吧，連身材都像。」

「嗯……」影山在幽暗中瞇著眼睛端詳半天，「如此說來是有幾分。不過我看老八你是太想念幸雄了吧。」

明坤被兩人瞧得頗不自在，洗好身軀就匆匆穿衣回到宿舍。他很少穿浴衣，總覺得只有一塊布好單薄，而且下襬涼颼颼的，真不知多桑為什麼喜歡穿著浴衣到處閒晃。不久之後城戶二人回來，又招呼他到外面喝清酒。

屋外比屋裡還亮，明坤跟著兩人走到駐在所邊緣的短牆前，見人們穿著浴衣三五成群，男人拿著酒杯對飲，婦女圍坐閒話，孩子們到處跑來跑去，把木屐拖得喀啦喀啦亂響。

不過明坤完全無法參與城戶和影山的話題，而且他冷得發抖，雖然加了外套，寒氣依然毫不客氣從浴衣底下的開口直竄上來，他抱胸縮著身軀不斷跺腳，大口吞酒也絲毫暖和不起來，還被影山訕笑未免也太怕冷，便趁機告退。

他走了兩天山路，實在也是累了，跑去廁所打算放個尿就回房間睡覺，奇怪這泡尿卻格外漫長，簡直沒完沒了，兩隻腳凍得好難受，又不能不尿完，耳中一邊遠遠聽到城戶還在說潘君跟幸雄如何如何。

明坤尿完把浴衣紮好，快步往屋子走。他忽然察覺某種動靜，遠方山後似乎有什麼在發亮，把山巔稜線打成一道黑影。是月亮嗎，月亮哪有那麼亮？但如果不是月亮又會是什麼？遲疑間，一點白光從杉樹剪影中透出，果然是大得驚人的月亮正要登場。

「喔，月亮要出來了！」讚嘆聲此起彼落。

月亮還沒完全現身，整座山谷已經敷上一層清輝，來時那條筆直的路清楚地浮現出來，看似更加悠長，通往幽深的黑暗裡去，路旁整排布農房舍則透露著白天沒有的神祕野性氣息。放在短牆頂上的淡天青色玻璃瓶像是呼應著月光，格外清透。

明坤正待欣賞，一行鼻水卻忽然溜了下來，他習慣性地舉起袖子來擦，又想起這是人家的衣服，只好狼狽地彎著身子把鼻水擤到地上，然後趕快在下一道鼻水不受控制流出來之前躲進屋裡。

屋內裡側四疊半榻榻米上已經鋪好一套被褥，拉上紙門就變成小間臥室。明坤鑽入冰冷的被窩，蜷起身子還是止不住發抖。

這時從窗戶照進來泛著些許淡青色的幽光，月亮畢竟出來了，打亮靠牆木架上一排男孩子們留下的東西，幾本翻爛的少年誌、奇形怪狀又破舊不堪的棒球手套、原木削切後未經打磨的陀螺、彈弓、竹蜻蜓，還有一架意外精巧的木製小飛機。明坤看得發愣，這簡直是把自己小時候想要卻得不到的東西全都排在這裡了。

角落裡有個半球型的奇怪物品，似乎是頂皮帽，但沒有帽簷或任何裝飾，戴起來豈不就像個光頭？

旁邊還有幾把大小不等的「肥後守」摺疊刀。這玩意兒他在店裡賣出很多，自己外衣口袋裡就隨時放著一把，無論割綑索或拆包裝都很好用，但沒看過狀態這麼糟的，黃銅鞘柄整個發黑，刀刃缺鈍，可見被狠狠操使過。真不知山上的少年都拿來做什麼，而他們又過著什麼樣的日子。

明坤忽然想起來，自己兒時剛到里壠商會買雜貨，曾經偷過一把肥後守。櫃檯上放著一盒剛打開的新品，成排鞘柄閃動著澄黃光芒，牢牢抓住他的目光。他一直很想要一把屬於自己的肥後守，太想要了，而店員只顧著跟女客人講話，根本懶得理他，於是他抬手假意搓搓鼻子，順手摸了一把放進褲袋裡，同時舉起另一隻手上要買的雜貨亮了亮，將零錢放在櫃檯上就跑。

他衝回家鑽進暗處，取出那把肥後守，兩邊耳鼓隨著心臟狂跳。他將厚背刀身旋出，用刀刃輕輕畫過掌心覺得好癢，最後拿起來在耳邊彈彈黃銅鞘柄，那聲音玎玲飽滿、餘韻悠長，真是百聽不厭。

這是屬於他的肥後守，誰也搶不走。他感到非常得意。

長大後到里壠商會工作，每天不知拿肥後守切裁多少東西，也懶得磨利或上油保養。要是刀崩了口或忘記擱在哪裡，隨手就拿一把新的來用，絲毫不覺得可惜。

然而最初那把肥後守後來到哪去了呢？

屋外忽然傳來歌聲，似乎是影山在唱——

今宵夜半荒城月，昔時清光為誰明？垣上空留野葛生，松間唯餘山風吟。

天上光影曾未改，世間榮枯無常形。熠熠觀照今猶在，哀哀夜半荒城月。

原本感傷的曲調，被影山趁著酒意唱得節奏歡快、滿不在乎，嗓音卻又掩不住蒼涼。

然而光線倏然暗下來，明坤回頭看向窗外，緩緩飄動的濃雲正將月亮摀住。屋裡一片漆黑，木架上的東西再也看不見，彷彿消失了似的。明坤感到濃濃倦意，把身體縮進被子裡就立刻沉沉睡去，都沒留意到那把肥後守還擱在手邊。

第二章　城戸八十八

阮啊，只做到盆祭到盆祭，保母就做到盆祭為止。盂蘭盆趕快來，阮就能早點回家。阮啊，就算是死了，又會有誰替阮哭泣呢？只有後山松林裡的蟬在哀鳴吧。

城戶八十八接到長子幸雄寄來入伍紀念寫真照，正好是霧鹿舉辦有史以來最盛大的盆祭那天，他看著照片，點起一根幸雄送給他的天皇恩賜菸，不自覺唱起故鄉的搖籃曲。

熊本玉名老家過的是八月盆，在新曆八月十五日舉行，時間比較接近舊曆七月十五，這個習慣也沿用到霧鹿。這一天，鄰近駐在所休假的警察和家眷們都聚集到霧鹿，在石壘外的棒球場上跳起盆踊。有人擊鼓，有人吹笛，也有人領唱，眾人跟著喊聲，繞著圈子不斷跳舞。這是給祖先精靈的供養，也彷彿祖先和家人們一起歡樂。

傳遞公文郵件的警手照例在傍晚抵達，城戶聽說有信，立刻拋下祭典去領取，帶回家和春枝拆看。

「幸雄穿著海軍制服真是英姿煥發，沒想到他竟然成長為如此像樣的青年了。」城戶說。

「時間好快啊，幸雄來霧鹿看我們，竟然已經是大半年前的事了呢。」春枝感嘆道，「我都快記不得他的樣子了。」

「這不就給妳寄照片來了嘛。」城戶仔細看著照片，自己也暗暗覺得無法想起幸雄的容貌和表情。

「想當初我們把他留在熊本老家的時候，他還那麼小，怎麼一下子就長得這麼大了。」

「所謂光陰似箭，就是這麼回事啊。」

「畢竟我們和幸雄相處時間太短了，說起來都怪你，要不是當初那麼無情把幸雄留在老家，他至少可以多陪我十幾年啊。」

「妳又來了，他是代替我為父母盡孝啊。何況那時蕃情不穩，我也是想把一條血脈留在安全的地方……」

「總之你害我白白少了一個兒子！」

城戶出身熊本縣玉名郡，「八十八」是典型的農家子弟名。從立春算起的第八十八夜是個雜節，比立夏早幾日，天氣將穩未穩，乍看溫暖，有時卻又冷不防發生霜害，所以有這麼一個節日提醒農人注意，許多農事也都從這天開始進行。自古相傳，喝了這天採的茶能夠延年益壽。

八十八可合成一個米字，深具農家本色，又是高壽的好口采，所以不少在八十八夜前後出生的孩子會如此命名。城戶八十八在節日前四天出生，但父母識字不多，既然有現成名字可用，也就這麼叫了。

他遇過好幾個也叫八十八的，門田八十八、高濱八十八、杉內八十八，無一例外全都是農家子弟，而且生日相近。

然而八十八並未因此命帶米糧，大正七年，二十四歲的他剛從陸軍退伍回家，馬上遇到波及日本全國的「米騷動」，米價在短時間內驟然暴漲四、五倍，連帶使得百物騰貴，原本凋敝的農村更加困苦。

那年祖父過世了，雖然並非餓死但也是營養不良導致過度虛弱。城戶永遠記得飢餓如影隨形的滋味，那像一團邪惡的霧氣躲藏在腹中，時不時摳空肚腸，令人氣餒。整日裡頭昏缺氧、身體發寒。有段時間似乎忘了飢餓的存在，五感變得異常敏銳，然後忽然鮮明地感覺到更為巨大的飢餓，餓到胃液倒湧，把牙齒都浸得發酸。

在極度的貧窮與飢餓中，他見識到人類自私、現實和卑劣的一面，乃至對故鄉深深痛恨起來，滿心想要出走，但只有小學學歷很難找到工作。結婚當然不用想，混到二十六歲還是單身，開始有潦倒一生的覺悟。

有一天陸軍工兵部隊的同袍來找他，留下一本《巡查看守憲兵受驗準備書》，好奇翻看，頓時深受吸引。

這是報考警察和憲兵的參考書，不，事實上更像是招攬宣傳冊，大力推廣朝鮮、臺灣和關東廳（旅大租借地）的警察職務。書中有許多當事人現身說法，描述海外值勤的種種好處，每篇文章光是標題就已經很吸引人：敬告當此非常時局前途有望的青年諸君、只有小學畢業也能當上警察官、從基層巡查到內閣大臣之路。還有最打動人的幾篇：驚人的神速升遷、恩給加算與立身捷徑、巡查生活十三年存下三萬三千圓。

十三年存下三萬三千圓？真的假的？

書中附有臺灣巡查的待遇表，初任月俸和各種津貼有六十六圓，每年加俸一圓；蕃地津貼三圓，若派赴深山，視地點最高再加津貼十二圓。這樣一來就有八十一圓，年俸九百七十一圓，撫養子女另有補助，退休後的養老金更加算二點五倍。

相較之下，內地的警察初任月俸不過二十五圓，小學教員四十五圓，就算是東京帝國大學的畢業生待遇也不過七十圓。像城戶這樣只有小學學歷，竟然也有機會超過東大出身者，實在太誘人了。

雖然仔細一算就會發現，即便月俸八十一圓也得不吃不喝三十年才能存到三萬三千圓，那位見證者的錢不知是怎麼弄來的，實在非常可疑。但城戶已經被沖昏頭，他想起爺爺在世時不只一次說，小八是日清戰爭（甲午戰爭）那年出生的，臺灣在那之後成為帝國領土，「說不定臺灣會是小八的樂土呢。」

「就是這個！」他當即填好書上附的志願書，跟朋友借錢坐火車去熊本市參加臺灣警察招募考試，沒想到人同此心，會場萬頭攢動熱鬧滾滾。筆試內容只有小學程度，還有幾題臺灣風土歷史，他按照教科書上的範例填寫過關。面試時主考官看他履歷上寫著陸軍工兵，體格檢查沒問題後就蓋下合格章。後來才知道，錄取率只有兩成。

城戶拿到珍貴的錄取證書，父母卻極力反對。臺灣是鬼島啊，父母說，何況你是長男，應該留下來支持家業。城戶鐵了心出外闖蕩，傲然說往後每個月都會寄錢回家，才堵住父母的嘴。

他以此條件請人介紹對象，很快和春枝結婚，隨即前往臺灣赴任。在航向臺灣的輪船上，他站在船頭迎著海風，想起僧人月性的名句，男兒立志出鄉關，學若無成死不還，埋骨豈期墳墓地，人間到處有青山。心中頓時充滿悲壯豪情，等不及要施展抱負。

然而在臺北受訓完分發到臺東廳執勤，他才明白如此高薪俸不是沒有原因的。臺中州剛剛發生警備員連同妻子、幼兒被馘首的斯拉茂事件，其他各地也是蕃害頻傳。而那年關山越嶺道開始動工，循著新武路溪谷往上游推進，強行深入布農族領域，引起蕃人反彈，不斷出草襲擊阻礙工事。警方嚴陣以待，儼然戰爭前線。

多年來，警方沿著山腳設置里壠警備線，以通電鐵絲網阻絕布農族人下山，全線設有四十幾個分遣所。城戶頭幾年頻繁地在警備線上調來調去，哪裡有點風吹草動就被派去強化防禦。

他在瑪哈布路分遣所時，越嶺道從海端開到新武路，又在沙克沙克高地設置砲臺。布農頭目拉馬達•星星果真發起攻擊，在逢坂駐在所附近襲殺築路搜索隊分隊長原新次郎警部，並且馘首而去。

「你們有聽說嗎？原警部被蕃人斬首的時候還活著呢。」分遣所的同僚們繪聲繪影談論，說原警部被埋伏在林中的蕃人射傷倒地，試圖舉槍還擊，但蕃人飛快跑來，一刀就砍下他的首級。同時被射傷的還有備後巡查部長，但他死前奮力跳下斷崖，畢竟保得身軀完整——這是當時脫隊小便僥倖生還，遠遠目睹事發經過的警手事後報告的。

因為小便撿回一命嗎？眾人嘖嘖稱奇，說這泡尿真是價值千金。眼睜睜看著表情獰猛的生蕃握緊獵刀向無法動彈的自己奔來，一下子就欺近身邊，手起刀落……那滋味真叫人不敢想像。不過說起來，備後部長能夠果斷跳下斷崖，實在很有膽量，充滿武人的氣魄。眾人以此作為結論。

「如果是你敢跳嗎？」同僚們互問，有人誠實說自己未必有那樣的勇氣，有人說橫豎是死，不能讓蕃人得逞，得讓他們看看日本人的氣魄。也有人誇口說無論如何都會奮戰到底，盡量多殺幾個蕃人再死。

在這樣的氣氛下，城戶憑著青年血性，以及為國獻身的豪情，並不感到畏懼——白天是這麼想，但夜裡他經常在絕對的黑暗中驚醒，撫摸脖頸茫然良久，無法確認自己此刻究竟是在瑪哈布路、海端還是比多沆分遣所，也不知道此刻是幾點幾分，乃至幾月幾日。只有抱著妻子肥滿的身體時，他才能將對死亡的恐懼和求生本能盡情釋放。妻子也是農家女，手腳勤快，身子骨結實。擁抱這樣的軀體，會讓他變得放鬆而坦率，能夠誠實面對自己的脆弱，並且得到安撫。

「怕不怕？」城戶壓在妻子身上，展現男子氣慨。

「怕個屁！你別找藉口停下來呀！」妻子鞭策他勤勞奉仕不可懈怠。

有妻如此，城戶自然格外賣力表現。顯然其他帶著妻室的同僚也一樣，分遣所建築簡陋牆板單薄，晚上熄燈之後就聽到大家分頭開始動作，嗯嗯哼哼乒乒碰碰，簡直是工作表上的例行勤務似的。

城戶有時會幻想在最無防備的交歡途中遇到蕃人來襲，就這麼赤裸著身軀抓起村田槍與敵駁火，那將是熊本男兒至高的浪漫。接著一想到舉槍射擊時，下體的小村田槍同樣挺拔地朝著敵人耀武揚威，便不禁噗哈笑了出來。

儘管分遣所受到通電鐵絲網保護，不太可能有這樣的機會，但誰知道呢，對方可是神出鬼沒的蕃人啊。因此當風起時林間迸出可疑聲響，或者驀地聽見山羌亂吠，小村田槍們就不免陡然一驚，匆匆敗下陣來，分遣所頓時陷入安靜。

如此，城戶的長男幸雄在海端分遣所誕生。當他第一次抱起初生的孩子時，沒想到自己竟會流下淚來，滿心都是感激。多年後城戶才理解並承認，妻子帶給他的安定感要多於他給對方的。而春枝接二連三為這個家增添生命，也讓他慢慢忘記了看不見的死亡威脅。

回想起來，那時自己對臺灣的印象是蠻荒不毛的邊陲之地，舉目所及只有原始密林和通電鐵絲，最近的文明之處是休假時陪春枝去散步購物的里壠庄，但那也只是個為理蕃事業匆匆劃設出來的新街道，錯落著寥寥幾棟官廳和宿舍，走個兩步就到盡頭，而路上總是塵沙飛揚。

剛到臺灣的頭幾年，沒人在過什麼盆祭，大家都認為就算地獄的鍋蓋打開，祖先精靈回返人間也不會到蕃地來。然而與其說自己是拋棄祖先來此，他總覺得自己是被故鄉的祖先拋棄，只能在這片全新而空白的天地裡獨自開展自己的生命，繁育自己的後代。

•

城戶抱著三歲的幸雄看飛機那天，吹起很大的風。

三月天，沒來由颳起陣陣強風，幾乎像是颱風靠近，樹木變得好似橡膠做的那麼柔軟，不住狂搖亂擺。城戶必須不時按住帽子免得被吹走，偌大的草地上還真的不時有帽子翻滾跳躍，捉弄著在後狼狽追趕的帽子主人。

雙翼飛機停在草坪一端，螺旋槳頑固不動像壞掉的時鐘，機翼卻在狂風吹拂下不住顫抖，彷佛強自壓抑著想要振翅而起的衝動。幾個愛吹噓的警察滿口寇帝斯這個、寇帝斯那個地談論，好像飛機是他們從小養大的愛犬。

城戶暗道原來這就是飛機呀，忍不住想靠近些，甚至伸手摸摸看。和厚重而充滿力量感的火車或輪船不同，飛機構造比預期粗陋，簡直像是在鐵架比較粗的三輪車上掛起兩塊長條帆布而已。駕駛座設在最前面，沒有任何包覆遮蔽，只搭配著一個顯眼的操縱盤，而發動機和螺旋槳裝在座位後方。

即便如此，飛機周身煥發著某種銳利而不可思議的氛圍，人們就是為了見證這個而被大費周章地動員來的。

城戶看見春枝正把幸雄從地上抱起來，孩子一趴在母親肩頭就睡死了，於是悄悄踅過去。

「還沒開始嗎？」春枝說。

「風太大了，飛行士先生說無法起飛。」

春枝用包巾把幸雄裹住，巾角細細塞好免得被風吹開。「未免也讓人等太久，幸雄都累壞了，這樣吹冷風會生病的。」

「天氣不好，這也是沒辦法的事啊。」城戶環顧四周，不耐煩的不只是春枝而已，場邊除了少數日本觀眾，還有上千名蕃人或蹲或坐，在冷風中隱隱騷動。這麼多原本散居深山的蕃人同時聚在一起，本身就是奇觀啊，他想。

今天的飛行表演是特別為蕃人舉行的，要向他們展示飛機的神奇，以及日本壓倒性的力量，使其畏怖恐懼心悅誠服。花蓮港廳和臺東廳警察課總共動員了靠近立霧溪口的外太魯閣蕃和地處深山的內太魯閣蕃各三百名，臺東蕃兩百餘名，還有拉庫拉庫溪流域的璞石閣高山蕃，各自走好幾天路，又搭火車到花蓮港的飛行場觀看。

城戶奉派帶領臺東蕃前來，一路維護秩序。警備線生活單調無聊，難得有這麼特別的行事，他問明眷屬可以隨同參觀，就把春枝和三歲的幸雄帶來，只是沒想到天候不佳，讓春枝和孩子在冷風裡等了這麼久。他覺得有些抱歉，但隨即樂觀地想，等看到飛機飛上天，一切都會值得的。

「我再去瞧瞧。」城戶稍微向飛行士和高階警官聚集的地方走幾步，他不能真的過去，那是他這個基層蕃地警察無法靠近的地方，只能透過風裡傳來的斷續話語猜測情況。

飛行士說，風還是沒有停歇的跡象，而且風向很亂，看來不延期不行了。

請再等等看，飛行士先生。高階警官半商量半命令地說，蕃人們老遠前來，等了那麼久卻沒看到飛機飛行的話，會傷害日本的威信。

話雖如此……

請飛行士先生務必排除萬難，好好展現飛行的力量，就算無法投彈，稍微飛一下也好。飛行只有成功和失敗，沒有稍微飛一下這種事。倘若飛機翻覆，乃至於發生更嚴重的事故，豈不是造成反效果？

我相信以飛行士先生的技術，絕對可以克服不利的天氣因素。最重要的還是那句話，日本的威信！

再等一下吧……

「還要再等嗎？」城戶嘀咕起來，一不留神，帽子差點被風吹走，趕緊伸手壓住。他回頭發現春枝臉上露出疲憊，於是走過去，伸手把幸雄接過來抱著。

「你正在勤務中，這樣不好吧？」春枝說。

「只抱一下沒關係啦，上頭現在只關心飛機的事。」

幸雄依然熟睡著，渾然不覺自己從母親肩頭移到父親身上，緊閉的眼皮底下沒有夢，那是純然童稚的、深沉如同海底的睡眠。

隆隆隆——

發動機轟轟作響，螺旋槳高速轉動化成一團渾沌的影子，城戶這才發現陽光不知何時灑下來了。所有人同時發出喔喔喔的聲音從地上站起，帥氣的飛行士已然就座，助手忙著爬上爬下調整，風還是很大但穩定許多，不再一陣一陣亂吹。

「幸雄，喂！幸雄！」城戶拍拍孩子說飛機要起飛了，「不看的話飛機就要飛走囉，幸雄！」

飛機在草地上滑行，通過他們一家三口前面，越滑越快，超過風的速度。

「飛起來了！飛起來了！」城戶興奮大喊，用力把幸雄搖醒，他要讓孩子看看這難得而驚人的景象，這將是他們一輩子都會記得的時刻。

飛機輕飄飄離開地面，顫巍巍浮了起來，慢慢爬升，像一隻巨大的鷲鷹繞著會場上空盤旋，有時直直劃過眾人頭頂，飛遠了又繞回來。

蕃人們喉頭發出啲啲聲響，直說好可怕好可怕，竟然能召喚天神的強風把人吹到空中。

飛機稍微降低高度，再次從眾人頭頂掠過，然後在距離觀看區兩、三百公尺的地方丟下一顆炸彈，在巨響中衝濺起砂土煙塵。蕃人們大感驚恐，而日本人無不驕傲歡呼。

幸雄似乎這時才被爆破聲嚇醒了，忽然在城戶肩頭上哇哇大哭起來。

•

城戶被通知編入關山越嶺道第二期工程築路搜索隊之後，請了長假返回熊本老家省親，那是大正十四年的新春期間。

父母見到幸雄喜愛得不得了，直說這是長孫，應該留在老家撫養。「既然身為長子的你離家外出，那麼就讓長孫代替你留下來吧，你弟弟可以照顧他。」父親說。

春枝當然反對，說沒這道理。

這時已經癡呆得六親不認的祖母忽然晃了過來，撫著幸雄的頭說，「唉呀，你這孩子要去臺灣？那裡可是鬼島呢，到處都是砍人頭的生蕃呦，要是這麼小就死在蕃人刀下實在太可憐了。」

春枝氣說這不是詛咒我們嗎，城戶趕緊拉著她說老人家癡呆了啊，不能計較。

不過祖母確實說中他的心事，蕃界情勢十分嚴峻，築路工作再次展開，勢必引發另一波反抗。自從被編入築路搜索隊，他不只一次想到蕃人來襲，將全家不留活口盡數屠戮的慘況，自己也就算了，倘若賠上幸雄無論如何都不能甘心，為此十分煎熬。

經過漫長思考，城戶終於在返臺前夕決定把孩子留下，如此一來就算夫婦倆遭遇不測，也能保住這點骨血。

「我拋下侍奉兩親的責任到臺灣開拓新天地，讓幸雄代替我盡孝也好。」城戶最後這樣對春枝說，不顧母子倆哭得肝腸寸斷，硬是把他們分開。

諷刺的是，回到臺東後卻聽說，有鑑於蕃情依然不穩，築路計畫延後，搜索隊編成當然也就中止了。

城戶夫婦在比多沆分遣所生下次男昭雄，又在內本鹿越嶺道的嘉嘉代駐在所生下三子，取名嘉雄作為紀念。

從此春枝總埋怨少了一個兒子，每次吵架都拿出來講。一直要到幸雄十八歲，為了改善家境志願加入海軍，入伍前特地來臺前往霧鹿探望父母，他們才又相見，那已經是整整分離十五年後。

於是城戶對幸雄的印象始終停留在三歲，幸雄十二歲中學入學時拍了照片寄來，依稀看得出兒時容貌，但照片無法說服他自己有這樣一個長大的兒子，只是讓他心裡的那個孩子的形象變得更加模糊。

經歷數年擱置，關山越嶺道東段終於再次開工。為了鎮壓布農族，總督府警務局出動剛成立的航空班，以新購入的法製薩爾牟遜二A式雙翼飛機，在關山和內本鹿地區進行理蕃威壓飛行，並在反抗最力的部落投下炸彈，果然造成布農族極大恐慌，不敢再行騷擾。地面上配合武力搜索，逐漸將道路從新武路開闢到霧鹿。

城戶在昭和四年被調到築路搜索隊開鑿班，長官要借重他工兵出身的經驗，興建跨越深谷的天龍吊橋。雖然這不是越嶺道全線最長的一座吊橋，但位處利稻溪與新武路溪的匯流口，也是布農族部落最密集的區域，乃是戰略要道。吊橋早一日架設完成，越嶺道便早一日深入內山，對於「控制全島最難治理蕃地」、「降伏最後未歸順蕃」的政策具有重大意義。

當城戶初次站在峽谷旁，只見大地像是硬生生往兩旁掰裂開來，遠隔百米，對岸是刀劈斧削似的絕壁，心裡一涼，自己雖然當過工兵，卻不曾在如此險絕之處架橋，無法想像該怎麼著手，不禁明知故問，這就是預定的架橋點嗎？

「這是絕佳地點！」老大斬釘截鐵說。

老大是築路搜索隊分隊長後村助吉警部，他打過大正三年的太魯閣戰役，足跡踏遍中央山脈，在太魯閣和八通關地區築路架橋無數，乃是理蕃界的一株參天古樹。奇妙的是，他不喜歡被叫警部，而喜歡帶點江湖口吻的老大。每當他開口，城戶不知怎麼就覺得事情會比想像的容易，並且開始期待看到橋如何架起來。

編入築路搜索隊裡的蕃地警察臥虎藏龍，各個身懷絕技，有地圖測量員、木匠、石匠、鐵匠、前陸軍機槍手和工兵。開鑿一般路段時徵用平地的阿美族和平埔族人出勞役，連同警備員構成四、五百人的大陣仗。但架橋就必須依靠他們這十一名專業技術者，加上三十名警手，在橋頭平地上搭建臨時茅屋暫住，每日清晨派出部分人手，花一小時下切溪谷再攀到對岸，分頭作業。

由於對岸峭壁前的腹地太小，第一項作業是炸開山壁，清出足夠的架橋空間。石匠先在壁上鑿洞，然後由城戶埋入火藥包和雷管，插上引線點燃爆破。如果遇上火藥不發，就必須等待十五分鐘的猶豫期，然後上前檢查，看是要裝上新的火藥加以誘發，或者灌水浸濕之後取出。

幾個巡查比較膽量，看誰能夠一口氣點上最多根導火線然後跑開。畢克福特導火線每尺燃燒速度在三十到四十秒之間，留得越長當然越安全，但既然要較量，反而刻意剪短追求刺激。尤其是在千鈞一髮之際閃進岩角後面，瞬間聽見連串驚天動地的爆破聲，身心為之震撼，滿山群鳥驚起，野獸怪叫，同時想像附近蕃人們恐慌的表情，會讓人產生莫名的爽快與優越感。

這種較量當然很愚蠢，如果時間沒拿捏好或者脫離時跌倒那就完了。但老大似乎認為這是士氣高昂的表現，雖不鼓勵，卻也在一旁看得興味盎然。

理智上來說，比賽點導火線的危險性遠遠高過處理不發火藥，但城戶卻覺得前者刺激有趣而後者令人頭皮發麻。

當有雷管不發時，城戶必須宣布進入十五分鐘的猶豫期，讓整個隊伍停下來等待。猶豫期滿，他獨自離開安全角落上前處理，這時總會有種火藥可能忽然爆炸的不安感籠罩全身，即便爆破知識告訴他，只要正確處理大致無礙，但若是倒楣遇到那萬千分之一的意外可就不妙，因此每個動作都謹慎又謹慎。

反過來說，導火線是用自己手上的捲菸點燃，可以等準備好了才隨時開始操作，點到一半覺得情況不妙也能趕快跑開，有種命運操之在己的錯覺，敢於去挑戰危險邊界。

所以當人掌握主動時往往覺得比較安心，儘管實際上未必如此。

點導火線比賽最後由山口縣出身的劍持兼清創下一次點燃十根的紀錄，影山光一以八根居次。受過爆破訓練並了解火藥性質的城戶則比較規矩，總是老老實實留好安全長度才點。

收工之後，眾人洗浴已畢，邊吃喝邊談笑，回味白天作業的驚險趣味。大家喜歡圍著老大聽他講太魯閣戰役和山上的生活。

「山上最慘的死法是寒冷失溫。」老大參加過大正二年合歡山地圖測繪隊，親身經歷八十九名漢人人夫在山頂被寒流凍死的悲慘山難。「要我說的話，被蕃人砍頭還比較痛快。失溫的人會受盡折磨，產生各種幻覺，最後身體為了保持溫度而過度燃燒熱量，產生渾身發熱的錯覺，把衣服都脫光然後加速受凍而死。」

「那也未免太慘了，如果是我寧願被砍頭。」一人說。

「不，眼睜睜看著蕃人砍下自己的頭，感覺太恐怖了。」另一人說。

眾人邊喝酒邊討論起哪種死法比較好。

「我知道比砍頭更痛快的死法！」劍持語不驚人死不休，「那就是一口氣點上二十根引線，然後僅以一步之差被火藥炸死！」

「聽來確實是很適合劍持君的死法。」眾人鬨笑起來。

劍持喝得興發，忽然拔出指揮刀吟劍詩舞，用抑揚頓挫的古調吟詠起來——

東西南北幾山河，春夏秋冬月又花。征戰歲餘人馬老，壯心尚是不思家。

眾人從第一句就聽出來，這是軍神乃木希典大將所做的漢詩〈滿洲雜吟〉，描述日露（俄）戰爭期間久經戰陣的心境，在場的日本人都會背。劍持的吟詠千迴百轉，帶著和年紀不相稱的沉鬱蒼涼，再加上影山取出尺八悠悠伴奏，頓時讓人置身凜冽蕭瑟的北國大地，忘了自己是在蔥蘢的南國深山。

「喔，沒想到劍持君有這一手，我也來吟一首助興。」城戶起身拔刀，隨興揮舞不成章法，引得眾人訕笑。他雙手拄刀於地，清清嗓子，幾乎是吼叫般吟起來。蕃地警察知道的漢詩也就是乃木希典那幾首，果不其然，他吼的是〈金州城〉——

山川草木轉荒涼，十里風腥新戰場。征馬不前人不語，金州城外立斜陽。

眾人跟著同聲吼畢，豪邁大笑。劍持得意地說，他在每一間住過的宿舍紙拉門上都題著這兩首詩呢。城戶讚道好志氣，影山卻調侃說，以後住到有題詩的宿舍就知道是劍持君的地盤，這樣說來豈不像是狗撒尿做的記號。

「說得好！」劍持哈哈大笑，「等關山越嶺道開通之後，看我把這兩首詩題在沿途每一個駐在所的門上。」

•

將峭壁底下清出空間後，接著在兩岸各豎立兩根橋柱。選用直徑兩尺、長十尺的檜木，埋入地下四尺固定，再架上橫梁就成了橋門，這個過程辛苦但技術相對簡單。然後就進入架橋最重要也最困難的工序拉母線，也就是將鐵線拉過溪谷，架在兩邊的橋柱頂。

拉線當天一早，老大集合眾人，說明工作方法後吩咐倒酒。他持杯用布農語祝禱，以手指點酒撒地三次，然後仰頭喝乾。警手中有不少阿美族人，他們毫不猶豫跟著照做，連幾個跟隨老大較久的日本人巡查也一樣。

「每個人都得做。」老大說，「拉母線之前必須請求山中的神明諒解。」

「老大，我們可是來平定蕃地、教化蕃人的，為什麼卻要禮敬蕃人的神明？」劍持直率地表達不滿，城戶等人也紛紛附和。

「俗話說，哭鬧小孩和不講理的地頭蛇，你都拿他們沒輒。以我在蕃地多年經驗，做了準沒錯。」

「就當作打招呼是吧。」影山無所謂地做了，城戶雖然半信半疑，也點了三下。但劍持依然不願照做，「我有南無八幡大菩薩護佑，不需要這些。」

拉線作業首先從兩岸各自將一條麻繩綁上石頭拋到溪谷底，接合之後再將由四條八號鐵線撚成一股的引線綁在麻繩上拉到對岸，最後必須將三十二條鐵線糾合而成的母線拉通。

八號鐵線的扯斷力是一百四十八貫（五百五十五公斤），但安全係數只抓四分之一。吊橋必須能夠讓上千公斤的三吋速射砲通過，加上纏砲人員總重將近三千公斤，所以母線必須用到三十二條糾合確保安全，而一條百公尺長的母線本身就有三百五十公斤重。

幾十捲鐵線都早已由人夫背負上山，老大拉出一段線頭，剛硬的鐵線到了他手上，竟像是棉繩似的乖乖任由拗折，可見他對材料的熟悉。

拉線用的平軸轆轤是就地取材製作，砍下一段粗大樹幹，兩端各以一條鋼筋穿透，中間削窄，放在架子上就成了轆轤，將百公尺長的沉重鐵線慢慢拉過溪谷。

「一旦開始捲線就絕對不能鬆手，死也不能放鬆。」老大下達嚴命。他解釋當主線被拉到空中的部分越多，重量也會隨之增加，而這時肌肉疲勞卻逐漸累積，一來一往感覺吃力好幾倍，越到後面越是凶險。

在眾人戰戰兢兢、通力合作之下，第一條母線成功拉過溪谷，在空中劃出優美弧線。這是吊橋成功的第一步，令人極其快慰，忍不住高喊萬歲。

隔兩天拉第二條母線，開工前城戶覺得左半身痠痛，要求和影山換邊轉轆轤。

「為什麼？」

「前天左邊用了太多力氣，今天想換一邊轉。」

「不要，我在這個位置做得很順手。」影山說。

「我跟你換吧。」劍持爽快地說。

「太好了！」城戶站到轆轤另一邊。

有了前次經驗，眾人駕輕就熟，過程更加順暢——正當這麼想的時候，卻在不知不覺間變得非常難熬。肌肉並未從前天的疲勞中完全恢復，耐力下降了。所有人都死命扳住轆轤把手，青筋暴露，硬是把母線一寸一寸拉過來。

然而在轆轤轉過半圈，另一組人準備抓住對面的把手時，彼此錯失節奏，新力還沒頂上，舊力卻太早卸下，頓時撐持不住。原本溫馴懸掛在溪谷上空的母線瞬間脫韁而去，蛟龍入海猛力倒抽，將轆轤打成一顆陀螺，兩側鋼筋飛轉如刀，而原本捲好的鐵線像鞭子般掃來，城戶只覺眼前一花，根本來不及反應，鐵線已從他頭上分寸之間削過，整架轆轤被拋上天空又狠狠甩下深淵，而母線發出怪異的呼嘯鑽入谷底，送回一陣樹木摧倒之聲。

整個過程只有短短數秒，卻令人恍如隔世。

眾人忽然驚呼，城戶猛然回頭，原本在他身旁的劍持仰天倒地，頭顱整個變形，一看就知道活不成了，還有一名叫巴拜的阿美族警手鮮血吐得整個胸口都是。

「怎麼會……」城戶無法相信眼前看到的景象。

老大冷靜地上前確認兩人都已死亡，合十念佛祝禱一番，宣布今日作業到此為止，親自背起劍持的遺體下切溪谷再攀回對岸，警手的遺體則由眾人輪流搬過去。

•

隔天早上，老大集合眾人訓話，表揚殉職者為國奉獻身命，足為同僚典範，大家要更加努力完成他們未竟的志業，早日開通道路、平定蕃地，以告慰亡者之靈。

工程並未停止，只是得從製作新的轆轤開始，三天後重拉第二條母線。

作業之前老大再次帶領眾人點酒撒地祭拜山中神明，這次沒有人不誠心禮敬祝禱。城戶心想，劍持君和巴拜也已經成為此地的山靈了吧，於是為他們祈求冥福。

第二條母線，以及兩條橋床線的拉設作業都很順利完成，但後續的放吊線作業驚險猶有過之。

母線每隔一段距離垂下一根吊線綁在橋床線上，鎖上枕木，再鋪上橋板。往來人貨的重量由吊線傳到母線，才會有足夠支撐力。放吊線時，峽谷上方只有四條鐵線橫空而過，別無落腳攀緣之處。

老大指派城戶和他搭配，在兩條母線下懸吊一塊長條木板，兩人一左一右同時坐上木板，面向橋門背對溪谷，綁好吊線垂放下去，底下另有一組人把吊線綁上橋床線、鎖枕木、放橋面。每放下一條吊索，長條木板就得往後退一段，兩人必須同步推動，才能讓木板保持平衡。

一開始爬上木板時，雖然還在崖邊，感覺就已經十分嚇人。不過因為老大動作很快，往往三兩下就放好吊線等他，逼得城戶把全副精神集中在作業上。他反覆將八號鐵線拗成套環扣在母線上，然後纏繞、打結、剪斷線頭，感覺怎麼拚命也趕不上老大的速度，無法喘息地不斷操作，也就忘了身懸高空的緊張，忘了深淵下的轟隆水聲，也忘掉同僚殉職的衝擊。

城戶難以接受劍持就這麼死了，那個男人能夠面不改色連點十根導火線，從容撤退到安全角落而毫髮無傷，彷彿格外受到上天眷顧，然而卻在一群人之中被回打的母線擊個正著。

如果我沒跟他交換位置，那麼被擊中的人就是我了，城戶念及於此，不禁打了個哆嗦。不，倘若沒有交換位置，說不定根本就不會發生事故。又或者母線打來時稍微低一點，自己也會死，短短幾公分的差距便分別了生與死，除了命運無法解釋這一切。

這種死法，劍持一定很不甘心吧。城戶甚至開始懷疑，是不是自己太早鬆手才導致意外。

城戶慶幸老大選中自己，吊掛在高空中一所懸命地進行作業，唯有如此才稍微對得起抱憾死去的劍持兼清。他持續放下一條又一條吊線，聽著老大號令推動木板，不知不覺遠離崖邊，往溪谷正中央推進。

峽谷不時有風搖晃著鐵線，城戶肩膀硬得像石頭，胃也不斷緊縮，身體畢竟緊張著，但神智卻意外冷靜清明，指揮身體做出該做的動作。手上操作越來越熟練，放吊線的速度變快，推動木板時和老大也開始有良好默契，俐落到位，思緒也開始活絡起來。

雖然已經是初冬，但這天反常溫暖，萬里無雲，太陽直射時也頗為曝曬，比所謂小春日和更熱些，畢竟是南國啊。

城戶兒時曾經從樹上摔落，就是因為太陽太大了，那天他沒早飯吃，爬到樹上想摘點柿子充飢，卻全都苦澀不堪。早上九點多的日頭意外曝曬，他本就餓得頭昏眼花，一曬之下忽然眼冒金星，手腳虛軟跌了下來，痛得無法動彈，幸好只有破皮挫傷，沒有傷到筋骨。

跌落在地的感覺與其說是痛，更是種衝擊感，胸腹間氣息震盪不已又提不上來，瞬間大冒冷汗，非常難熬，只能等它過去。

他不由得想起，當原警部在逢坂駐在所附近被埋伏的蕃人開槍擊中，倒地不起，是否也是類似的感覺？眼見蕃人從密林中衝出，不懷好意向自己奔來，想要舉槍還擊卻使不出力氣，蕃人瞬息間已來到身前，彼此眼瞳相對。原警部奮力掙扎，但那股震盪依然在身軀裡亂竄，只能眼睜睜看著蕃人舉起獵刀往自己脖子斬落……

陽光更加熾烈了，雖然風吹過時母線和懸吊其上的長條木板都會搖晃，令人心驚，但這時城戶寧願有風來，那怕只是一縷輕風，都能稍稍讓發燙的肌膚鎮靜許多。然而越是這麼期待，風就越是不來，連分毫的空氣流動都沒有。

風已經死了。他們說前幾天死掉的那個阿美族警手巴拜，名字是風的意思。為了興建吊橋，風死在山上，而吟劍詩舞也死在山上。

風說來就來，像是感應到他的召喚般急切奔來，在溪谷上方呼呼長吟狂亂吹舞，風中夾著劍持君的詠嘆，壯心尚是——不思歸——懸吊的木板隨著古調抑揚頓挫搖擺起來，越來越劇烈，老大說拉母線時死也不能鬆手，不能鬆手啊劍持君，然而母線脫韁而去，化為黑色的鐵鞭回打過來，這次他看得分明，連三十二條八號鐵線都能數得一清二楚，正想躲避，胸腹間卻湧出一股紛亂氣息到處衝撞，全身使不出半點力氣，眼睜睜看著鐵線如同蕃刀向自己斬落。城戶腦門上遭到重擊，接著臀下一空身軀急墜，連叫喊都來不及。

原來是錯覺？回過神來，一切都好端端地在原位，安穩如常。

鼻尖一涼，哪裡在滴水？原來是冷汗早將頭上的巡查正帽濕透，順著帽簷滴落。他想擦汗，舉起手卻不知怎麼把帽子打掉，只見黑色盤帽翻轉了幾圈，竟乘著風斜斜滑翔了起來，彷彿獲得生命振翅欲飛，但才一瞬間又從風的背上滾落，直直墜入深淵。

城戶的視線跟著那頂帽子不斷延伸，這才看清自己當下的處境。方才過於專注在作業上，無暇他顧，都沒發現已經置身在橋索正中央，距離兩邊崖壁一樣遙遠，更高掛在七十多公尺高的溪床上方。天地如此廣闊，山川如此遼遠，而自己就像偶然沾在蜘蛛絲上搖搖欲墜的一粒微塵，隨時都可能被命運甩落。

為什麼我會身在這樣的境地？一時腦筋空白，想不起自己是怎麼來到這裡的？這裡是哪裡？是蕃地，是臺灣，是祖先的精靈從地獄返回陽間時都不會來的地方。這裡的太陽為什麼這麼熱？要是這時有蕃人來襲，對著這裡開槍，根本無法掩蔽和閃躲……

「喂！老八，你不要緊吧？」老大問。

「我不太對勁。」城戶呼吸異常急促，卻越來越吸不到空氣，腹部僵硬得幾乎痙攣，而這種緊迫感很快往全身蔓延開來，手腳發冷、發麻、發顫，不由自主蜷握起來。

他生平第一次感受到真正的恐慌。莫非我會死在這裡？城戶閃過這個念頭。

黑色盤帽仍在無止無盡地往下墜落。

•

昭和五年春，天龍橋漂亮地完成，在溪谷上畫出一道流麗的弧線。整條關山越嶺道大小橋梁都是直接以地點或溪流做為橋名，只有這座居於關鍵位置的吊橋獲得特別的名號。而越嶺道跨越利稻溪谷後暢行無阻地往內山開去，與高雄州那端相接，宣告全線貫通。

築路搜索隊解散前，大家湊了點錢請石匠出身的巡查落谷順盛重操舊業，在霧鹿駐在所側門一塊大石頭上刻了「南無阿彌陀佛」，另在霧鹿臺地入口雕了一尊地藏菩薩像，悼慰死難的殉職者。後來地藏菩薩所在之處被稱為霧鹿玄關，凡是長官前來視察、同僚調職離開或者戰爭時年輕人應徵入伍，大家都會在此迎送。

回想起來，那時放吊線到溪谷正上方時，城戶忽然頭腦發白，冷汗直冒，呼吸異常急促，真切地覺得自己會死，即便不是因為自己身體發軟而安全繩又拉不住而下墜溪谷，心臟也會直接停止跳動。

他以為自己攀在死亡的恐懼邊緣很久，但事後老大說那時間其實並沒有很長。老大沉著地按著他的肩膀，叫他放慢呼吸，喝水，把飯糰拿出來盡可能吃一點。等不適感像潮水退去，一切便瞬間恢復正常，他甚至不需要休息或換手，立刻恢復工作，直到放完所有吊線，順利抵達對岸為止。

「我還以為你會直接掉下去呢，」影山說，「不過你馬上復原又開始作業，完全不受影響，真是好膽量。」

「才沒有，我差點就死了。」城戶說。

日後城戶經常站在吊橋中心，望著那頂巡查正帽飛翔而去的方向出神，總覺得自己有什麼東西永遠失落在這裡。而且他有個奇怪的想法，說不定那頂帽子始終沒有墜地，還在某個地方不斷飛翔著。

築路搜索隊解散後，城戶被就地派任在溪頭駐在所，這是臺東廳側從最高處算下來第二個駐在所，海拔八千七百尺（二六三六公尺），位在中央山脈向陽山和大關山之間稜線下方一處坳谷平臺上，正對著氣勢雄渾的向陽大崩壁。初來乍到時誰都會被那壯闊的景象所懾服，但長久派駐此地，每日裡眼中所見只有一片洪荒不毛的岩壁當頭壓著，不免感到陰鬱。

說實在的，溪頭駐在所是個因陋就簡硬擠出來的據點。附近的關山、向陽和哈利卜松駐在所都築得像是安土桃山時代的小山城般，在利於守望防禦的制高點上用幾段石牆護衛著，從越嶺道上仰望頗具氣勢，派駐定員四到六名，設有水泥建造的彈藥庫兼家屬避難室，還擁有松林和連綿山峰的優美視野。

但溪頭駐在所就只是山坳裡的三間木屋，派駐一名巡查和兩名警手，僅有的防禦工事是一圈鐵絲網，當然是沒通電的。此地在岩盤上，無法種植蔬菜，只能靠鄰近駐在所的熟人偶爾分送些。白飯也老是煮不熟，就算在鍋蓋上疊了石頭壓住，米心經常還是粉粉硬硬的，連飲食都格外單調。

會有這樣一處駐在所，是因為向陽和關山距離二里四町（八公里），超過警備道設置規範的最大間距，所以才不得不在途中勉強找地方補設據點。

溪頭非常清靜。過了海拔五千尺（一千五百公尺）的馬典古魯之後就沒有部落，布農族人也不太到這麼高的地方來活動。沒有部落，當然就不需要前往巡視，甚至很少看到蕃人。每天平均只有五到六人通過溪頭，幾乎都是警察相關人員。

偶爾有高山探勘隊伍通過，或者動植物學家前來採集，那都像是神社的祭典行列難得經過鄉下小村落般的大事，但他們頂多進來歇個腳、喝口水就走，不會在這樣荒涼的地方停留。而每次隊伍都是由一個叫做海朔兒・拉伐里昂的布農族人擔任嚮導，他對高山上的每一寸土地都瞭如指掌，有一次後村老大下山後發現水壺不見了，也不知是什麼時候掉在哪裡的，海朔兒・拉伐里昂卻很快就找了回來。海朔兒・拉伐里昂有時順便獵獲動物，城戶都會要求購買一些，那便是在溪頭最豐盛的饗宴了。

城戶最初是自願派駐在這裡的，他並未帶家人來赴任，剛好霧鹿小學校開辦，次男昭雄滿六歲入學，在校寄宿，春枝則幸運地獲聘為臨時雇員管理宿舍，也把三歲的嘉雄帶在身邊照顧。

於是城戶在溪頭獨自住在一間巡查官舍，指揮兩名警手。他們木訥寡言，一整天也講不了幾句話，但忠誠勤快，包辦了每日例行的道路巡查、公文書傳遞、值班警戒，以及確保引水暢通、砍柴生火、煮飯和燒洗澡水等所有雜務。城戶平常只要負責簡單的行政記錄工作就行了，非常清閒。

到職第一天，他卸下行囊裡外巡視已畢，便拿毛筆蘸飽濃墨，在紙拉門題上〈金州城〉和〈滿洲雜吟〉兩首詩。他想起影山光一調侃劍持兼清的話，自嘲說如此一來我也撒好尿標示好地盤了。擱下筆走到屋外，雙手叉腰眺望遠近山峰溪谷，心想此處地方雖小，但全憑自己指揮，還真有幾分一國一城之主的風光呢。

這裡天氣晴朗時非常舒爽，晨起陽光澄澈，空氣清冷，萬事萬物都呈現理想的顏色，也將人裡外洗滌。藍天下雲霧緩緩拂過裸露的岩壁，充滿莊嚴之感。

每年三月春風吹起，會有極為壯觀的雲海，遠近變成一片汪洋，萬尺高峰則成為孤島。海面徐徐湧升，潮浪緩緩進退，有時看似驚濤裂岸，大片水花飛濺空中之後卻變成棉絮般的薄絲，飄掛在蔚藍天空裡。又或者微風不起，寧定成一片靜謐平湖，而湖畔老松姿態萬千，像是從古畫裡搬來栽下的。

再晚一點，一刻鐘步程外的草坡上，高山杜鵑大片綻放，粉白粉紅團團簇簇，熱鬧已極又沒有喧譁的閒雜人等打擾，只有雲霧繚繞、陽光和煦，彷彿誤闖了眾神的花園。

這樣的風景，城戶可以看上一整天。

但苦起來的時候很難熬。駐在所位於中央山脈主稜下的ㄇ字型山坳裡，三面山頭壓迫，一面則朝向深深下切的溪谷，就算夏至也要到快九點才照得到太陽，下午三、四點日頭就隱沒在山後，儘管天空依然燦亮，整個山坳卻早早幽暗下來。

他第一次知道世間有這樣的太陽，雖然一年到頭最熱也不過二十五度，但高山空氣稀薄紫外線強烈，稍微不慎就會被曬傷。紫外線並不在第一時間將人鞭笞，而是悄悄潛進皮肉底下，事後才三天五天地往外痛出來，好像有個毒辣的日頭埋在身體裡。

此地即便在盛夏，稍微有點風雨就冷得不行，冬天的風更像是用冰塊削成的匕首，刺穿屋子又刺穿軀體，就算抱著火缽裹著縕袍也沒用。偶爾下起雪來，白茫茫的彷彿整個世界都消失了，只剩下這座遺世獨立的駐在所。

不過大多時候還是這樣，漫漫白晝，越嶺道上沒有任何行人通過，連飛鳥和動物都絕跡，只有蒼蠅和尺蛾偶爾繞在身旁騷擾。終日無事，又怕外出曝曬，只能拉張椅子躲在窗邊，看遠處連峰頂上白雲聚了又散。

城戶慢慢體會到，這是千年萬年的寂靜。這些山峰亙古以來就在這裡默守不移，而看似無一刻相同的雲、陽光，還有雨雪與颱風，其實也都是天地間無盡反覆的華麗花紋。四季更替不歇，而歲月從無推移。

他日復一日坐在窗口，長看不厭，深深把這個景色印入腦中。年深日久，都沒察覺他把自己也印入這千萬年不變的自然裡，從時間的流動中悠然逸出，終於成為窗外崩壁的一部分，杉林的一部分，風雨的一部分，以及萬千山嶺的一部分。

隨著在溪頭越久，他所有的情緒和回憶都變得越來越淡薄、越短暫，偶然湧上心頭，也會迅速淡去。

最終他在這裡待了七個寒暑，直到昭和十三年溪頭駐在所裁撤才調回霧鹿。當他離開時，覺得七年只是一瞬，卻又彷彿一輩子那麼長。

・

在溪頭所有景致中，最令城戶著迷的是向陽大崩壁。

每逢颱風豪雨過後幾日，這片由板岩構成的大崩壁上就會開始傳出零星的石頭崩落聲。剛開始一顆兩顆，喀啦，喀啦，喀啦喀啦，從懸崖高處直直墜落，磕撞到岩壁狠狠彈開，然後不斷彈跳旋轉，越轉越快，終於掉到視線不及之處。

這時城戶和警手們都會格外留心，等一有動靜便彼此呼喚：「喔！來了，來了！」頓時間，整片山壁轟隆崩塌，不可思議的巨量岩塊脫離山體滑落，在漏斗狀的谷中匯聚成一條岩流，巨龍般厲吼雷鳴，左衝右突奔瀉而下，幾乎直直朝著他們襲來，在最後一刻轉過大彎從腳下滾滾而去。而漫天塵砂充塞整個山谷，良久之後才會落定，把所有東西都敷上一層灰。

這種場面無論看過多少次，都還是深受震撼。

大崩壁最奧妙的一點是，每次驚天動地崩下巨量岩石，將其內在徹底袒露出來，山嶺的形狀似乎確實改變了，但看個幾天之後又似乎和以前沒有任何不同。山壁一次又一次大片剝落，永遠不改其荒瘠孤峭、毫無生機的本質。

山崩不只在白天發生，晚上也會，而城戶幾乎都會出來觀看。有時星月無光，在伸手不見五指的黑暗中更能感受那股義無反顧崩毀的氣勢。

有那麼一個滿月的深夜，他夢見劍持來到溪頭，高興極了，問對方怎麼有空來？劍持笑說，聽聞這裡的崩壁非常值得一看，所以就來了。正說著，崩壁那邊遠遠傳來一顆岩石的滾落聲，既清脆又鈍重，極其堅硬的碰撞，充滿動能地跳躍滾轉而下，比平時漫長許多。接著安靜了一會兒之後，岩屑鬆動簌簌作響，眼看就要大片崩落。

城戶醒來，發現窗外煥發著奇異光芒。他起身披衣，推門而出，月亮已然隱沒在高聳的西邊山頭後面，整個山谷暗影幽深，高聳廣闊的板岩崩壁卻獨獨輝耀著燦爛的銀色金屬光芒，彷彿漂浮在深邃的宇宙之上。

和白天相反，原本生機無窮的森林陷入一片死寂，岩壁的神魂卻完全甦醒過來。整個黑暗的世界裡只有岩壁是活的。

霎時間岩壁真的動了，銀灰色光芒一陣亂閃，猝不及防的轟然巨響中，岩壁瞬間失去浮力，又像是變成一道簾幕瀑布直墜而下。黑暗深淵中傳來岩石巨龍滾動的巨響，塵埃沖天噴起，在月光下閃成無數晶芒，脫出牢籠般歡快飛舞。

風壓拂來，城戶知道塵砂將至，心想應該躲回屋裡，身體卻不知為何沒有動。下一刻夾著砂礫的風已然撲面而來，刮得亞鉛浪板和木板嘩嘩亂響，皮膚像是有砂紙在磨、細針在刺，他沒有閃躲，他無法閃躲，任由這一切粗暴地刮擦著他的靈魂。

過了良久才安靜下來。他睜開眼睛，月光不知何時已經消失，萬物徹底隱沒在夜色之中。岩壁應該還在那裡，但看不見。

第三章 海朔兒

海朔兒・拉伐里昂在帕哈斯部落的家門前為自己的第一個孫子舉行嬰兒祭。

請聽我的祈禱，我們在這滿月之日，遵守與月亮的約定恭敬祭祀，並依照傳統為這個新生的孩子祈福驅邪。海朔兒・拉伐里昂拿著裝有小米酒的葫蘆瓢，在家族親戚們的注視下來到嬰兒前面，他的語氣一如平常，因為生活無時無刻都是儀式，都在與萬物的Hanitu（靈）溝通。

根據Samu（傳統、禁忌），這個孩子承襲他的祖父，也就是以我的名字，命名為海朔兒。這個名字將會使孩子平安健康，和大樹一樣強壯，如同老鷹般迅速，能夠翻越最高的山，並且像流水般心思清澈，和月光一樣品行高尚。惡靈會對這個的名字感到畏懼，不敢讓疾病和災厄侵入他的身體，也不敢到我們部落來！

嬰兒的眉心有兩道淡淡的胎記，像山羌額頭上的紋路。海朔兒・拉伐里昂用手指沾了點酒水塗在胎記上，並且幫嬰兒掛上石菖蒲根做的串珠，每個家族親戚都過來歡迎他成為部落的一分子，誠摯祝福，Mihumisang，好好呼吸，好好活著。

嬰兒安然躺在母親莎霧懷裡，偶爾顫動幾下，像還沒睜開眼睛的雛鳥。海朔兒・拉伐里昂愉悅地對嬰兒說，Ala，你不只承襲我的名字，也將擁有我的經驗、智慧和勇氣，而我也將從你那裡獲得新生的力量，我們的生命緊緊相連，我們是彼此的Ala。就像我的祖父，還有祖父的祖父，不斷彼此傳承一樣。

屋前的大樟樹堂堂向天空伸展，張開蓬勃巨大的樹冠，樹身上的縱裂紋煥發出優美的力量。

嬰兒的臍帶和胎盤就埋在那棵樹下，那是嬰兒的生命樹。那同時也是海朔兒・拉伐里昂，以及他所有兒女的生命樹，樹的繁茂就是人的繁茂。

一群哈斯哈斯鳥從左邊飛進樹冠裡，圓潤如串珠的的叫聲啁啾不已，接著又往右邊飛去。吉兆！這是天神的祝福。海朔兒・拉伐里昂看著嬰兒，彼此用同樣的韻律呼吸，Hanitu 和諧共鳴，他的心知道。

・

小海朔兒十五歲的時候，祖父做了預知即將死去的夢。

祖父擁有拉伐里昂氏族最強壯的 Hanitu，他的夢占非常準確，從來沒有失誤過。

在那之後，祖父不厭其煩地重複對海朔兒說，Ala，我的孫子，你要記得，我死的時候一定要照傳統方法埋在帕哈斯的老家房子裡，絕對不能照日本人說的埋在霧鹿墓地，只有凶死的人才會像是丟掉破布一樣埋在戶外。

Ala，我一定會把你帶回老家。海朔兒說。

Ala，你一定要記住，這樣我死後才能回到祖靈原鄉，這是我一生最重要的事。

Ala，我會記住。

每天凌晨，距離天亮還早，大地最黑暗的時刻，全家人就會起身在三石灶火堆旁圍成好幾圈，訴說自己的夢境，並且討論預兆。而解夢時海朔兒都坐在祖父旁邊，他們是彼此的 Ala，生命緊密相連。

祖父說，夢是睡覺時 Hanitu 離開身體，和萬事萬物的 Hanitu 相遇溝通。如果夢見捕獲獵物、採到珍貴的植物、有人贈送禮物或者性交，都是吉兆。相對地，夢見跌倒、丟失物品、腐爛發臭的水塘乃至死屍，都是惡兆。但有很多夢境並不那麼容易解釋，Hanitu 越強壯的人能得到越豐富的夢境，並且做出正確解讀。

從耕種、出草和狩獵等大事，到日常生活小事，都必須依照夢占的結果來決定，違逆凶兆的話一定會招致災禍。

海朔兒小時候曾夢見巨大的月亮，連祂臉上的每道皺紋都一清二楚，而自己渾身沐浴在不可思議的白色光芒中，醒來時心臟狂跳，鮮明地記得那種悸動。祖父說月亮教導人們生活的法則，夢見月亮是要他多加注意自己的所有言語和行動；海朔兒也做過幾次離地漂浮乃至飛行的夢，但祖父說這表示他的 Hanitu 太輕了，不夠強壯。人是不應該飛起來的。

那天祖父說，他夢見自己正在尋找一個地方蓋新房子，預示了他即將死去。在以往，死去的人會按照 Samu 以屈肢葬埋在家中，如果地下葬滿了，就必須把房子讓給祖先們，另外找地方蓋一間新房子，所以夢見蓋房子表示將有人死亡。

海朔兒聽了祖父的夢，問道，Ala 最近有不舒服，還是生病了嗎？

我沒有病痛，也沒有被惡靈糾纏。祖父說，我只是時候快到了，要離開這個身體返祖靈原鄉，我的心知道。

Ala 不要死。海朔兒說。

Mataz（死亡）並不可怕，它跟 Mataisah（作夢）一樣，都是 Hanitu 離開身體去別的地方，差別只是死去之後 Hanitu 不會再回到身體而已。祖父說。

叔父納瓦斯說，父親一直教導我們，嚴格遵守 Samu，做好每件該做的事，就會擁有強大的 Hanitu，死後可以順利找到前往原鄉的路。父親是我們氏族中 Hanitu 最強大的人，不會在前往原鄉時迷路，但是請你看看這些孩子，他們都還沒有成為真正的人，有很多需要父親教導的地方，請父親不要那麼快離去。

這個世界變了，現在有很多祖先沒有經歷過，我的眼睛也看不懂的事情。祖父說，日本人沒收我們的槍，不准我們按時舉行祭典，強迫我們從帕哈斯的石板老家搬到霧鹿的木頭房子來，把原本散布在群山中的不同氏族全部混居在一起，讓我們無法遵照祖先教導的方式來生活。

三石灶裡的柴火忽然爆出一陣濃煙，把人們燻得臉都皺起來，好像掉在地上乾癟掉的橘子，忍不住頻頻咳嗽，淚水直流。

Ala，我的孫子，張開嘴讓我看看。祖父說。

海朔兒咧開嘴唇，知道祖父又要看他的側門牙。當一個少年熟習所有的 Samu，磨練出應有的技能，被認可為部落和家族所需要的力量，就必須拔掉上顎一對側門牙，跨過痛苦得到勇氣，成為真正的人。這個儀式通常會在十二歲時舉行，但海朔兒已經十五歲了卻還沒有拔牙，在以往這是一種恥辱，不過現在所有的青年都是如此。

你拔掉側門牙會很好看。祖父說，日本人連拔牙也不准，讓我們的孩子無法成為真正的人。日本人還要強迫我們放棄祖先的土地和神聖的小米，搬到平地改種水稻。這樣的世界，還有什麼是我能教給孩子們的呢？

叔父阿樹浪激憤地說，我們不要搬到平地，也不能放棄小米，如果日本人強制我們這麼做，我們就反抗到底。

沒有用的，那些最勇敢、最強大的人，不管是阿里曼・西肯、拉馬達・星星，還是拉荷・阿雷，全都失敗了。北邊莫古拉萬和南邊內本鹿的親戚都已經被強迫搬到平地，整個山區只剩下我們新武路溪的人，大概也無法抵抗移住……祖父低聲說，如果祖靈眷顧我，就會讓我在那之前死去，這樣的話，至少我還可以按照 Samu 過完一生，讓 Hanitu 回到祖靈原鄉。

那我們該怎麼辦呢？幾位叔父和叔母異口同聲問。

謹慎遵守 Samu，敬畏神靈，維護家族的名譽，讓 Hanitu 保持強壯，隨時留意各種預兆。祖父說，我所知道的，能告訴你們的也只有這些。

海朔兒感應到祖父的痛苦，但無法真正體會祖父的心情。他從有記憶以來就住在霧鹿的木板房子裡，不記得在老家的生活，而且在蕃童教育所學習日本規矩，對失去傳統沒有那麼深刻的感受。但他畢竟和祖父是Ala，彼此心意緊緊相連，他無法想像祖父就這樣死去。

窗口外天空微微發白，快要天亮了。

祖父往外看了一眼，說，日本人蓋的這種木板房子既脆弱又不會呼吸，住起來真不舒服。他環顧所有人，嚴肅地交代道，我死的時候，要用傳統的方法，埋在帕哈斯的老家屋子裡，絕對不可以讓日本人把我埋在外面的公墓。這是我一生最重要的一件事情，你們一定要遵守！

•

海朔兒・拉伐里昂剛滿十歲，可以開始學習山上的事情了，祖父帶著他走一趟親戚路，循著最高的山嶺到北邊拉庫拉庫溪的大分和莫古拉萬探訪遠親，也讓親戚們看看這個已經長大的少年，為幾年後的婚配預做準備。

他們連獵犬都沒帶，祖孫兩人就這樣從帕哈斯上路，經過第一次歇腳的大石頭、狩獵回家時放槍報訊的突岩、動物舔水的地方、瞭望山谷之處、調整背負重物的平臺，還有適合設陷阱的獸路口。祖父不時考驗他能否辨識山羊蹄印、野豬拱痕，或者透過水鹿在松樹上的磨痕判斷鹿角高度和水鹿的大小。

午後雲霧從山下沿著溪谷湧上，迅速飛升、翻轉、聚散，將陽光遮蔽，原本開闊的群山頓時隱匿不見，森林變得幽暗潮濕，空氣冷涼，地上的每片落葉踩起來都變得不一樣。

山是活的，山在呼吸。祖父說。

Mihumisang。海朔兒・拉伐里昂在心中暗道。

他們在一處避風的地方稍事休息。海朔兒・拉伐里昂問，Ala，剛才過來的時候，看起來有好幾條路，你怎麼知道哪一條比較好走？

沒有好走的路，只看你要怎麼落腳。祖父說，只要你的 Hanitu 夠強壯，山上的老人家就會引導你。

山裡面有各種 Hanitu，有人的，動物的，植物的，萬事萬物的，祂們有好有壞，凶死者和不知由來的邪靈會詛咒陷害人，而善靈則會福佑人。其中最重要的是會保護我們並且賜予獵物的祖先，祖父說，我經常感覺到老人家的 Hanitu 跟隨在後面，我的心知道。尤其是我的祖父，他是我的 Ala，也是你的 Ala，總是保護著我們。

要怎樣才能感覺得到山裡的老人家？海朔兒・拉伐里昂問。

祖父說，雖然眼睛看不到 Hanitu，但是你的心會知道。風的腳步，雲的姿態，打雷的聲音，森林裡的動靜，哈斯哈斯鳥的飛行方向，還有夢，到處都是徵兆，都是我們的 Hanitu 和其他

Hanitu 相遇的感應。

人的左邊肩膀上有壞的 Hanitu，讓人變得自私、貪心、憤怒、暴躁。右邊肩膀則有好的 Hanitu，讓人謙虛、知足、平靜、柔和。我們的心可以決定讓哪一個 Hanitu 變強大，而好的 Hanitu 越強大，就越能夠感應萬事萬物。

祖父拉上頭帶，重新將背籠背起，站直身子大聲祝禱，老人家啊，今天我帶著這個孩子來走探望親戚的路，請帶領我們的方向，使我們在山裡不會迷途，請引導我們的腳，每一步都踩踏在穩固的地方，請驅趕路上的猛獸，不要與我們衝突。請您保佑這個孩子，讓他的行動像飛鳥一樣迅速，心像月光一樣純潔！

你來帶路！祖父說，用你的心，讓老人家引導你。

海朔兒・拉伐里昂在灌木叢裡尋找野獸蹄印，沿著稜線往上，有時找不到路就強行攀爬山羊才會行走的絕壁。祖父從頭到尾都沒有說什麼，默默跟隨著，只有當他從山壁上跌倒滑落時上前大聲呼喚，海朔兒！海朔兒！快點回來！

人受到驚嚇時，Hanitu 會遺落在當地，必須叫喚回來。祖父說。

他們終於在快入夜時來到山脈最高處，森林前緣像是雲海般停駐在同樣的高度，蜿蜒依繞著一道道彎曲的稜線，上方則是低矮的箭竹草原。祖父指著一塊線條柔緩得猶如母親乳房的山頭，說那就是哈因沙山，再過去都是大分的獵場。

的。

祖父領著他走過箭竹草原，眼前忽然出現一塊碩大的窪地，簡直像是天神用指頭按捺出來的。

窪底有一片黑色的石板，巨大又平坦。海朔兒・拉伐里昂慢慢走下緩坡，看見許多水鹿聚著喝水，又看見石板上竟然星光點點，甚至映出天空中的半枚上弦月，原來那是一座湖。若非親眼看到，很難想像就在最接近天空的山巔上靜靜躺著這樣一座湖。

海朔兒・拉伐里昂驚奇地發現，水中的世界看起來比天空中的還要真實，奇妙的是，那裡面的月亮看起來竟有種哀傷的感覺。

這座湖是月亮的鏡子。祖父說。

祖父要他一起在湖畔坐下來，然後說了射日的故事。

・

很久以前，天上有兩個太陽。

兩個太陽輪流在天空照耀，永遠都是白晝。世界炎熱無比，大地枯焦，溪流乾涸，經常有東西忽然自己燃燒起來，甚至蔓延成山林大火。

沒有黑夜。每當一顆太陽下沉到西邊山後，將天空染成一片昏黃，東邊山頂上就會放射出旭日晨光，繼續讓世界在永恆的明亮中運行。

人們苦不堪言，但也只能默默忍耐。他們在驕陽下工作，乾渴得流不出汗水，每天疲憊萬分，辛苦終年卻只得到少得可憐的收穫。然而他們慢慢習慣這樣的生活，也都忘記去想，這個世界有沒有可能不這麼炎熱？

有一天，一對夫婦下田工作，把他們的嬰兒放在砌石牆邊，用獸皮衣來遮蓋。然而過了一會兒嬰兒停止發出聲音，憂心的父母翻開獸皮衣，發現嬰兒不見了。他們急切地尋找，卻只在旁邊的石頭底下發現一隻蜥蜴。那隻蜥蜴不斷躲避陽光，遮蔽的石頭一被掀開就鑽進另一顆石頭底下，終於不見蹤影。

男人悲憤不已，決定找太陽報仇。他在耳縫裡塞滿小米粒，背著一簍橘子，拿上最好的弓和箭，帶著長子結伴出發。

父子倆跋涉過無數的高山與溪流，肚子餓了就取出一粒小米煮成一大鍋小米飯，捏成飯糰帶在身上吃。嘴巴渴了就剝一瓣橘子仔細咀嚼，感受珍貴的酸甜和清涼。

日復一日，年復一年，他們持續著旅程。父親老了，兒子也已長成勇士，最後終於來到最遙遠東方的山巔。這裡比世界上所有地方都更加炎熱，除了山棕樹之外寸草不生。

他們站在大石頭上，回望遠方的西邊天空，一顆太陽正在緩緩下沉。而近處的東方山嶺後面大放光芒，亮得讓人睜不開眼睛，空氣灼熱無比，讓他們身上每根毛髮都捲曲起來，發出焦臭味。

老人當機立斷，跳下大石頭砍了幾枝山棕葉回來幫勇士遮擋。勇士從山棕葉縫隙裡看到巨大的太陽正從山頭轟隆隆升起，立刻拉滿弓將箭射出。

鏜的一聲巨響，天地震動，太陽的右眼被射中，鮮血噴濺在天空中化為閃耀的銀河和群星。太陽摀著眼睛血流滿面，強光和炎熱頓時減弱，祂憤怒呼號，伸手來捉射傷祂的人，父子倆幾次從太陽巨大的指縫間逃脫，最後還是被抓住。

你們為什麼要傷害我？太陽發出粗重的喘息問。

你把我的孩子曬死變成蜥蜴，還讓萬物難以生存，我是來報仇的。疲憊已極的老人說。

你錯了，這一切都是人類自己造成的。太陽說，人類不知敬畏神明和天地萬物，傲慢任性，才會招來災禍。從今以後，我將化身為月亮，用盈虧告訴你們時間的推移。你們必須在櫟樹發芽、李樹開花、緋櫻凋謝前播下小米的種子，並且按照小米的生命循環，在每次月圓時舉行開荒祭、播粟祭、除草祭、打耳祭、割粟祭和進倉祭，奉獻最好的食物和美酒。尤其是秋天小米收穫之後的月圓之日，要舉行新年祭，向我報告這一年間曾經違反的 Samu，誠心悔過，並且和我立下新的約定，才能永保安穩。

我們明白了，往後我們會遵照您的指示。父子倆說。

以後我會保佑人類的嬰兒。太陽說著，將插在右眼上的箭桿連同眼珠拔下，一串鮮血滴落在地面，琳瑯作響，化為無數璀璨的琉璃珠，每一顆都像太陽的眼睛般不可逼視。太陽捧起一把琉璃珠交給勇士，說把珠子串成一串，嬰兒祭的時候掛在孩子身上，他們就會平安長大。

老人解下三角胸兜遞給太陽，說，請您用這個包紮傷口吧。

太陽擦拭了臉上的血跡，把右眼包覆起來，整個身軀黯淡下來，從此變成柔和清冷的月亮，胸兜上的花紋也化作祂臉上的陰影。

回去吧，不要忘記我們的約定。月亮說。

我們會永遠記得和您的約定。父子倆說。

•

從大分和莫古拉萬探望親戚回來，眼看午後雲霧即將湧起，祖父領著海朔兒・拉伐里昂離開最高山嶺的主稜，下切穿入杉林，抵達一處石壁下的獵寮。

石壁底部內凹，巧妙地遮擋風雨，人們又用樹木搭建屋頂，可容納十多人的獵團過夜。祖父熟練而輕柔地點燃松脂喚醒一堆柴火，和海朔兒・拉伐里昂各用手指沾酒液向天彈撒三次，敬天、敬地、敬靈，並把剛剛獵到的飛鼠肝臟埋在土裡當作獻祭。

深夜裡，一位白髮白眉的老人來到獵寮，拐杖在地面敲出叩，叩，叩的沉重聲響。海朔兒・

拉伐里昂坐了起來，不知怎麼覺得對這個陌生老人很有親切感。老人見了他，摸著他的頭笑說，你這孩子很好，我很喜歡，以後在山上有什麼事就呼喚我。多分點酒給我喝吧，下次來的時候，再帶些好吃的！

老人忽然發出焦雷般的巨大吠吼，海朔兒・拉伐里昂被驚醒，原來是夢。但叩，叩，叩的鈍重敲擊聲仍然持續著，彷彿連地面都震動起來。

一個巨大的影子散發著濃重的野性氣息從黑暗中現身，是頭健壯的水鹿，一對三叉大角在閃動的柴火照耀下好像不斷向上抽長著。水鹿走到火堆旁瞪著他，雙耳前後搧擺，眼下腺隨著呼吸張弛，好像有兩對眼睛似的，同時用前蹄持續用力蹬踏著地面。

好美的一頭鹿！祖父也醒了，高興地說，這是老人家送給你的啊。

海朔兒・拉伐里昂試著伸出手撫摸水鹿，牠並不抗拒，也未轉身逃走，只是繼續蹬蹄。即使水鹿本就不太怕人，但海朔兒・拉伐里昂也不曾如此親近這樣徹底把自己交出來的巨大動物，感覺牠的鼻息吹噴，而水鹿蹬蹄的姿態簡直像是某種祭典上的舞步。

他興奮又緊張，心臟像是被狗尾草輕輕搔得酥麻。他愛憐地撫著水鹿的脖頸，深刻感受到這是一個從裡到外都無比美麗的生靈。幽微火光中，水鹿眼睛深不見底，彷彿整座山都從那裡面凝視著他。

是老人家送給你的，你就好好收下吧。祖父說。

海朔兒・拉伐里昂點點頭，雖然有點不捨，依然果決地抽出獵刀抵在水鹿喉部，大聲感謝老人家的饋贈，接著劃開一個黑暗的氣孔，讓生命從裡面逸出。

另外一個世界忽然在他面前整個展開，那是眼睛看不見、耳朵聽不到、皮膚觸摸不著但更廣大的所在，棲居著無數山靈，自由地跳躍、奔跑、飛翔。此刻這個世界接納了他，並且為他的成長歡慶，他的心知道。

水鹿側身翻倒，抽搐幾下之後不再動彈，眼中的神采黯淡下去，但那深邃的凝視已將海朔兒・拉伐里昂心中的另一道門完全敞開。

•

小海朔兒剛滿十歲那年，祖父帶著他走了一趟親戚路到大分和莫古拉萬，然而那邊的親戚們已經在好幾年前被日本人強迫搬到山下，整個拉庫拉庫溪流域都被清空，家屋燒毀，耕地荒廢，群山之間不再有人的蹤影，只剩下駐在所裡的日本警察依然監視著空蕩的山嶺。

這天清晨，海朔兒跟祖父從大分返回，當他們越過一座小山頭，忽然看見下方平臺上豐美的情景。

太陽剛剛升起，空氣濕涼地浸潤著口鼻，杉樹綠得不得了，遠方的山卻是幽藍色，天空則是更淡的藍色。山脈最高處的群峰之間藏著這樣一塊覆滿箭竹草叢的平臺，上面散布三兩水窪，更有從未見過的大批鹿群正悠哉地吃草或喝水。

Ala！好多鹿！海朔兒忍不住驚呼，獵犬呆姆聽見主人喊叫，也跟著狂吠不止。

鹿群被狗一驚，四面奔跑起來，十分壯觀。海朔兒看見一隻小鹿緊跟著母鹿奔跑，姿態矯健優雅，心裡跟著雀躍不已。

好獵人懂得保持安靜，你這樣喊會打擾整座山的。祖父轉頭對仍在吠叫的呆姆低聲喝斥，呆姆立刻乖乖低下頭來。

祖父領著海朔兒走下陡坡到平臺上，平臺側面延伸出一道狹長筆直的和緩凹谷，像是一條乾溪床。海朔兒覺得奇怪，這片溪床並不是灰白色的岩石，而是柔軟的青黃草叢。

就在這個地方。祖父停下腳步，指著山坡邊的一棵樹說，我們的祖先多馬斯・海朔兒・拉伐里昂從這棵樹上打死過一隻最大的黑熊。

他是我祖父的祖父的祖父。祖父說。

那就是我祖父的祖父的祖父的祖父，是我們的Ala！海朔兒說。

祖父說，當年多馬斯・海朔兒第一次跟著祖父到高山上，晚上的時候祖父暫時離開，要他待在樹上等待，看到動物出現就開槍。他等了很久，差點睡著失手把槍掉落，這時底下黑暗中簌簌有聲，靠得很近，是一隻大型動物。

他從頭到腳每一根汗毛都醒了，把槍端起來瞄準。他擔心會不會是祖父回來，先高喊一聲！那頭動物聽見聲音人立起來，胸前的白色月牙紋被月光照亮，他立刻開槍，把滿山睡得正熟的鳥兒們全都驚起，那動物也應聲倒地。

他不敢馬上下去察看，等祖父回來才爬下樹，發現被打死的是一頭碩大無比的黑熊，連祖父都沒看過這麼大的。子彈直接命中黑熊左胸月牙下方的心臟部位，使牠當場斃命。

人和黑熊（多馬斯）原本是兄弟，一直住在一起，後來才分開。獵到黑熊雖然光榮，但也是不吉利的事。祖父說，獵到的黑熊不能帶回部落，只能在獵寮吃完，獵到黑熊的人也必須在獵寮住一陣子才回家。

少年海朔兒第一次出獵，就能一槍打死最大的黑熊，擁有非常強大的 Hanitu，也因此得到多馬斯的稱號，成為多馬斯・海朔兒・拉伐里昂。祖父說，後來他帶領我們家族從莫古拉萬搬到帕哈斯，是勇敢的開拓者。

祖父撫著那棵樹說，多馬斯・海朔兒的 Hanitu 就在這裡，我的心知道。

海朔兒也把手掌按在樹上，聽見風的腳步聲響起。

祖父說，很多年前，當我還年輕的時候，大分的親戚決心反抗日本，號召拉庫拉庫和帕哈斯參加，族人們像是整窩虎頭蜂全都衝出去，把喀西帕南和大分駐在所所有的日本人都殺光。那是我第一次砍下日本人的首級，歸來時經過這裡，就向多馬斯・海朔兒呈報戰功，告訴他，我也已經成為獨當一面的勇士。

那為什麼莫古拉萬的親戚後來願意被日本人移住到平地呢？海朔兒問。

要比力量和勇氣，我們遠勝日本人。祖父憤懣地說，但是日本人懂得飛機和大砲那樣邪惡的巫術，我們才不得不被迫服從。

Ala看過飛機嗎？

看過，那真是可怕的景象，日本人竟然能夠坐在飛機上，像老鷹一樣越過高山和溪谷直接飛到我們的部落上面，甚至使用叫做爆彈的巫術，把地上炸開大洞，引發火災。

海朔兒沒有看過飛機，只有每年大砲射擊的時候感受那無法對抗的震撼威力。公學校的老師曾提起飛機的事，說那並非巫術而是科學。他不知道什麼是科學，但很想親眼看看飛機飛在天上的樣子，甚至想知道人坐在飛機裡的感覺。

•

當他們在午後抵達石壁下的獵寮時，發現木造建築已經朽壞，坍塌了半邊。不再有獵團，獵寮當然也就無人維護，隨著時間被山林收回。

雖然兩人靠著石壁遮擋就能過夜，但祖父還是決定要修整一番。他們砍來幾根筆直的樹幹當作梁柱，剝下松樹皮鋪成屋頂，稍微讓獵寮恢復舊觀，然後升起一堆火，點撒酒水祭拜山靈，這才安頓下來。

祖父說，我十歲的時候跟我的祖父來過這裡。那天晚上，有山上的老人家來看我，還送了一頭好漂亮的水鹿。從那之後，我在山上隨時都可以感覺到祖先們跟在身後，每當迷惑的時候向他們請求，就會知道該往哪裡走。我也可以看見隱藏在樹叢後面的動物，甚至可以知道整座山的動靜。

老人家也會來看我嗎？海朔兒問。

那要看你的努力，還有老人家的意思。祖父說，如果你說的每一句話和做的每一件事都符合Samu，用心讓Hanitu變得強壯，老人家就會來看你。

海朔兒想起白天時的對話，於是問，Ala，人可以飛嗎？像老鷹那樣，還有像日本人那樣。人不可以飛，飛起來就變成鳥了。祖父將柴火燒旺，說了人變成鳥的故事。

從前有一個叫做林納西的孤兒，非常喜歡他的獵犬黑黑。有一天他們一起去打獵，林納西射傷了一頭鹿，黑黑立刻兇猛地追了上去，但是過了很久都沒有回來。林納西爬到樹上，聽見黑黑的叫聲越來越遠，大聲呼喚黑黑、黑黑……

天色很快暗下來了，可是林納西太喜歡他的黑黑，那是他唯一的家人和朋友，所以他繼續待在樹上等待。儘管他已經聽不到黑黑的聲音，林納西還是不放棄地一直呼喚，黑黑、黑黑……

過了好久，大家才發現林納西沒有回部落，不知道他去了哪裡。但是從此在山上有一種鳥，總是黑黑、黑黑地不停叫著。人們都說，林納西變成鳥了。

海朔兒在心裡默默念著，黑黑，黑黑。他跟祖父說，Ala，我聽過另一個鳥的故事。

從前有一個小女孩，父母都死了，被親戚收養。養父母總是叫她做很多事，一下子叫她去取水，一下子叫她到危險的懸崖邊撿拾松木，又叫她打掃家裡和生火煮小米飯，卻不讓她跟家人一起吃飯，只給她一點點吃剩的食物。

有一天，小女孩實在工作得太累，肚子又太餓了，決定自己去找食物來吃。於是她把畚箕切成兩半，綁在兩隻手臂上，又把掃帚綁在屁股，然後爬到屋頂上。

小女孩望著天空，縱身一跳，拍動雙臂變成老鷹飛了起來。她在天空盤旋，叫著 Kukuav、Kukuav！養父母跑出屋子，仰著頭看她，叫她回去，說會給她鍋巴吃。小女孩說，你們不給我東西吃，還欺侮我，我只好自己去獵捕食物。

變成老鷹的小女孩越飛越高，叫聲也傳揚得越來越遠……

祖孫倆人圍著火堆，身上只蓋一塊薄布。每當火苗漸漸熄滅，四周空氣變得寒冷，他們就會起來添加木柴，把火堆重新撥弄旺盛。這讓他們保持警醒，不被夜行的野獸或敵人伏擊。

不知道是第幾次睡著時，海朔兒夢見自己變成了一隻鳥，站在高高的樹枝上。他想要飛行，展開雙翼，發現那是綁著畚箕的人類手臂，再怎麼揮動也沒有用。他不顧一切往前跳，然而並沒有變成老鷹飛起，也沒有墜落，原來衣服被樹枝勾住，整個人懸在半空中。

他往下看，底下沒有任何東西，只有漆黑一片。而半空中的風好冷，不斷吹拂著他的背脊，讓他忍不住簌簌發抖。

臉頰上忽然感到一股暖意，海朔兒醒來，是呆姆在舔他臉上的淚水。柴火熄了，子夜的野風寒沁肌骨，滿天繁星像是無數冰錐，煥發著絲絲冷氣。

Ala，為什麼孤兒會變成鳥呢？他問。

祖父沒有說話，起身幫冷掉的火堆加柴。他拿樹枝一撥，一串火星猛然竄了起來。

Ala，懶惰的人變成老鼠，自私的人變成猴子，偷地瓜的人變成山豬，不遵守規矩和 Samu 的人會變成動物，那為什麼孤兒要變成鳥？孤兒又沒有做壞事。

Ala，我的好孫子，並不是孤兒就會變成鳥，一個心沒有跟其他的心在一起才會飛走。就算是孤兒，只要所有的心跟他的心在一起，他的心也跟所有的心在一起，他就不會飛走了。

Ala……

睡吧，火堆已經旺了。祖父說，再睡一下吧，讓你的 Hanitu 帶著煩惱離開身體，然後帶著夢回來。

•

海朔兒・拉伐里昂永遠記得自己參加的第一個祭典。

十二歲那年，經過反覆考察和試煉，祖父認為他已經熟習所有的 Samu，學會應有的技能，能夠開始為部落承擔責任，決定拔除他的上顎側門牙，讓他成為真正的人。

張嘴。祖父說。

他看著祖父用手指挖了一坨乾雞糞粉，不由分說戳進自己嘴裡，厚厚塗在牙齦上，九芎木般堅硬的指尖刺得口腔好痛，雞糞的腥臭跟著衝進鼻腔和腦門。還來不及覺得噁心，祖父又已經用苧麻線纏繞側門牙，綁在一段枝杈上抓牢。他不由得警醒緊張起來，發現肺裡的空氣像是受驚的山羌躁動起來，不受控制地急喘。

好好呼吸！他告訴自己，這是神聖的一刻，他即將從動物般的孩童變成真正的人，要拿出勇氣來。

祖父一掌重重按在他頭上，向天神祈求拔牙順利成功，惡靈不會從斷牙侵入作祟，讓孩子變成強壯勇士……忽然手腕一抖，他的牙齒向天空飛去，越過屋頂，旁觀的大人們都呼喝叫好，因為牙齒飛得越高越吉利，代表他將會擁有順利成功的人生。

劇痛的震撼還沒稍減，另一顆側門齒也跟著被拔除。他緊緊摀著嘴，鮮血不住從指縫間流下，痛得不得了卻不敢叫嚷，並在大人的喝斥下緊閉嘴唇把血一口口吞下。

成為真正之人的喜悅很快掩蓋過痛楚，血也不再流了。海朔兒・拉伐里昂臉上充滿光彩，別人說什麼都笑，好像捨不得把嘴閉起來，要讓大家看清楚他牙齒間的兩個空洞。他講話漏風，越漏風越愛講，而且發現自己一直用舌頭舔著缺牙的洞，品嘗著一股淡淡的甜腥，那是成為人的滋味。

當年開墾祭之後，人們依照往例在屋前吟唱祈禱小米豐收歌，挑選十二位品行光潔，並且在過去一年曾捕獲獵物的男人參加。很意外地，祖父讓海朔兒・拉伐里昂成為其中一員。

十二名男人圍成一圈，互相搭著左右同伴的後腰，踩著節奏一致的步伐慢慢由左向右旋轉。曲子沒有歌詞，只有「喔——」的長吟，領唱者吟出低沉的第一道聲響，其他人漸次跟隨，往上堆疊。這首歌平時不能教授、練習，只能在祈禱時吟唱，但海朔兒・拉伐里昂在圍圈中很自然知道要怎麼加入。

他可以自己選擇一個覺得舒服的音高，又與所有人聲調和諧、彼此共鳴。他感到全然自在，同時也跟每個人的心在一起。

眾人緩緩旋轉，從屋外朝著大門移動，象徵小米如同陀螺般飛旋成長，源源不絕走進穀倉。吟唱者仰頭朝慕天神，嗡嗡聲響不斷升高，緩慢而堅定。海朔兒・拉伐里昂身為其中一員，顱腔震動，卻覺得那聲音彷彿是從地底、從溪流的源頭、從森林深處和石頭的核心發出的，莊嚴盛大，煥發著神祕而豐饒的力量。

海朔兒・拉伐里昂感覺到山上的老人家們都來了，全都圍在一起吟唱，他的心知道。所有人、所有祖先的 Hanitu 化為一組和聲，也和天空、山巒與小米的 Hanitu 共振。海朔兒・拉伐里昂在這一刻理解了成為真正之人的意義，心中無比虔敬，無比感激。

接著大家舉行酒宴，將同一個杯子輪流傳遞到每個人手上飲用，在神聖的小米酒帶領下，意識邊界進一步消融，祖先們的形影變得越來越清晰，和家人們相處同樂。每逢滿月，人們都像這樣照著與月亮的約定加以祭祀，並且按照小米生長週期，舉行開墾、播種、除草、打耳、豐收、儲倉和新年祭等各種儀式，年復一年，從不間斷。

•

小海朔兒沒有參加過祖父說的那種祭典，祖父總是對於無法遵守與月亮的約定按時祭祀而耿耿於懷。

海朔兒有記憶以來就是和其他氏族在霧鹿混居，並且被日本人通稱為霧鹿社。每年只被允許釀酒兩次，全社集合在駐在所前的空地舉行收穫祭。

收穫祭由青年團和蕃童教育所學生表演節目，海朔兒參加過好幾次，男生通常表演兵士體操和分列式前進，女孩子則穿上浴衣，除了跳小原節舞之外，也搭配流行的音頭跳起華麗舞蹈，往往讓日本警察們看得直嚥口水，喉嚨發出嘓嘓聲。

表演節目依照慣例以合唱日本歌曲作為結尾，然後開始酒宴。但這天合唱完了之後，霧鹿監督古川警部補卻中斷活動，說有重要事情宣布。

「這幾位是從東京下來的黑澤教授一行，他們是日本音樂界的權威，特地來採集收錄臺灣蕃地音樂。」古川警部補介紹了一位頭髮花白，戴著玳瑁眼鏡的中年人，氣質和平常見慣的日本警察非常不同。教授的助手還帶了一架奇怪的機器，上面有個金屬做的巨大喇叭花。

「教授的研究會在東京發表，還會向全世界公開，是很重要的工作。」古川警部補轉身吩咐道，「老八，你來幫教授翻譯。」

「是！」城戶部長將教授的話翻譯成布農語，「今天要收錄各種歌曲，像是新年之歌、打耳祭之歌、出草凱旋之歌和祈禱小米豐收歌等等，有什麼歌曲都盡量演唱。」

眾人在日本警察的指使下唱了幾首，教授似乎很滿意。然而輪到出草凱旋之歌時，眾人彼此互看，都不願意演唱。

「怎麼了，為什麼不唱？」教授問。

「這是出草成功時唱的歌，必須獵到敵人的首級才能唱，平常不能唱，也不能練習，否則會招來災禍。」祖父說。

「豈有此理。」城戶部長夾雜著日語說，「不過就是首歌而已，唱一唱有什麼關係。」

「除非有新的首級，否則不能唱。」祖父堅持，眾人也都附和。

「願意唱的人，可以獲得額外的布匹獎賞。」古川警部補祭出禮物攻勢，有些人似乎開始心動，但還不敢貿然出頭。警部補很快失去耐性，大聲說，「都沒有人唱的話，槍枝就暫停外借三個月！」

眾人騷動起來，自從槍枝被沒收以後，每次打獵都必須向駐在所借槍，一次最多借五支，每支槍發給五發子彈。倘若停止借槍，那就只能用弓箭打獵，非常不方便。

祖父無奈站了出來演唱，海朔兒好奇地專注聆聽，因為出草被禁止已久，他從來沒有機會聽到這首歌，只覺旋律悠揚，彷彿出草歸來的勇士，從高處傳來成功的消息，令人振奮……但仔細一聽卻不是那麼一回事，原來祖父在出草凱旋歌的旋律上，搭配了孤獨悲傷之歌的歌詞，用這樣的方式避免觸犯忌諱。

「很好！那麼最後是祈禱小米豐收歌。」城戶部長說。

「這是只有開墾祭之後才能唱的，平時唱的話會觸怒天神。」祖父嚴正抗議說，「何況演唱的人必須經過嚴格挑選，在好幾天前就齋戒淨身，沒有準備是不能唱的。」

「願意演唱的人，下次出獵的時候可以多領五發子彈！」古川警部補根本不理會祖父，明快地提出讓人難以拒絕的條件。

祈禱小米豐收歌沒有歌詞，無法像剛才那樣蒙混，眾人不知該怎麼辦才好。

「阿里曼、比勇、納瓦斯，你們幾個最會唱歌，出來唱！」城戶部長直接點名，被指派的人不敢違逆，只好上前。海朔兒看著城戶部長在人群中一個個挑選，沒想到還差最後一個人時，對方意外地跳過幾個大人而挑選了年少的自己。

海朔兒十分為難，他無法拒絕日本警察的命令，但也不願觸犯 Samu。他沒有拔側門牙，不曾獵獲動物，並不是真正的人，根本沒有資格參加，也不知道該怎麼唱。

「天神啊，請原諒這些人……」祖父低聲悲嘆。

「放膽唱吧，我會給你糖果當做獎賞。」城戶部長對海朔兒說。

海朔兒看了看低下頭的祖父，走上前去，加入另外十一個人圍成的圓圈，彼此搭著後腰，一邊旋轉一邊吟唱起來。他發現自己在忐忑中暗暗感到興奮，因為透過這樣奇妙的機會，他才參與了原本無法想望的神聖歌唱。

他比想像中還容易地找到屬於自己的第一個音，儘管一開始和大家有些不和諧，但在旁邊的大哥提示下很快就改成正確的音高。

他感覺自己的聲音傳到天上，心也跟著漂浮起來。

•

祖父做了預知死亡的夢之後依然每天到田裡巡視作物，回到家就編織各種藤具，生活如常。

但他確實慢慢變得沒有精神，越來越沉默，唯一掛心的只有身後之事。

凌晨醒來，海朔兒一睜開眼，祖父就說，你一定要記得把我埋在老家。中午時，祖父頭纏黑布，嘴裡叼著菸斗，坐在家門口的土臺上，一動也不動默默眺望溪谷對面的山稜。海朔兒提醒祖父太陽太大了，要不要進去屋裡休息？祖父說，你一定要記得把我埋在老家。傍晚時分雲霧散開，山的陰影遮住部落，高處山巔上依然日光明亮。海朔兒叫祖父進屋吃晚飯，祖父還是說，你一定要記得把我埋在老家，絕對不能讓日本人把我像丟棄破布一樣埋在外面的公墓。

一天早上，兩個日本警察從駐在所出來，沿著霧鹿臺地邊緣小徑例行巡邏，挨家挨戶查看，海朔兒老遠就認出領頭的是城戸部長。

「海朔兒・拉伐里昂。」城戸部長叫喚祖父，用生硬的布農語說，「你生病了嗎，看起來很虛弱。」

「我很好，大人。」祖父懶懶回答。

「有什麼不舒服的話，就來駐在所的衛生室，可不能又找巫師作法喔。」

「我沒事。」

「喂，海朔兒君！」城戸部長用日語命道，「好好照顧你的祖父，如果他生病的話就帶他來衛生室讓公醫治療，知道嗎？」

「遵命，城戸部長。」海朔兒用在蕃童教育所學到的敬語回答。

「如果祖父病重也要立即通報，讓駐在所安排下葬事宜。」城戶部長離去前交代。海朔兒想起教育所的老師說，把遺體葬在屋內是不良舊俗，既不符合衛生也不文明，絕對禁止。霧鹿駐在所特地在部落外規劃了公共墓地，那才是亡者適當的歸所。

Ala，我的孫子。祖父叫喚著。

Ala，我在這。

我們去帕哈斯老家一趟。祖父起身就走。

海朔兒跟著祖父離開霧鹿臺地，下切到紅岩壁溪最狹窄的過溪處。幾塊大石頭在溪流中間排成一道堤壩，許多漂流木卡在石壩上，像一座天然的橋。

祖父說，這些木頭看起來好走，卻可能是惡靈設的陷阱，通過時太大意的話會被抓住雙腳掉進水裡去的。你要懂得從溪流的歌聲去感覺它的心情，才知道怎麼落腳。

過溪之後，祖父看著美麗的潺潺流水說，我要死的那一天會回去帕哈斯老家，在那裡斷氣，如果到時我走不動，你就要背我去。

他們循著勞得勞得稜線往上，來到北坡半山腰上一小塊平地，祖父愉快地拍拍石板屋前的大樟樹說，我們到家了，當年我就是在這裡為你命名的，你的臍帶埋在樹下，這是你的生命樹，也是我們家族的生命樹。

海朔兒從小就常跟祖父來帕哈斯，祖父每次都會再說一次生命樹的事，然後在空地上生起一堆火向埋在屋裡的老人家打招呼，帶海朔兒走進屋裡，同時不忘提醒，人搬走之後，房子就屬於老人家，一定要保持安靜不要驚擾。

祖父一如往常指著進門正面空蕩的石牆說，以前這裡堆滿了十年份的小米，整面牆都是。然後指著地上鋪設的一片片石板細數，這個是我父親，這個是我母親，我的妻子、弟弟、弟媳……小心不可以踩踏。

其實海朔兒也常自己一個人跑來老家玩，他會學祖父拍拍生命樹，在門口生火，然後走進屋裡。天氣熱的時候，他會忘記不可打擾先人的叮嚀，找一塊涼涼的石板躺下來，頓時渾身舒暢，比泡在溪水裡還放鬆安心，很快就睡著了。

不同的是，今天祖父特地指著靠近門口的空地說，等我死了以後就把我埋在這裡，我會用我的力量阻擋惡靈，守護全家。祖父仔細說明埋葬時需要注意的細節，說要趁他還有最後一口氣，身體還沒僵硬的時候就擺成坐姿用繩子綁好，放進地洞時臉朝向祖靈原鄉的方向，這樣他的 Hanitu 才能回去原鄉。

全部交代完了之後，祖父終於鬆了口氣說，還是老家好，這才是人住的地方啊。待在石板屋裡，就好像待在母親的肚子裡一樣讓人安心。

Ala，為什麼我的父親和母親沒有埋在老家裡？海朔兒問。

只有順利完成一生的人，才能埋在屋裡。祖父說。遭遇意外死去的人會變成惡靈，只能讓他們留在死去的地方。

父親和母親是惡靈嗎，他們不能回去祖靈原鄉？

對。祖父毫不遲疑回答。

那這個世界上有沒有一種強大的法術，可以讓惡靈變成善靈？

惡靈充滿怨恨和報復心，沒有任何法術可以解救，我們只能把它們驅趕得遠遠的，小心不被它們侵擾。祖父說，我們要隨時謹守 Samu，不可懈怠，讓 Hanitu 保持強壯，才能抵抗惡靈，並且在死後成為善靈，這是做為一個人最重要的事情！

海朔兒看著地上一片片石板，心裡卻想，真希望能夠找到一種法術，讓父母的惡靈變回善靈，回來和家族的祖先們待在一起。

第四章　騷動

昭和七年九月，關山越嶺道開通一年半之後，就在局勢看似平靜下來時，蕃害終究還是發生了。就在距離溪頭不遠的地方，三名大關山駐在所的警察在修理電話線時遭到狙殺。

大關山駐在所是高雄州那端海拔最高的駐在所，城戶休假時曾到那裡找人閒談，認識巡查坂本巳一和松崎重俊。他們都還很年輕，坂本是隨處可見的農村子弟，木訥憨厚，松崎則有個秀氣的鵝蛋臉，老是一副懷才不遇的表情。

當時兩人正拿著一本新發行的刊物《理蕃之友》爭論，上面有一篇〈蕃人稱呼的廢止，首先從理蕃人員開始〉，大意是說蕃人已有不少在教育的努力下逐漸開化，持續使用蕃人一詞對蕃族同化政策並不好，應該直接稱呼泰雅、布農等等，避免對方不愉快或失望。

松崎譏笑制定政策的人根本沒有和蕃人打過交道，只會坐在臺北的氣派辦公室裡空想。蕃人距離開化還要好幾十年，何況現在蕃情這麼不穩，隨時可能武力相向，哪裡用得上憐憫和親切。

坂本卻說，我們派駐到這樣的深山，不就是為了教化他們，讓蕃人都變成文明的日本人嗎？正因為蕃情不穩才更應該盡快加以同化。

兩人吵著吵著，問起城戶的意見。城戶覺得怎麼稱呼根本沒差，隨口敷衍一番。他一邊聽兩人爭論，忽然冒出奇怪念頭，萬一發生蕃害，兩人之中哪個比較可能遭難？是憤世嫉俗、主張對蕃人嚴厲的松崎，還是純樸天真、對蕃人抱持善意的坂本？

他很快把這個念頭揮開，怎麼沒事在想這個？

然而不久之後他就知道答案，兩個都死了。犯人行兇的手法相當老練，趁著一場大雷雨切斷電話線，在隱密處埋伏，等警察來修理時加以襲擊。松崎和坂本當場死亡，另一名警手墜崖重傷，昏迷不醒。

關於事件細節的耳語在越嶺道上迅速傳開，上級命令全線戒備，隨時通報可疑跡象。然而城戶知道備戰無濟於事，倘若蕃人大舉來攻，只有三個人又缺乏防禦工事的溪頭根本守不了幾分鐘。

城戶已經有所覺悟。當他聽到松崎和坂本殉職的消息時，忽然明白之前自己為什麼會冒出「他們兩個誰會先死」的怪念頭，因為自己早已察覺空氣中飄浮著不對勁的氣息，而這股氣息同樣深深浸潤著自己。

他吩咐警手把所有窗子的遮雨板放下，只留幾個窺孔，並在平常穿的分趾鞋底下多穿一雙草鞋，戰鬥奔跑時才能更加俐落穩當。他整天端坐在電話旁，一手握著村田槍，從容等候那個時刻來臨。他慶幸自己深謀遠慮，把妻小安頓在霧鹿，不至於陷入險境。

遠方隱隱傳來低沉的砲聲，是霧鹿砲臺在進行威嚇砲擊。聲音循著狹長的溪谷傳遞而來，飽滿清晰，彷彿從霧鹿捎來的慰問，令人如此安心。

預期的後續攻擊並未發生，也沒有人出面承認做案。關山郡警察課大張旗鼓調派近九十名警察組成搜索隊，外加徵召一百四十名人夫出役，修築一條警備道支線，通往原本管轄不及的坑頭社地區，宣示一定要查出兇手加以嚴懲。

城戶以其工兵專長，再次被調進築路搜索隊開鑿班支援。然而他不安地發現，距離天龍吊橋完成不過才兩年半，自己對爆破作業卻已十分生疏，工具不趁手，流程細節也忘掉很多，更要命的是手邊沒有作業軌範之類的書冊可以參考。他覺得心虛，向開鑿班長報告，希望另派他人負責，但班長說有霧社事件的前車之鑑，上頭嚴令以最快速度築路緝凶，以免蕃人串聯反抗，沒有時間拖延。

城戶硬著頭皮上陣，察覺自己對爆破聲響的判斷力也消失了。以往他能夠在一片轟然巨響中清楚地聽出爆炸次數，立刻確認是否有未發火藥，然後決定下一步動作，但現在他的耳朵卻只會嗡嗡作響。

「請等一下。」城戶向班長喊道。

「怎麼了？」

「報告，好像有未發火藥。」

「什麼叫好像？」

「我不能確定。」城戶尷尬地說，「為求保險，還是先進入十五分鐘的猶豫期，觀察一下再說吧。」

「開什麼玩笑？」班長劈頭一陣痛罵，「虧你還是工兵出身，連火藥爆炸與否都聽不出來嗎？」

「非常抱歉。」

「到底有還是沒有？」班長的耐心就像一條剪得太短的引線，距離爆發間不容髮。

「有……不，沒有未發引信。」城戶在隊長嚴厲的目光下屈服了，心存僥倖地回答，其實並不確定。

「上前清除炸碎的石塊，快！」

布農族和阿美族人夫得到命令走上前去，然而就在這時，砰地一響，遲發火藥爆炸，引起一陣落石。

「達琥！」幾個布農族人驚呼，不等煙塵散盡就衝上前去搶救，但拉出來一看就知道人已經死了。城戶認得死者是來自霧鹿的青年，拉伐里昂氏族頭目的長子。

「這下麻煩了！誰不好死，卻死了頭目的兒子。可不能因此加劇蕃情動盪，甚至引起更多蕃害。」班長惱怒地對著城戶吼道，「事情是你造成的，你負責把屍體送回去，好好安撫家屬！」

•

海朔兒・拉伐里昂察覺長年在霧鹿飄盪不去的惡靈們蠢蠢騷動。一大群哈斯哈斯鳥急躁地到處亂飛，叫個不停。萬里無雲的烈日下沒來由颳起大風，幾乎把人吹倒。牆上吊掛的鍋子和鐵器互相撞擊，發出鏗鏘刺耳的聲響。

說起來，霧鹿曾發生過屠殺慘案，是這片山林中充滿最多惡靈的大凶之地，原本人們都遠遠避開不敢靠近，更別說蓋房子居住。

那是二十多年前的事，當時霧鹿臺地上只有伊斯帕利達氏族的一戶人家，位置就在後來的駐在所大門前。有一天，像蟻群一樣多到看不見行列首尾的日本人率領阿美族和平埔族人沿著新武路溪上山，到處傳話，將在霧鹿發放火柴、衣服、鹽巴和鐵鍋等禮物，要各家都派人來領取。

等到人們陸續集合之後，屋主比勇察覺情況可疑，叫家人趕快逃走，但是已經太晚了。日本人突然拿出暗藏的槍枝，將空地上毫無防備的男女老幼全部打死，而守在屋裡抵抗的比勇最後也壯烈犧牲。

比勇的三個弟弟剛好不在家，幸運逃過一劫，抄小路趕到下山必經的河流匯口埋伏，憑著兩支槍打死十多名日本警察和平地人，但已無法挽回族人被屠殺的慘劇。

依照 Samu，善終者的 Hanitu 會回到祖靈原鄉，凶死者的 Hanitu 則會抱著怨忿變成惡靈，永遠徘迴不去。善靈給人福佑，惡靈則充滿仇恨和忌妒，想報復活人，必須遠遠迴避。於是好幾十具屍體無人收拾，任其腐爛化為枯骨，這間房子也被放棄，整個霧鹿臺地變成惡靈飄盪的不祥之地，再也無人靠近。

沒想到多年後日本警察開闢越嶺道，在霧鹿臺地設置規模宏大的駐在所，更強制散住在四周的不同氏族都搬到霧鹿來，沿著山腳一字排開比鄰而居，以便監控。各氏族當然極度抗拒，這讓他們離開原本的耕地和獵場，生活重心的例行祭祀被禁止，而且還得住在充滿惡靈的凶地，但日本人操縱著無比強大的魔法——機槍、大砲和飛機，迫使大家不得不屈服。

屈服的不只是人，連惡靈也在大砲聲震懾下銷聲匿跡。但海朔兒・拉伐里昂知道惡靈們並沒有被驅走，它們的怨恨更加強烈，隨時都有可能從暗處冒出來作祟降災。

因此當次子納瓦斯回來報知長子達琥的死訊，海朔兒・拉伐里昂並不感到意外，他早已從惡靈的騷動預知厄運。他固然悲痛，但真正感到震驚的是，納瓦斯說日本警察竟然正把達琥的屍體運回霧鹿來，這會讓長子的惡靈進入部落，引發更大災禍。

海朔兒・拉伐里昂趕緊通知其他氏族，大家一起拿著避邪的茅草前去阻止，結果才到霧鹿臺地入口，就看到城戶部長領著幾個人抬擔架把達琥送回來。

「不要過來！」海朔兒・拉伐里昂嚴正地說。

城戶部長看到阻攔的陣仗，說道，「海朔兒・拉伐里昂，你的長子達琥死了，我們特地把他送回來。」

海朔兒・拉伐里昂看到長子身軀變形，死狀悽慘，自己的心像是被撕裂開來，達琥的妻子莎霧更撲在丈夫身上嚎啕大哭。

「大人，我的兒子出門的時候還好好的，現在怎麼變成這樣？」

「他被火藥引發的落石打中。」

海朔兒・拉伐里昂搖了搖頭，「人必然都會死，但凶死的人就應該留在原地，就像把破掉的布丟棄一樣避開惡靈，不要再去移動，更不能帶進部落。」

「雖然人死了很可憐，但事情發生了也沒辦法，你就接受這個結果，好好安葬他吧。」城戶部長滿臉憂慮，彷彿他才是失去長子的人。

海朔兒・拉伐里昂察覺原本潛伏的惡靈們受到刺激，群情騷動，於是舉起手中的茅草，高聲喊道，達琥，現在你已經屬於另一個世界，這裡不是你該來的地方，我手中鋒銳的芒草會割裂你，我的法術會消滅你，趕快遠遠離去吧！

「真搞不懂。」城戶部長摘下帽子用手帕擦拭滿頭汗水，皺著苦臉用日語說，「剛才叫你們的人抬擔架，居然沒有人願意靠近，要我費盡口舌才肯幫忙。現在把人送回來，你們又要阻擋。你難道真的認不出來這是你兒子？」

「惡靈充滿怨恨，會作祟讓人生病甚至死去。」

「我聽過這個 Samu，但那是不良舊俗。難道你真的忍心把親生兒子的身體拋棄在野外，讓動物啃食也無所謂嗎？」城戶部長無法理解地看著海朔兒・拉伐里昂。

「達琥已經變成惡靈，不再是我的兒子。」海朔兒・拉伐里昂毫不遲疑回答。

「這樣不行！好好將達琥安葬，為他祈求冥福，亡魂自然就會平靜地前往另一個世界。」城戶部長將帽子戴好，向後一招手，喊聲走，硬是帶著達琥的屍體進入部落。

海朔兒・拉伐里昂恨自己無法阻止日本人，他唯一能堅持的只有不讓兒子的屍體進家門，而是直接抬到公共墓地。他大聲念著驅趕惡靈的話語，但沒有神聖的小米酒可以灑淨，只能在路上擺設芒草結阻擋惡靈。

城戶部長差人搬來幾片木板釘成棺材讓達琥入殮，念了一段佛經，並且說，「我會再請關山寺的高僧來誦經慰靈，你們安心吧。」

海朔兒・拉伐里昂聽不懂城戶部長在說什麼，就像他永遠無法理解日本人大多數的規定。讓人擔心的事真的發生了，亡靈侵擾部落。達琥的妻子莎霧每天都夢見丈夫，心情無比哀痛，最後被亡靈誘引到部落外的森林裡自殺。在日本人要求下，她的遺體被抬回來葬在達琥墓旁。

緊接著，孩子們全都開始長疹子，並且發燒、拉肚子，哭鬧不停。症狀最嚴重的是達琥的兒子，也就是海朔兒・拉伐里昂的長孫，不只胃絞紐得像是有一隻雞想從裡面鑽出來，全身從脖子、整個背、臀部到大腿都長出一顆一顆紅色硬塊。

海朔兒・拉伐里昂看著這個承襲自己名字的 Ala 受這樣的苦，彷彿也親身經歷般難過。他摘了白茅煮水讓孫子喝下，在患部塗抹百合汁液，又在孫子額頭塗上避邪的石菖蒲汁，但都沒有用。

巫師達魯姆說，這不只是達琥的惡靈造成的，而是遊蕩在霧鹿的所有惡靈都被喚醒一起作祟。

我們必須驅邪。海朔兒・拉伐里昂說。

驅邪需要酒，巫師達魯姆說，但是日本人不准我們釀酒。

我去跟日本人說。海朔兒・拉伐里昂對於無法阻止達琥的屍體進入部落懊悔不已，恨自己只能屈服於日本人，現在他決定不能讓孫子繼續被惡靈折磨，他要去向日本人爭取。

正要出門時，外面忽然猛颳邪風，下起瀑布般的大雨，惡靈們對他的行動很不高興。海朔兒・拉伐里昂穿上鹿皮外套，戴上皮帽，頂著冰冷雨瀑爬上緩坡，小心地繞過伊斯帕利達家屋遺址。惡靈們好幾次拉他的腳企圖讓他跌倒，都被他大聲斥退。他走到由鐵絲網和疊石胸牆護衛的霧鹿駐在所大門口，站哨的警手像淋濕的山雞般躲在辦公室屋簷下，對他的出現感到詫異，都忘了攔阻問話。

海朔兒・拉伐里昂淌著一身雨水走進幽暗的辦公室，看到城戶和影山湊得很近在聊天。兩人見他來，奇道，「你在這種天氣來，有緊急的事嗎？」

大雨打在亞鉛浪板屋頂上，惡靈們用力敲擊鼓譟，阻止海朔兒・拉伐里昂開口。他大聲說，「我們要驅邪，需要釀酒。」

「什麼？」

「惡靈太猖狂了，必須驅逐，我們需要釀酒舉行驅邪儀式。」海朔兒・拉伐里昂嘶吼道。

「不行，只有收穫祭和嬰兒滿月祭可以飲酒，其他時候絕對禁止，何況更嚴禁使用巫術。」城戶部長說。

「達琥的惡靈進入霧鹿，刺激了被日本人殺死的幾十個惡靈，一起作祟侵擾部落。我的媳婦死了，小孩子們全都生病，再不把惡靈驅走，它們的力量會越來越強，連大人都抵擋不了。」

影山斥責道，「早就說過很多次，霧鹿事件是跟你們有仇怨的排灣族擅自發動的，我們警察站在保護布農族的立場趕緊阻止，才沒有讓事態進一步擴大。」

「那些死在這裡的人，有的被子彈打破頭，有的身體被射穿好幾個洞，流血流了很久才死去，他們很怨恨，積壓了很多年。」海朔兒・拉伐里昂悲傷地說，「我在夢裡遇見達琥，他說被炸藥和落石打死非常痛苦，很不甘心。」

「我都已經請和尚來幫你兒子和媳婦唸過經了，那可是本願寺派的高僧……」城戶部長嘆了口氣，對影山說，「我不在霧鹿監視區轄下，沒有立場出面，能不能麻煩你去和監督說說看，用補辦葬儀的名義通融一下？」

「真要命，為什麼是我要去做這種吃力不討好的事。」影山埋怨著，還是起身披了雨衣出去。

辦公室陷入沉默，雨聲圍困著兩人。

「大關山事件的兇手拉瑪達・星星一族已經被抓起來，搜索隊解散，我也要調回溪頭駐在所了。」城戶部長頓了一頓說，「不過中間還有幾天假，我可以帶你的孫子去平地找醫生治療皮膚病。」

「只要把惡靈驅走，孩子們就會好了。」海朔兒・拉伐里昂堅定地說。

「是嗎。」

影山從雨中跑進來，「好啦！我費盡唇舌，監督才勉強同意，讓你們到雜貨店買幾瓶清酒祭拜殉職亡魂，但是下不為例！」

「必須是用神聖的小米釀酒才有效！」海朔兒・拉伐里昂抗議。

「少得寸進尺，這次已經是破例通融，你還有什麼不滿？」影山吼道。

「算了，算了，他兒子和媳婦都死了，孫子又在生病。」城戶部長打了圓場，拉著海朔兒・拉伐里昂離開。

海朔兒・拉伐里昂迫於無奈，最後用僅有的日本錢買了五瓶清酒回去。幾個氏族的巫師們聚在一起商量，懷疑用稻米釀的日本酒是否具有驅邪法力，但他們別無選擇，只能放手一搏。

巫師們通力合作，在每間家屋角落撒上煤灰，口噴酒水，揮舞芒草，喝斥惡靈離開。清酒果然威力不足，惡靈頑強抵抗，幾度被驅趕又不斷返回，將風雨催得更大，又把所有屋裡的鍋子、鐮刀和各種鐵器敲得鏗鏘亂響。巫師們用盡力氣，好不容易把惡靈都趕出屋子，用雞肉串引誘到遠處，最後沿途擺設芒草結阻止惡靈再來。

孩子們身上的疹子很快消退了。海朔兒・拉伐里昂的孫子恢復得最慢，並且終究在背上留下許多暗沉的疤痕。

・

潘明坤對大關山事件和紅緞的印象是分不開的。

當時關山地區已經好幾年沒有發生蕃害，一下子傳出兩名警察被殺，一名警手重傷昏迷，引起偌大騷動，到處盛傳心懷不滿的不良蕃們正在集結，準備群起反抗。由於慘絕人寰的霧社事件才剛過去兩年，警方不敢輕忽，十萬火急強力動員，一邊築路一邊追查兇手，連平地都充滿山雨欲來的緊迫氣氛。

搜索隊多達兩百多人，相應的補給需求自然不小。里壠商會作為主要的物資供應商，不分日夜整理大量糧食、築路材料和軍需裝備。許多阿美族和平埔族壯丁已被徵召加入搜索隊，人手不足，所以連庄上一些少年都被叫來幫忙，十二歲的明坤就因此第一次到里壠商會來打工。

而在彷彿沒有盡頭的搬運整理縫隙間，他偶然見到老闆林金堂的女兒，訝異竟然有人生得如此白皙，好像皮膚一碰就會破掉。

過了三個月，警方宣布拿獲兇手，也就是長年與警方作對的拉馬達・星星父子五人，以及他的黨羽塔羅姆。

當九名兇嫌被押解到里壠支廳時，立刻造成轟動，人們蜂擁圍觀，都想看看敢和日本人作對的獰猛兇蕃究竟是什麼模樣。

兇嫌搭乘火車抵達，從里壠驛走過又直又長的街道前往里壠支廳。明坤和換帖兄弟阿財也擠在人群裡觀望，只見九名生蕃人長髮蓬亂，渾身散發出濃烈的野性氣息，他們全都上著腳鐐手銬，碎步移動時鋃鋃鐺鐺亂響。所有人都立刻認出拉馬達・星星，他依然充滿桀驁不馴的氣魄，彷彿一頭誤中陷阱的黑熊，隨時都會忽然暴起掙斷鐵鍊，把攔阻他的人一掌劈死。

「你看他們的腿！」阿財拍拍明坤說，「那是人的腿嗎，怎麼可以這麼粗壯，真不愧是生蕃！」

押送隊伍在最熱鬧的十字路口停下來，豔陽高照，不習慣平地氣候的蕃人們汗流浹背，拉馬達・星星最年少的兩個孩子神情委頓，頻頻舉起袖子擦拭。警方似乎為了刻意表現寬大，拿了一勺水遞給拉馬達・星星，他先是不屑地啐了一啐，然而看見幼子焦渴難耐，伸手接過勺子在唇邊虛沾一下，遞給身旁的長子。長子明白父親心意，同樣虛沾一下又遞給次子，然後傳到三子和四子手上，讓他們咕嘟咕嘟喝下。

人們一片讚歎，紛紛說沒想到蕃人這麼有倫理，就連喝口水也講究長幼順序，平地人還不一定做得到呢。

阿財不斷比手畫腳，大肆評論，但這時明坤的心思卻被里壠商會二樓窗口的所吸引，那裡挨擠著居高俯瞰的女眷們，其中有個白皙臉蛋，是曾經在店裡瞥見身影的林金堂女兒。明坤就是在這個時候動了一念，不知將來能否娶到像這款的女孩子做妻？

猝然一聲石破天驚的熊吼，把明坤嚇了一大跳，人群也慌忙後退。那是拉馬達．星星的暴喝，他不等警察指示，自顧邁步前進，一身昂然姿態在說，他可不是讓人觀賞的動物。

等蕃人遠去，明坤再往樓上看時，女孩已經不見。

隔天新聞紙上登出拉馬達．星星等人的照片，但之後就再也沒有關於他們的消息，一場喧騰多時的騷動就這麼杳無聲息地結束。張阿土故作神祕又語帶炫耀地告訴明坤，上頭為免夜長夢多，已經將拉馬達．星星等人在庄外的大原郊野處決。他們並沒有上法庭接受審理，畢竟生蕃不能算是人類啊。

幾年後明坤迎娶冥妻，每次想起那個白皙單薄的形影，都會伴隨著那天的回憶。不知是否因此，他平日在家從未遇到紅緞入夢，反倒是運送貨物到霧鹿，在城戶八十八的宿舍借住時，幾次夢見和她並肩坐在一條大河邊觀看風景。

第五章 日子

舊曆二月初四是紅緞大姊的祭日。每年到了這天，劉滿都會準備好三牲供品祭拜，就像拜其他祖先一樣。

潘家所有應該祭拜的祖先劉滿都知道，從潘明坤的阿祖、祖媽、阿公、阿媽到紅緞大姊，每個人的忌日她都記得一清二楚，就算不看記事簿子也絕不會弄錯。

當然，不只是祖先，所有應該祭拜的節日和神明生日她也都會準備妥當。除夕、清明、端午、中秋、重九、冬至，還有初一、十五犒軍，每個月至少要拜個兩、三次以上。

祭神須用生食，整杯白米，全雞全魚，大塊豬肉，保持原本的形狀，每樣都插上一炷香，供桌上煙霧繚繞；祭祖則用熟食，料理成一道道家常菜餚，加上白飯和炒麵等主食，就像先人隨時會從神壇上走下來和大家同桌吃飯；中元節普度孤魂野鬼，則是有生有熟。

無論什麼對象，少不了清茶酒水、鮮花素果。針對不同祭祀對象和季節，還要準備年糕發糕、月餅紅龜，不一而足。

剛嫁過來時，劉滿詫異地發現婆婆拜拜的習慣很隨便，並不講究三牲四果，而是家裡有什麼拜什麼，有時生熟不分，甚至差點忘記日期。固然這是因為潘家原本窮困，無法那麼周到，但後來劉滿在戶口名簿上發現，祖媽和阿媽都被註記為「熟」，也就是平埔族，所以才會姓潘——水番。關山這一帶原本就是平埔族多，設置里壠支廳後，漢人才慢慢遷移進來。潘家阿公是入贅的，也難怪家裡對祭祀的規矩並不是那麼在意。

阿坤婚後去里壠商會工作，家境大為改善，能夠備辦完整供品。而劉滿從小就跟著母親準備拜拜，一切駕輕就熟，很快讓潘家的日常行事上軌道。

她每天早上天未光就起床，到灶腳起煤球燒熱水，淘米煮菜弄出整桌紮實的早飯，讓阿母、阿叔和弟弟妹妹全家八口人齊聚用餐。遇到拜拜的日子，早飯過後隨即又要準備供品，在吃中飯以前拜好。

劉滿總會提醒阿坤午休時提早一點回來，先上個香燒完金紙，灑酒水祭奠，然後才吃午飯。

「今天拜什麼？」阿坤有時會問。

「阿媽做忌。」

「喔。」

三牲並不難準備。市場不時有魚，多半是從池上大坡池捕撈來賣，或者雷公火阿美族人抓的海魚。即便豬肉列入管制之後，還是可以在闇市買到私宰品。至於雞就從自家後院抓。

劉滿記得第一次殺雞的情景。從小看母親殺雞，先把雞腳綁住避免利爪抓傷，放個碗在底下，拿刀往雞脖子一抹，雞血就會像開了水龍頭般流出來，等流了大半碗，雞停止掙扎，再燙熱水拔毛。小阿滿都會忍不住看著雞的眼神逐漸渙散，徒勞地轉動張望，直至終於徹底空茫死寂。

「這次給妳剖。」有一天母親無預期地說。

「我不敢。」

「不敢就要學，刣過一次就敢了。妳若不學，以後嫁去人家會被嫌頊顢的。」

小阿滿不得已接過菜刀，憋住氣對著雞脖子斬去，看似細薄的皮肉卻比想像堅韌許多，只弄出淺淺的傷口，惹得那隻雞瘋狂扭動嘓嘓亂叫。母親說不是往下壓，而是用刀鋒劃開，說著冷不防抓著她的手一劃，結果了那隻雞的性命。她很快學到，越是畏縮，反而越容易讓雞受疼掙扎。只要放手抹去，就能乾淨俐落讓雞安靜下來。

劉滿從小身體冷底，手腳總是冰冰涼涼，一吹風就打噴嚏。阿母教她用慢火燉雞湯焐補，說這樣以後才容易懷胎安產。「妳用心學，以後可以自己調養。」阿母說。

「今天拜什麼？」阿坤有一次看到劉滿殺雞，隨口問。

「紅緞大姊做忌。」

「喔。」

儘管劉滿比紅緞大兩歲，但必須稱她為大姊，因為冥間鬼妻才是大房，陽世活妻只是二房。現實中，沒有人不把劉滿視作阿坤的元配，也不是所有人都曉得阿坤有個冥妻，然而一年到頭的頻繁祭祖，還有每年二月初四紅緞做忌，都不斷提醒劉滿在自己上面還有一位正堂大姊。

劉滿從來不敢怠慢，幾天前就開始留意所有物品是否齊全，透早起來準備，等著阿坤午休的時候回來祭拜。她總是虔心禮敬祝禱，紅緞大姊，請妳保佑闔家平安興旺，阿坤身體健康、工作順利……

然而阿坤卻不太在意，他很少記得這個日子，午休不一定會提早回家，甚至比平常還晚，如果問他，就會說剛才跟客人講了比較久。拿起香來，也只是行禮如儀拜一拜而已，並沒有表露任何感情。

有時劉滿心中不免埋怨，紅緞這塊神主牌到底是明坤娶回來，還是自己娶回來的？為什麼阿坤總是置身事外，反而是自己如此慎重以對。

當初這件婚事是劉滿的大嫂，也就是阿坤的大姊素娥搓合的。素娥跟阿滿很處得來，覺得如果讓她嫁給阿坤，往後就能經常走動。而且「姑換嫂」還有一大好處，兩家女兒互嫁對方兄弟，長輩都會像疼女兒一樣對待媳婦。即便長輩對媳婦有什麼不滿，一想到自己女兒在對方娘家，也不會太過為難。

劉家請了媒人去說，潘家起初很快答應，但卻遲遲不肯商討具體細節，顯得很沒誠意。素娥悄悄回家一問，原來弟弟自慚家境窮困，怕往後在岳家沒面子，怎麼勸也勸不動。

劉家快等到不耐煩的時候，庄裡卻有傳聞，說阿坤要和林金堂早逝的女兒紅緞冥婚，一時令劉家上下非常不高興。

媒人很快上門說明，她不愧經驗老道，一上來就拿出阿坤的八字，說半仙批示，阿坤命有兩妻，之前遲遲不肯答應是怕剋到滿仔，真是非常古意又體貼。如今剛好有個機會先冥婚，應了命格，也就沒有妨礙了。

這理由似乎說得通，但劉家父母並未立刻接受，反覆商議不定，直接來問劉滿的意見。

劉滿平日聽多了素娥說弟弟的好話，也見過幾面，覺得阿坤人端正，又有上進心，本就有好感。不過她最後還是被素娥看似不經意的一句話打動：「林家的姑娘那麼少年就過身，實在可憐。她也不過是想找個歸宿，阿坤娶她也算做了一件功德，將來全家都會有福報的。」

不知為何，劉滿對這位不曾相識的姑娘感到深深的同情，甚至覺得自己有責任成全她的心願。而既然本人願意接受這門婚事，父母也就沒話說了。

出嫁當天，劉滿進了潘家門，首先祭拜神明，再拜祖先公媽，接著拜阿坤前幾天娶回來的紅緞神位，以二房的身分請大姊保佑家內興旺。

婚後頭三天，入夜時劉滿就要把紅緞的神主牌仔請進新房。這是家裡勉強整理出來給阿坤新婚用的小房間，只能塞進一張眠床、一架衣櫃和一個五斗櫃。神主牌仔供在五斗櫃頂，居高臨下，對眠床上的動靜一覽無遺。

即使關掉煤油燈，劉滿還是可以感覺到牌位就在那裡，甚至變得更加鮮明。一直到出嫁前幾天，姊妹們羞怯又興奮聊起洞房花燭的話題，劉滿才初次聽到那些荒唐的傳聞。

人家講，冥妻會附在活妻身上來跟丈夫相好，阿滿妳要注意。

注意什麼？要怎麼注意？劉滿從沒想過會有這樣的困擾，越是故意不信，反而越是介意起來。難道要去求辟邪的平安符？可是冥妻並非需要驅趕的惡鬼，她是這個家的大房媳婦，她就算要來也是天經地義。

因此當花燭夜裡，阿坤在黑暗中摸索著湊過來求歡時，她不僅對於和男子初次肌膚相親感到緊張，更隨時警覺著是否有不可知的幽冥之物悄無聲息地飄然而至，趁著意識迷茫之際，進入自己身體，襲奪領受丈夫的進入。

起初十分不順利，丈夫試了很久都無法進來，還好幾次停下來問她是不是哪裡不舒服。而在兩人終於結合的瞬間，劉滿感覺一股強烈的氣衝上頭頂心，她分不清楚是身體過於刺激，還是紅緞真的來了，回過神時，發現自己好像漂浮在房間上面，俯瞰著糾纏的兩具身體。

這種怪異的感覺只有一瞬間，劉滿感覺自己確實躺在床上被丈夫壓著，還舉起手在眼前看了看。不久後丈夫悶哼一聲，全身鬆垮下來。從頭到尾紅緞都沒有出現，但劉滿覺得她一直在黑暗中看著。無論如何，這三天裡劉滿都只是代替紅緞和丈夫行房，不管身體有沒有被鬼魂借去，丈夫抱著的都是紅緞而不是自己。

第四天早上，紅緞的神主牌仔請回正廳神桌上，此後不再請入房間。一年之後合爐，紅緞的名字寫上公媽神主牌仔背面，原本單獨的神主牌仔燒化，從此正式成為潘家的先人。

劉滿繼續虔誠祭拜。她感念這樁冥婚讓阿坤得到工作、改善家境，也幫阿坤擋掉沖煞元配的災厄，因此供奉祭祀都出於誠心。只是，劉滿似乎是整個潘家唯一時時記得紅緞的人，而其他人只有在紅緞忌辰時才猛然想起有這個家人。

劉滿甚至懷疑，家裡其他人是否在乎那些頻繁而完備的祭祀？無所謂，劉滿在乎，這是她在書香門第從小學習的教養，要敬畏天地、慎終追遠，才能得到神明祖先庇佑一家平安興旺。而凡事都要用心學，盡心做好，才不會被嫌棄頇顢。

從母親那裡學到的事情很多，劉滿記得最深刻的一件，不知為什麼，是要把碗裡的飯菜吃乾淨。若是沒吃乾淨，以後會娶貓某（麻臉太太）。母親總是這樣告誡哥哥們。

那女孩子沒吃乾淨呢？小阿滿問。

那就會嫁貓翁啊。

太嚇人了，阿滿原本就是會把飯菜吃光的乖巧孩子，聽母親這樣說了之後又更加謹慎，總要用湯水把碗涮得半點渣滓都不剩才放心。

然而婚後發現，阿坤不只經常在碗裡留下飯粒菜屑，還會掉得滿桌都是。劉滿心想，莫非我是個貓面？有一次吃午飯時她跟阿坤說了這話，提醒他吃相好些，沒想到阿坤對她端詳了半天，笑說這個講法不通，阿滿的臉一點都不花呀！

劉滿聽了心裡卻想，說不定那個貓某是紅緞呢，不知她生做如何？

當天傍晚阿坤下班回家之後，劉滿發現臥房五斗櫃上多了一個瓶子，清透的扁身玻璃瓶裡裝滿奇妙的乳液，那是她沒看過的白色，晃動瓶子時乳液流過玻璃原本乾淨的部分，會抹上一層白皙，然後緩緩滑落，越變越薄。不知怎麼，這讓劉滿百看不厭。

標籤上說，這瓶レートフード乳白美容料運用了最新學理、最優良原料、最巧妙技術和最新機械製造而成，乃是擁有美容整容上一切特長的逸品。

這當然是阿坤從商會拿回來的。劉滿坐在床緣，反覆傾斜瓶身，借著窗口透露進來的暮光，看著乳液一次又一次把玻璃內側塗成毫無瑕疵的白皙。

•

城戶春枝每天清晨聽到雞叫就起身，摸黑開始一天的工作。

小時候在故鄉，雞一叫就會被母親從被窩裡硬拉起來，儘管再怎麼黑暗寒冷，也得立刻到廚房準備早餐，生柴火，用冰冷的水洗滌食材，把預先煮過的裸麥、小米和少量白米放進鍋裡炊三穗飯。同時煮加了芋頭、蘿蔔和蔥的味噌湯，然後準備漬物等配菜。

四十多年過去，來到臺灣也將近二十年，春枝還是保持這樣的習慣。

春枝本姓西島，是鹿本郡植木村人，跟丈夫的玉名郡木葉村相鄰。她也是農家女，生個胖墩墩的圓臉。如果說丈夫的頭像個銅缽般剛硬，那麼她就像是過年時供奉神明的鏡餅一樣，外觀看似圓潤，其實也硬得必須用榔頭才能敲碎。

每年冬天，所有農事告一段落之後，農家都會開始搗米餅、粟餅和黍餅，用來供奉神棚、佛壇、屋敷荒神（灶神）、水甕（水神），乃至於馬具和農具。米餅模仿古代供神的銅鏡，做成圓扁形，所以稱為鏡餅，他們植木村人敬稱為御鏡桑。

御鏡桑是用大小兩層米餅疊起來，上面放一顆苦橙（ダイダイ），象徵代代繁盛。中間夾著裏白蕨葉，象徵長壽。並且用白紙包米和鹽以奉神；粟餅專門用來供奉大黑神（財神與廚神），黍餅則是給人自己吃的。

從很小的時候，春枝就跟著母親做家事。母親總是說，妳要學會所有的事情，還要牢記每個節日該做的儀式，將來才不會嫁不出去。小春枝不特別聰明，但有股拗勁，果真用心把所有家事學上手。到了適婚年齡，由於她條件一般，又遇到米騷動，正是農村凋敝的時節，來談的幾樁婚事都不理想，最後經人介紹，嫁給剛考上臺灣警察的城戶八十八。

「小春要嫁去臺灣啊，那裡不是鬼島嗎？可別跑到離蕃人太近的地方啊。」母親得知婚事時說，「不過如果是小春的話，就算去臺灣也沒有問題的。」

匆匆十多年過去，每當想起熊本老家，春枝總會感嘆，小時候好不容易學會一年到頭所有節日的規矩、所有食物的做法，來到臺灣蕃地卻無用武之地。

熊本人非常依賴麥食，無論三餐吃的三穗飯、糰子湯、麥餅、紅豆湯還是自製的味噌、醬油，全都少不了各種麥類。但臺灣盛產白米，很少麥製品。

霧鹿山居清簡，餐桌上除了主食只有味噌、漬物、罐頭，搭配自己種的白蘿蔔、紅蘿蔔和蔬菜，以及自己做的豆腐。各家都養雞，平日撿蛋來吃，只有過年或者難得有客來訪才會殺雞烹煮。很罕見的情況下，半夜會有山豬來挖菜園，值哨警察一開槍，整個駐在所不分男女老幼全都會衝出來，要是打中了可是轟動全所的大事，大家會立刻合作宰割分配，隔天吃到久違的肉食。

一向苦慣了，食物再單調也沒關係，但春枝無法不去在意每日必備的味噌。在老家從小到大吃的是沒有澱粉轉化糖分、溫順甘醇的自家製麥味噌。俗話說，搗味噌吶、生小孩啊，同樣累人也同樣要緊。每年秋天彼岸節過完，家家戶戶就開始搗味噌，一次搗一年份。先把小麥蒸熟，不添加麴菌任其自然發酵數日，搗味噌前晚再徹夜煮大豆，連同麥麴和鹽倒進臼裡用木杵使勁打碎，打到天荒地老，之後裝進木桶壓石頭靜置熟成，一年到頭就吃這個。

小春枝愛跟在母親後面看，卻又總是累得直打盹，不明白大豆為什麼非得要徹夜熬煮，而不能趁著白天一次煮好。母親說這是從祖先流傳下來的方法，如果爐火不熬隔夜的話，家裡就會發生不好的事。春枝那時最痛恨搗味噌，說她寧願生小孩，逗得大人都笑，但到臺灣之後她卻最懷念每次通宵熬煮大豆、整日鼓搗味噌時，全家人擠在狹窄的炊事場忙得滿身大汗，又充滿歡聲笑語的時光。

臺灣的味噌分為本島式和內地式，本島式是臺灣人做的豆醬，原料和發酵方式都有不同，日本人無法接受。但即便是日本人在島內開設的藏元，生產所謂內地式味噌，口味也還是有差，何況那一定是濃厚的米味噌。從本州或四國來的人也許覺得還好，但她們熊本人怎麼都吃不慣。

越嶺道開通後蕃界日漸平靜，人們開始有餘裕營造故鄉的生活習慣。霧鹿駐在所是關山越嶺道上最重要的據點，派駐二十多名警察和為數相當的眷屬，人一多，文化氣氛就出來，一起做事也比較起勁。

在那裡的第一個大晦日（除夕夜），霧鹿監督以鼓代鐘，擊打一百零八下，祓除人間煩惱。儘管有些因陋就簡，在深山寒夜裡，聽著鼓聲緩慢而堅定地擊打，體會久違的內地新年風景，依然令人熱淚盈眶。元旦早上，大家都穿上和服，穿過小小的鳥居到神祠前進行初詣，也有人特地到刻著南無阿彌陀佛字樣的石碑前獻上一炷香。

從那之後，大家心照不宣，要把霧鹿駐在所變成蕃界裡的日本山村。首先當然是種植櫻花樹，待過陸軍的人都知道，聯隊駐紮地一定有櫻花，這個傳統也被帶到臺灣蕃地的警察官吏駐在所，好一點的種幾株淡粉紅色的染井吉野櫻，至少也會有緋紅色的本地山櫻花。也有人帶來桃、李、梅等花樹種子或苗木，在圍牆邊種下，等候十年、二十年之後會有一番像樣的北國春光。

種花之外也種菜，要吃新鮮蔬菜全都得靠自己種，無非是容易照料的白蘿蔔、紅蘿蔔、地瓜和白菜之類，每天早晚勤務以外的時間，上從警部補下到警手，經常在那裡挑肥澆灌、拔草趕蟲，充實貧乏的餐桌也排遣單調的日子。

真正能夠創造內地生活風情的畢竟還是女人們。霧鹿經常有八、九名警察妻子，日間無事都會聚在豆腐小屋，一起製作豆漿、豆腐等吃食，交換家事心得，更多時候上演人生劇場，互相訴苦彼此勸慰，說說不在場者的壞話，並研究如何利用簡單的食材變化出故鄉風味。

當然無法在霧鹿完全複製出內地風情，大多時候只能在形式上點到為止。他們來自日本各地，擁有共同的歲時節慶，也有各自的特殊習俗，在山上做得了的就盡量做一些，也混入若干臺灣本島人習慣，變成奇妙的混合風俗，久而久之，大家就以霧鹿族自稱。這個字眼帶著濃重的煤油味，日後人們一回想起來，鼻腔中自然就會泛著那股難忘的臭味。

如此六、七年，花樹已有幾分樣子，雖然樹形還很單薄，開起花來卻卯足力氣，將駐在所周圍煙煙粉粉綴上一圈。春天在樹下賞花，夏夜換上浴衣喝啤酒，八月盆祭的時候，連蕃童教育所的布農族少女都學會跳小原節舞，看起來和日本人毫無差別。

•

春枝常說自己是被騙來臺灣的，起初以為丈夫擔任的只是普通警察，沒想到丈夫卻被分發到蕃地任職，而且隨著闢山越嶺道開鑿而不斷往深山裡調，不只生活清苦，還得擔心生命受到威脅。

然而她並無畏懼，認真勤快做好份內每一件事，還幫丈夫生了三個兒子，從內部支撐起這個家。兒子們是在三個不同的派駐地生的，都沒有助產士，只能靠其他警察太太幫忙。在比多沆分遣所生次子昭雄時，那裡甚至沒有別的女眷，春枝叫丈夫燒熱水，其他事情全都自己解決，當天甚至還如常下廚準備晚餐。

一般情況下，無論蕃地警察派赴多麼深山荒僻的駐在所值勤，妻子都會跟著赴任。不過丈夫被派駐在溪頭時，剛好霧鹿小學校創校，昭雄滿六歲入學，春枝主動爭取宿舍管理人一職，通常這是由警手擔任，但因為她出了名的能幹，又有人稱老大的後村警部幫忙陳情，才破例以臨時雇員身分任用。

那時三子嘉雄才三歲，能夠留在安全而溫暖的霧鹿好好撫育，而非到險遠寒冷的溪頭，讓她由衷感激，格外賣力把工作做好。

春枝負責管理寄宿生作息，不僅提供膳食，大小事也都由她照顧，彷彿一下子成為十幾個孩子的母親，整天忙得團團轉，卻覺得十分充實。

生活上的困難都容易克服，最麻煩的是就醫。關山越嶺道整個山區長年沒有醫療人員，直到里壠支廳升格為關山郡，預算增加後才在霧鹿派駐一名公醫，那已經是支那事變（七七事變）發生的昭和十二年，而且公醫的醫術可疑，實在不敢放心去看。凡有小毛病只能盡量忍耐，麻煩的是，一旦痛苦到非看醫生不可，下山那條路就顯得格外漫長難熬。

當昭雄牙痛到滿地打滾，或者嘉雄一隻眼睛結膜炎像是眨眼就會滴出鮮血，丈夫沒有一次在身邊，她都果斷地帶著孩子，在警手陪伴下走到平地，從海端搭上火車去鹿野找有名的神田全次醫師求診。

但有一次自己肚子劇痛到懷疑是否罹患什麼絕症，拖延數日後決定下山檢查，由兩名阿美族警手用簡陋的轎子抬著她走——所謂轎子不過是用兩根竹竿穿過一小張藤椅罷了，坐起來並不舒服，從頭搖晃到尾不說，經過斷崖或吊橋時，整個人懸空臨下，而且手腳都無處攀緣，命運完全交在他人手中，感覺格外恐怖。

勉強走到半路，春枝被晃得眼前發白、冷汗直冒，喉嚨乾灼欲裂，全身使不出力氣，勉強喊出聲音來叫停，轎子一落地就癱倒在路中間喘息，心中浮出強烈的悲戚與絕望，心想這樣怎麼可能走得到，會不會就此躺下不起？

不知過了多久，煩惡感稍微緩解，心想總不能永遠躺在這裡，於是靠著一股不服輸的蠻勁坐回轎中繼續前進。她必須透支元氣才能抓緊轎竿，腦中剩下團團白霧，感覺不到外界，只有本能地想，就算昏倒也要在意識消失前往山壁那側倒，別掉下懸崖，根本不知道最後是怎麼走完的。

過兩天回程上山時，想起過程的艱辛，忽然理解兒時母親唱的那首搖籃曲為什麼如此悲苦。

阮啊，只做到盆祭到盆祭，保母就做到盆祭為止。盂蘭盆趕快來，阮就能早點回家。

阮啊，就算是死了，又會有誰替阮哭泣呢？只有後山松林裡的蟬在哀鳴吧。

要是阮死了，就埋在路邊，有人經過就給阮一朵花。

花要什麼花，沿途盛開山茶花，澆墓自有天落水。

用這麼不祥的歌詞哄孩子睡覺真是不可思議。但春枝抱著孩子，總是不自覺唱起這首歌，心境無比貼切，因為這是代代母親們自傷身世的悲歌啊。

春枝獨自撫養兩個兒子，同時照顧十幾個小學校寄宿生，不知不覺就這樣過了七年。

起初，丈夫每兩個星期回來霧鹿休假兩晚，通常午後抵達，白天在俱樂部和同事喝酒，夜裡到獨身的影山宿舍鋪個床位徹夜聊天，第三天清晨動身返回溪頭，從頭到尾跟春枝講不了幾句話。

大關山事件時，越嶺道全線鶴唳風聲，丈夫也被調進築路搜索隊三個月，事件平息後就變成一、兩個月才回來一次，但春枝也不覺得有什麼差別。

昭和十二年對支那作戰開始，軍費浩繁，加上蕃地平定多時，因此警務課在隔年將溪頭等幾個不重要的駐在所裁撤。丈夫調回霧鹿並升職為巡查部長，分配一間寬達十疊半的宿舍，春枝和孩子終於住進屬於自己的屋子，一家再次團圓——話雖如此，這時昭雄已下山到花蓮港廳中學校就讀，家裡只剩下丈夫、春枝和嘉雄三人而已。

然而春枝已經習慣自己生活，和丈夫四眼相對，總覺得哪裡不對勁。也或許是昭雄下山讓她感到寂寞，開始格外懷念起留在熊本的幸雄來，也因此每次看到丈夫的臉就有氣。

丈夫對春枝熱衷於過各種日本節日並不以為然，總是說，「明明都在臺灣蕃地住了快二十年，幹嘛老是假裝還在熊本？」丈夫並不講究飲食，舌頭也鈍，連麥味噌和米味噌差別這麼明顯的東西也分不太出來，只要夠鹹就好，這讓煞費苦心製作各種故鄉風味的城戶春枝感到氣結。

「吃到故鄉的味道，就好像回到小時候啊。」

「小時候一點都不好，而且我可是背棄故鄉出來開拓新天地的，才不想整天在那裡回味。」

春枝一半賭氣，也是因為辭掉工作後多了很多時間，於是開始熱中於製作各種故鄉風味的漬物，搜索記憶中母親的做法，和女伴們討論，不斷嘗試，陸續做出初夏的梅漬、盛夏的瓜漬、茄漬，冬天則有蘿蔔漬，若有昆布還能做點蘿蔔昆布漬，還有令所有人最懷念的，春的高菜漬。

她託人拿到一把故鄉的高菜（芥菜）種子，在小學校後面空地種下，悉心照顧，最後做成高菜漬。霧鹿位於海拔三千尺（九百公尺）山中，沒有平地炎熱，和故鄉氣候較為接近，種出來的高菜比平地的臺灣品種更加柔嫩。

高菜真是一種奇妙的植物，種子那麼小，跟一粒仁丹差不多，卻能記得所有的事，長得比其他蔬菜都大。

高菜漬的材料很簡單，新鮮高菜之外只要鹽和鷹爪辣椒。鹽先和辣椒末抓勻，抓一把高菜撒一搓鹽，輕輕搓揉幾下就會脫水軟化，唯一要注意的是不可太用力弄傷，否則容易失敗。

春枝會帶著嘉雄一起做高菜漬，嘉雄很喜歡折菜梗，但沒耐心又討厭被辣椒鹽弄得手痛，往往丟了就跑，獨留春枝藉著手上的痛感回憶兒時。菜醃好後，放進桶子用石頭壓住，隔日確認出水，再放幾天就能吃了。

高菜配白飯乃是一絕，初入口時鹹辣痛快，慢慢咀嚼之後，野菜香和隱微嗆味逐漸散發開來，和米飯的甘甜混合，餘韻無窮。男人們更愛拿高菜漬來下酒，晚餐時搭配啤酒真是至高享受。

吃過她家高菜漬的人都說好，尤其是九州人格外讚賞，吃得歡欣雀躍，甚至感動落淚。有意思的是，若單吃鮮蔬，並不會有特別的感覺，一旦仔細揉捻、用鹽脫水入味，似乎就有幾分樣子了，所謂回憶就是這麼回事。

或許也因為高菜漬是春天的食物吧，在秋末種下，耐過寒冬，伴著初春的足音而來，細心搓揉醃製，帶著些許警醒的嗆辣，更充滿兒時溫暖愉快的回憶。

偶爾有人帶幾罐下山當伴手，非常受歡迎。霧鹿的阿春聲名遠播，甚至連關山郡守都知道。不過春枝自己並不滿意，覺得和印象中母親的口味不一樣，而且是入魂與否的關鍵差異。也許是臺灣辣椒過於銳利跋扈，少了深沉香氣，也許是高菜不適應本地土壤，口感過於粗硬。也可能是自己根本就把做法記錯了。

她一試再試，最後總是賭氣把高菜漬用油炒過，再加醬油和糖調味，變成一道五味雜陳的料理。諷刺的是，這樣的東西卻反而得到丈夫稱讚。

越是想靠記憶中的味道去接近故鄉，故鄉反而離得越遠。

第六章
飛行帽

從城戶嘉雄有記憶以來，生活中就很少有父親的身影。父親總是很久才從溪頭回來霧鹿一次，而且都在跟影山叔叔他們聊天。

「溪頭在哪裡，是個什麼樣的地方？」他常這樣問。

父親會簡短地回答，「溪頭什麼都沒有，只有冷死人的風和一面大崩壁。」

「父親什麼時候要調回來？」

「那要看上頭的意思。」父親嘴上這樣說，但他長大之後慢慢察覺，父親似乎並沒有很想回霧鹿。

他和母親住在霧鹿小學校的管理人室，但母親每天忙著張羅十幾人份的膳食，或者照顧生病的學生，晚上回到住處已經疲憊不堪，往往很快就睡著了。母親是大家的母親，嘉雄經常這樣想。

等到他上小學之後，在寄宿舍的通鋪分配到一個位置，就很少跟母親一起睡了，他覺得跟同學在黑暗中說話打鬧有趣得多。

日後回想起來，嘉雄會訝異於霧鹿山中生活如此簡單，卻又有無盡的玩樂與趣味。談不上任何物質享受，僅有的玩具就是彈弓、陀螺或射橡皮筋的竹槍，都是自己用一把肥後守小刀削出來的。如果能拿到一本少年誌，那就可以在同伴前大肆炫耀。

山童的遊戲就是那幾樣，無非是戲水、騎竹馬，或者玩陣地戰，分成兩軍假裝互相射擊。另一個遊戲是跑到天龍吊橋上搖晃，他會用力搖到橋面上下擺盪一公尺，晃到睪丸都縮起來，直到值哨的警察叔叔來罵人才罷手。而最刺激的就是去廢棄的舊蕃社家屋探險試膽，在草叢裡找尋是否有遺落的髑髏或獸骨，彼此驚嚇取樂。

一年中最值得期待的日子有兩個，一個是警察年度召集，各駐在所都會派員集合到霧鹿進行射擊大會和劍道大會。另一個是當地人戲稱的「霧鹿祭」，也就是年度播放映畫和舉行小市集的日子，會從平地挑運放映機、膠捲盤、揚聲器和電池到山上，連同放映師、落語家（相聲演員）、巡迴牙醫、疊敷師傅和賣針線剪刀的小販，形成熱鬧市集，沿線各駐在所的警察和眷屬都會前來參加，晚上還有賞月宴，熱鬧非凡。

嘉雄特別喜歡年度召集。

當天早上先進行速射砲保養射擊，不只日本人當成具有節慶感的活動來參與，附近部落的布農族人也都被集合到駐在所前的棒球場參觀。只見小丘頂的砲臺上幾個警察影影綽綽的奔走，並聽得警部補下達指令。

微杳的「發射——」命令之後緊接的是轟然砲響。那是一種不屬於山林的聲音，類似奔雷乍鳴，但更簡潔集中，帶著穿透身體的空氣震動，並在山嶺間留下迴盪不已的殘響。所有人聽見砲聲都知道，這是帝國的聲音，是恩威並施的蕃地警察的聲音，是令日本人至感驕傲的聲音。

施砲已畢，眾人舉手歡呼，三唱萬歲。布農族人也跟著茫然高呼，然後排隊領取食鹽、毛巾和火柴等惠與品。

接著就在駐在所下方的臺地上舉行射擊大會，在警察正式上場比賽射擊之前，會先讓所的婦女和小孩都先射擊一發。「這是為了萬一的時刻做的準備。」影山光一叔叔說。所謂萬一，指的當然是蕃人大舉來襲，連婦女和孩童都需要被迫拿起槍枝自衛的狀況。平常先習慣拿槍的感覺，那怕只是一年射擊一發，也勝過毫無經驗。

「小嘉很有射擊天分呢，今年又是正中紅心，如果讓你參加射擊大會，分數絕對比老八還高。」影山叔叔訝異地說。

嘉雄確實有操作機械和手藝方面的天分，他折的紙飛機飛得比別人都遠，用肥後守小刀就能削刻出想要的東西。

十歲那年，父親從溪頭調回霧鹿任職，全家也搬進巡查部長宿舍。對嘉雄來說，與其說父親回家，還比較像是家裡忽然多了一個原本不存在的父親。

晚上父親喝了酒，心情好的時候會唱歌，不過唱來唱去就是那幾首，尤其是盆祭的搖籃曲，他從小就聽母親唱到膩了。父親興致高昂的時候，還會反覆跟他說起當年帶大哥幸雄去看飛機的往事。

「那天風很大，幾乎可以把人吹走，飛機因此遲遲無法起飛，全場上千名蕃人都等得快沒耐性了……幸雄才三歲，在我肩膀上等到睡著了，後來呀……」

嘉雄聽過幾次就會背了，後來飛機終於大風中強行起飛，還表演投擲炸彈，把蕃人嚇得目瞪口呆，從此對日本人敬若神明。

「父親也可以帶我去看飛機嗎？」嘉雄問。

「現在已經沒有這種表演啦，何況蕃地平定已久，連威嚇性的理蕃飛行都已經很久沒有舉行了。」

「我也好想要看飛機啊。」嘉雄哀嘆，「真不公平，父親只帶大哥去看飛機，都沒有帶我跟二哥去。」

嘉雄從此格外留意起和飛機有關的事，小學課本上有一節介紹飛機的課文，也教唱〈飛行機〉之歌。

飛機，飛機，青空中的銀之翼，飛機飛機好高啊！

他每天都在操場上張開雙臂，想像著自己正在蔚藍的天空中飛行，一邊奔跑一邊唱著。

•

海朔兒很喜歡帶著他的小狗呆姆到帕哈斯的老家去，常常一待就是大半天。

小時候祖父經常帶他回老家，說他的臍帶就埋在屋前的大樟樹下，而且連祖父自己、父親和家族裡的長輩們的臍帶也都埋在這裡，這是家族的生命樹。祖父總是告誡他要愛護這棵樹，不能隨意攀爬或攀折，因為樹如果受到傷害，人們也會同樣受到傷害。

祖父不喜歡霧鹿，說那是充滿惡靈的大凶之地。祖父也不喜歡霧鹿的木造房子，說那是很笨的房子，不會呼吸，又沒有祖靈的保佑，住起來很不舒服。

老家就不一樣，當初人們選在山豬生小豬的地方蓋房子，非常安全，無論多大的風雨都不會造成土石崩塌，而且視野很好，展望著廣闊的溪谷，令人心胸開朗。石板牆不透光卻很通風，祖父總是說，房子會呼吸，每當屋裡炊煮食物，香味和炊煙就會從石板縫隙裡飄出來。

海朔兒對自己在老家的生活沒有印象，但他很喜歡在老家屋子裡，躺在底下埋著先人的石板上睡午覺。就像祖父常說的，待在老家就像待在母親的肚子裡一樣安心，這裡的黑暗和深夜山林裡潛藏著惡意的黑暗不同，是一種輕柔的包覆，像渾身泡在溫暖的水裡，任由水波蕩漾撫慰。

有一天海朔兒到老家去的時候，呆姆大老遠就開始吠叫。他警覺起來，看到一個日本小孩在大門裡外進進出出，低頭像在找尋東西，連狗叫聲都沒有留意。

呆姆衝上前去狂吠，海朔兒認出來，那是和他同樣就讀四年級的城戶嘉雄，只不過自己讀的是霧鹿蕃童教育所而嘉雄讀的是霧鹿小學校。兩間學校校舍蓋在一起，但學生平常幾乎從不往來，只有打棒球的時候會各組一隊比賽。

嘉雄看到海朔兒，先是愣了一下，像是對於擅自闖入感到心虛，但他隨即強勢起來，凶狠地對呆姆吼道，「蕃犬別吵，走開！」

「請問你在這裡做什麼？」海朔兒問。

「我記得你叫海瑟爾吧。」嘉雄用片假名拼音念出海朔兒的名字，使喚道，「喂！快來幫我找找看，我有一把肥後守好像掉在屋裡了。」

「這是我們祖先的房子，不可以進去。」海朔兒情急之下用布農語呼喊。

「你不知道肥後守嗎？那是一把小刀，有黃銅做的鞘柄，亮晶晶的。」嘉雄傲慢地解釋。

海朔兒忽然明白嘉雄在這裡做什麼。他曾在學校前面聽見一群日本小孩大聲嚷嚷著放學後要去蕃社探險，還覺得奇怪從沒看過他們來家裡拜訪，原來所謂的蕃社探險是跑到廢棄的老家屋試膽量。

眼看嘉雄再次鑽進屋裡，海朔兒急著追上去，想阻止卻又缺乏足夠的日語字彙解釋。嘉雄到處摸索，毫不顧忌踩過底下埋著先人的石板。呆姆忽然發出奇怪的低狺，伏著前肢備戰，海朔兒看到角落黑暗中微有鱗光閃動，猛力把嘉雄往後拉。嘉雄仰天跌倒，正要怒罵，看到一團蠕動的影子遊走，不時吐著舌信，霎時一股冷麻直竄頭頂。

「Kaviaz（百步蛇／朋友）。」海朔兒護在嘉雄身前，嚴肅地跟百步蛇說自己並沒有敵意，請牠離開祖先的房子。那蛇探了探舌信，確認對方沒有攻擊的意圖後，好整以暇地從大門遊出去，呆姆緊跟著跑到屋外，不斷凶狠地吠叫驅趕。

「你怎麼讓牠出去的？」嘉雄驚魂未定。
「蕃人，蛇，朋友。」海朔兒勉強用日文說。其實人類和百步蛇曾經互相殘殺，後來商議互不侵犯，彼此敬而遠之，但他不知道怎麼用日語解釋。
「好厲害，居然在蕃屋裡遇到蛇，我要跟稻垣他們說！」嘉雄看向原本百步蛇所在的地方，興奮大喊有了！隨即撿起他掉落的那把肥後守。
「請出去吧。」海朔兒在蕃童教育所學到的日語都是敬語，並不知道怎麼表達命令，只在語氣上顯得強硬。
嘉雄走出屋外，探頭探腦確認沒有百步蛇的蹤影，開心地檢查肥後守，反覆打開又收折，玩了兩下就放進口袋，繼續四處探看起來。
「喂！放置頭顱的架子在哪裡？」嘉雄問。
「這是祖先的地方，祖先在裡面休息，敬請安靜。」
「你說祖先在屋子裡？所以這整間房子都是你們祖先的墳墓？」嘉雄忽然想起曾經聽說布農族屋葬的習俗，沒想到竟是真的，驚訝程度不下看到百步蛇。
「總之敬請安靜。」
「啊！飛行帽！」嘉雄看著海朔兒，忽然指著他頭上，「你怎麼會有飛行帽？」
海朔兒這天戴的是一頂渾圓光滑的山羌皮帽，緊緊服貼著頭皮。他不知道什麼是飛行帽，只說這是祖父幫他做的。

「就是飛行員戴的帽子啊。」嘉雄湊近觀看，伸手觸摸，越看表情越彆扭，不願意相信海朔兒竟有這樣的好東西，卻又掩不住興奮。

後來嘉雄帶了一本珍藏的剪貼簿給海朔兒看，上面有很多跟飛行相關的照片或繪圖，都是嘉雄從警察俱樂部裡的過期新聞紙或刊物上收集來的。其中有一張印刷得有點粗糙的照片，正在進行座艙模擬訓練的少年飛行兵穿著全套飛行服，右手握住操縱桿，左手拿著飛機模型，神情專注。

「你看，他們戴的飛行帽跟你的一樣，只差風鏡和耳機，你就是飛行員了。」嘉雄猶豫很久之後，終於鼓起勇氣說，「帽子借我戴。」

「這是用我的頭做的，別人不能戴。」

「用你的頭做的？應該是說按照你的頭型做的吧，哈哈哈。」嘉雄笑得肚子痛，「借我戴一下啦！」

海朔兒摘下帽子遞過去，嘉雄迫不及待往頭上一套，把皮帶在下巴繫緊，竟然完全吻合。嘉雄興奮地張開雙臂到處飛翔，口中咻咻有聲，一下爬升一下俯衝，繞到屋後又飛出來。

「敵方飛行員，一決勝負吧！」嘉雄對著呆姆發起攻擊，啪啦啪啦機槍掃射個沒完，呆姆不明所以，伏低前腳躲閃，汪汪汪直叫。

嘉雄從海朔兒他身邊呼嘯而過，喊道，「你這樣不行，要跟著飛起來啊！」

「喧鬧的話，祖先和山裡的 Hanitu 會不高興。」

「成為翱翔天空的若鷲為大日本帝國奮戰，祖先們也會為你感到光榮的——你不飛就不好玩啦。」

海朔兒試著平伸雙手，但他腦中浮現的是綁上畚箕和掃帚變成老鷹的模樣，於是上下拍動起來。

「不要拍，又不是鳥。」嘉雄受不了地仰天大吼。

「我不懂。」

「像在學校玩遊戲，跟著我做就行了。」

海朔兒學著嘉雄的動作，怯生生地走了幾步。他沒有玩過這樣的遊戲，何況所謂遊戲只能存在日本那邊，在人的世界裡沒有任何兒戲。一個人的所有言行舉止都會和萬事萬物的 Hanitu 有所感應，更會影響田地裡小米生長。所以人們會在祈禱小米豐收時圍成圓圈，模仿蜜蜂的聲音吟唱，不斷拔高音調，象徵小米往上抽長。相對地，人必須隨時保持整齊清潔，小米田才不會雜草亂長。小米收穫前還不能吃酸甜鹹辣各種滋味，只能吃清淡到讓舌頭都睡著的簡單食物，免得小米覺得你日子過得很好，不願意到你家來。除此之外，生活中還有無數 Samu，只要觸犯了，就會惹怒天神和萬物的 Hanitu，招致歉收。

「飛呀！海瑟爾飛曹！」嘉雄不斷促使他起飛，「擔任我的僚機，一起衝向敵陣吧！」

海朔兒閉上眼睛，想像著身軀離開地面，飛到高高的天空上，比老鷹還高，比雲還高，不是為了填飽肚子捕捉小鳥或老鼠，也不是尋找走失的愛犬，而是純粹翱翔在天空，說不定和月亮靠得近些，還可以把他臉上的陰影看得更清楚呢。海朔兒漸漸有些著迷，沒想到人也可以這樣開心地飛行。

海朔兒飛到空中，俯瞰建在山坡上的房子，呆姆趴在屋前空地，身影好小。他飛掠過一道又一道稜線，飛越深深的溪谷。

一陣強風吹來，滿山樹木颯颯作響，海朔兒睜開眼睛，看見那棵高大的生命樹上竄出一群哈斯哈斯鳥，從他的右邊驚叫著往左飛去，這是大凶之兆，警告他切莫不可繼續前進。

海朔兒猛然清醒，放下雙臂，大聲向祖先和山間的 Hanitu 祝禱，祈求他們原諒，然後飛也似的往家的方向跑去，連皮帽都忘了要回來。

•

到霧鹿蕃童教育所上學之後，海朔兒發現世界上有兩種不同的秩序，一種是屬於人的 Samu，另一種是屬於日本的規矩。很多時候，這兩種秩序不只不一樣，甚至還相反。

海朔兒從小按照 Samu 生活，早已打從心裡浸潤其中，在教育所則被迫遵守日本規矩，否則就會招來先生的斥責和打罵。先生是由駐在所的巡察兼任的，很兇又缺乏耐心，但經常發糖果給大家吃，因此他很快學會，在不同場合遵守不同秩序。

就拿糖果來說，在家是絕對不能吃糖的，否則會讓小米覺得你日子過得太好，不願意到家裡來，造成小米歉收。但在學校就可以盡情吃糖，先生說糖果滋養豐富，對人身體好。

在教育所，必須按時到小神祠參拜カミサマ（神明）。小神祠設在駐在所後方的小丘上，那裡同時也是砲臺所在，不過大砲平時都收納在倉庫裡，就像神祠裡供奉的神明一樣無法看到御本體，只能敬畏崇拜。

學童們每天誦念〈教育敕語〉，朕惟我皇祖皇宗，肇國宏遠，樹德深厚。我臣民，克忠克孝，億兆一心，世濟厥美……儘管從來都不知道那是什麼意思，反正就跟著先生複誦。

雖然有教科書，但學童們的日語程度太差，多數時候只是在教基礎日語和算數。比較活潑的是體操、演劇、唱歌和行進遊戲，所謂行進遊戲大多是由男生進行硬梆梆的軍事隊形操演，不像隔壁霧鹿小學校會時常玩一些鬼抓人之類的好玩遊戲。女孩子們則被訓練跳小原節舞，每次在來賓面前演出時，都會得到嘖嘖稱讚，說看起來真是跟日本人沒有兩樣呢。

唱歌從〈日之丸之旗〉、〈鳩〉、〈阿兵哥〉等簡單的歌開始唱起，升上二年級的時候第一首是〈飛機〉。

就像課本上許多無法理解的事物一樣，海朔兒那時並不知道飛機究竟是什麼，但他喜歡看著課本上的彩色圖片，只見白雲之上，三架如同老鷹般伸展雙翼的飛機在藍天裡翱翔著，機翼底下機艙尾部塗著紅紅的日之丸。日後嘉雄會告訴他，這張圖畫的是一種雙發動機的轟炸機，能夠飛到敵境投下炸彈，炸爛所有東西。

小學校的日本學生會製作模型航空機，他們根據教材上的紙型，用厚紙裁剪黏貼成紙飛機，然後在空地上用橡皮筋發射。那些紙片咻地竄上天，比真正的鳥被驚起時還快，還沒看清楚又矯健地轉了個圈飛回來。小學生們輪番發射，白色影子一個接一個竄起畫圈，好看極了。但這是小學校學生專屬的勞作遊戲，教育所的學童只能從教室窗戶往外看，就算被先生喝斥上課要專心，耳裡聽著小學生們彼此較勁和歡呼的聲音，腦中依然有許多白影此起彼落。

嘉雄曾經把紙飛機帶到帕哈斯老家，先示範了幾次，然後借他玩。紙飛機脫手彈射的瞬間，海朔兒感受到前所未有的驚奇，這跟射箭不一樣，紙飛機是活的，會自己朝著人無法預知的方向急速迴旋，而且總是會飛回人的身邊。

他一次又一次把紙飛機射出，怎麼也玩不膩。然而有一次彈射出去，紙飛機在高點轉了一圈之後決定飛進生命樹裡面去，只見白影咻地衝入樹冠，降落在高枝上。

「我來撿！」嘉雄當即要爬上去。

「請別這麼做！」海朔兒趕緊阻止。

「為什麼，又會惹祖先生氣嗎？你們的祖先也太愛生氣了吧。」

「對不起。」

「那用石頭丟好了。」

「請別這麼做！」

「那怎麼辦？那是我辛苦做出來的，無論如何要拿回來。」

海朔兒大感為難，最後決定自己爬上去。他從來沒動過爬這棵樹的念頭，仔細一看，才發現其實這是兩棵長得很近的樹，差不多巨大，樹冠密接，所以大家向來都把它們當成一棵來看待。

他手腳撐住兩邊樹幹，俐落地往上攀，很快踩上左邊那棵樹的分岔點，這裡已經差不多有他的兩個人高。海朔兒探看飛機的位置，往斜分而出的枝幹爬上去，大樹長在斜坡邊，枝葉大半都往坡外生長，往下看時感覺更為高峻，令他不由得停下，四處觀察起來。

午後陽光透進來，將樹幹上的縱紋映照得格外分明，不知是誰把它們刻得那麼好看。每根枝幹、每片樹葉都被照耀得神采煥發。從外面看，繁茂的樹冠彷彿一團厚實球體，但置身其中，枝葉卻非常疏朗，宛如一個綠色的罩子將人包覆。

風吹過，一叢叢枝幹各自用不同韻律搖擺，彼此又能協調，就像合唱的時候每個人唱出不同音高，組成和聲。乃至於，每片葉子都有自己顫動的頻率，像無數眼睛眨呀眨的。

海朔兒看到紙飛機掛在前方深處，在無數閃動的油綠葉片中靜靜透露著白色微光。他一手扶著鄰近樹幹，腳下往近乎水平的橫枝踩出幾步，身體往下一沉，手上趕緊抓牢，無法再繼續前進了。

這時他聞到一股樟樹獨有的氣味，薄薄氤氳在身周。他摘下一片葉子揉碎，放在鼻子前面吸取那清醒。風停了，葉片們停止沙沙絮語，滿山聲響也都消去，樹冠裡徹底安靜。

海朔兒閉上眼睛，似乎聽見哪裡傳來熟悉的聲音。海朔兒，我的孩子。海朔兒，我的 Ala。海朔兒，我的兄弟。海朔兒、海朔兒……

是親人的呼喚。大家都在這裡，所有胎盤埋在這棵樹下的人們都在，連海朔兒自己也在。他覺得自己很久以前就來過這個地方，甚至有種奇怪的感覺，好像從出生以後就始終都待在這裡，從沒離開過。

就在這短暫瞬間，他感覺到所有的心都跟他的心在一起，而他的心也跟所有的心在一起。然而同時世界倏地黯淡下來，濕涼的寒意從四面八方蔓延而來。他睜開眼睛，午後雲霧循著山坡湧升，淹沒所有東西，陽光也被徹底遮蔽。

樹冠裡所有的東西都失去顏色，變得扁平。灰色的樹葉快速翻動，眼神裡不懷好意。他腳下的樹枝猛然搖晃，差點讓他失去平衡，低頭看時，山坡不見了，幽暗得看不到地面，而樹枝的晃動越來越劇烈，連手上攀著的枝條都像是要逃走似地扭動起來，他覺得自己快要摔下去了……

「海瑟爾飛曹！」嘉雄大喊。海朔兒回過神來，看到嘉雄攀在樹幹分岔點上，朝著他喊，

「你拿到紙飛機了嗎？」

「沒有，很遠的緣故。」

兩人都下到地面，海朔兒說，「太陽沒有了，趕快，請回去。」

「那紙飛機怎麼辦？」

「紙飛機，自己，會下來。」海朔兒抬頭一望，那白色的影子混在霧氣中若隱若現，又似乎鑽到樹冠更深的地方去了。

‧

嘉雄每次來帕哈斯老家都會帶著海朔兒的那頂皮帽，戴上之後變身飛行員，盡情飛翔一番。海朔兒也不曾向他要回來，久而久之，好像皮帽已經送給嘉雄似的。

嘉雄說他將來要當真正的飛行員，好想穿上海軍飛行預科練習生那套七顆金色鈕釦的制服，或者當上陸軍少年飛行兵。

「嘉雄君喜歡飛行，為什麼？」

「開拓廣大的天空，在天空中戰鬥，這是男子本然的心願！」嘉雄毫不遲疑背出軍方宣傳用語。

「飛行是什麼感覺？」海朔兒望著依然卡在樹上的紙飛機問。

「你沒玩過迴旋塔嗎？那就是飛行！」

霧鹿小學校前面空地上有一座迴旋塔，那是在一根柱子頂上裝設輪軸，垂下四條吊索，可以圍繞軸心迴轉的遊樂設施。和前後晃盪的鞦韆不同，迴旋塔上的吊索會繞著圓圈不斷旋轉往前，並且乘著離心力往側面飄起來。

當你跑得夠快，手上使勁一拉，身體就會離開地面被往外甩出去，並且不斷迴旋飛行。如果四個孩子一起玩，輪流蹬地，還會越飛越快、越甩越高。不過這個設施只有日本小學生玩，布農小孩從來不碰。

「蕃人為什麼都不玩迴旋塔呢？」嘉雄問。

「平時不可以盪鞦韆。」海朔兒用有限的日語非常吃力地解釋。人們會在播種後的除草祭打陀螺，讓小米如同陀螺旋轉一樣充滿能量持續生長，也會盪鞦韆，讓小米像鞦韆似地不斷往上。祭典結束後陀螺就會慎重地收藏起來不再使用，鞦韆也必須拆除，不可再進行。這些都是祭典的一部分，如果在不對的時候做，反而會招致災禍。

「總之盪鞦韆也會讓祖先生氣。」嘉雄聽不懂海朔兒語焉不詳的解釋，但猜得出是一種Samu。「可是迴旋塔又不是鞦韆。」

「迴旋塔是鞦韆，而且也很像陀螺。」海朔兒認真地說。

「鞦韆會前後盪來盪去，陀螺又不會讓人飄起來。迴旋塔就是迴旋塔，既不是鞦韆也不是陀螺，你們祖先不會在意的啦。」

「原來如此。」海朔兒想，就像在家不能吃糖但到了教育所就可以吃，或許迴旋塔也是這樣的吧。

第二天，下課的時候海朔兒走到迴旋塔邊，幾個日本小學生正在玩，迴旋飛轉十分開心。他仔細觀察這座奇妙的設施，心想嘉雄說得對，這既不是鞦韆也不是陀螺，只是有點像而已。

那幾個小學生發現他在旁邊瞪大了眼睛看，頓時一哄而散，留下幾條兀自飄盪的吊索。

海朔兒大步上前，毫不遲疑抓住一條吊索繞圈奔跑，然後用力蹬起，往前盪了出去。跟鞦韆有點像，腳沒有在跑身體卻移動著，有種飄浮的快感，而且一直往前不會往後。擺盪的勁頭很快衰弱下來，海朔兒著陸之後更加猛力飛奔，死命衝刺，然後再次高高蹬起，這次他不只往前盪出，還被一股莫名的力量往側面甩了出去，更把人的心都懸起來。他有些吃驚，放手跳開，卻無法拿捏離心力的方向而摔倒在地上。

海朔兒沒有聽見遠處日本小學生的鬨笑，起身再次抓住吊索。這時堂弟布衮跑了過來，質問他，「哥，你怎麼可以盪鞦韆？」

「迴旋塔就是迴旋塔，不是鞦韆也不是陀螺！」海朔兒用日語說。

聽他這麼說，又看到他玩得很開心的樣子，幾個膽子比較大的兄弟姊妹也跑上來拉住吊索，一起奔跑擺盪起來。眾人合力拉扯，輪流蹬起，不僅迴旋速度變快，滯空時間也拉長許多。

海朔兒緊緊攀在吊索上，身體被甩得越來越高，眼前景物不斷後退，而他的心早已經飛起來了。

啊，原來這就是飛行。

•

海朔兒告訴嘉雄人和百步蛇的故事。

人和百步蛇原本是好朋友，經常互相來往。

有一天，一個女人在森林裡看見一隻小百步蛇身上美麗的紋路，非常驚喜。身為女人，最重要的美德就是勤勞織布，並且織出屬於自己的獨特花紋，但是她費盡心思也無法想出新的紋路，為此苦惱很久，所以看到小百步蛇時開心極了，跟百步蛇媽媽請求讓她把孩子帶回家，照著花紋編織。百步蛇媽媽雖然萬分不捨，但顧念彼此的交情，也就勉強答應了。

女人果然編織出美麗的圖案，受到大家稱讚。其他女人們非常羨慕，一個又一個把小百步蛇借到家裡照著花紋編織。小百步蛇很累卻無法離開，肚子餓了想吃東西但人類只顧著編織都不理牠，甚至因為牠會動來動去而把牠綁住，最後就這樣被折騰死了。人們發現犯下大錯，不知該怎麼辦，每次百步蛇媽媽詢問什麼時候可以把孩子送還，都只能編造藉口拖延。

百步蛇媽媽念子心切，到村落查看，得知真相之後傷心欲絕，呼喚同伴大舉報仇。無數百步蛇像山洪暴發般漫山遍野襲來，身上的紋路讓牠們隱匿在落葉枯草中，閃電般用尖牙和毒液攻擊，人類拿起山刀和鋤頭抵抗，也打死不少蛇。

交戰延續多年，彼此死傷慘重，都無法再承受下去了。這時蜥蜴出來向兩邊講和，牠說牠原本是人類的孩子，被太陽曬乾變成蜥蜴，又跟蛇長得很像，也可以算是親戚，實在不忍心看到兩敗俱傷。

人類自知理屈，先向百步蛇誠心道歉，並且承諾日後看到百步蛇就會讓路給蛇，也絕不再殺害任何一條蛇。

從此人類和百步蛇互相敬重，人類稱呼百步蛇為 Kaviaz，也就是朋友。

•

海朔兒和嘉雄的友情僅限於在帕哈斯。

霧鹿蕃童教育所和小學校就在隔壁，共用空地活動，海朔兒和嘉雄經常看到對方，但從來不會打招呼或者交談。嘉雄好像不認識海朔兒，而海朔兒雖然不明白為什麼，但也知道在學校不該和嘉雄相認。

事實上，小學校的日本孩子完全不跟教育所學童往來，他們只有在棒球場上比賽時才會接近。嘉雄是投手，海朔兒則是第四棒中外野手。嘉雄投出的球像是最新型的戰鬥機般又快又靈活，很難打中。海朔兒則很善於捕捉在外野天空中飛行的白色影子。

但就算海朔兒站上打擊區，嘉雄的眼神也只牢牢盯著捕手手套。有一次海朔兒擊出內野滾地球，一壘手接到球卻傳偏了，補位的嘉雄來不及踩壘，直接觸殺奮力跑壘的海朔兒。海朔兒胸口被手套狠狠打了一下，差點喘不過氣，而且很痛，但嘉雄滿不在乎地把球傳出去，從頭到尾背對著他。

海朔兒從來沒有想過要去問，他只知道嘉雄出現在帕哈斯的時候是他最好的朋友，會帶來珍貴的少年誌、紙飛機和牛奶糖跟他分享，還會跟他轉述這次霧鹿祭播放的映畫劇情，而且永遠都不會膩地拉著他玩著飛行遊戲。

那年霧鹿祭，也就是年度播放映畫和舉行市集的時候，關山郡警察課長上山視察，霧鹿小學校和蕃童教育所一起表演《學校史劇》中的〈八岐大蛇〉神話劇——

話說素盞鳴命大鬧天界高天原，遭到姊姊天照大神放逐人間，祂下降到出雲國，遇到一對老夫婦正和女兒抱頭哭泣，說他們家原本有八個女兒，但一條八頭八尾的大蛇每年前來抓走一個女兒，今年馬上又要來把最後的小女兒櫛名田比賣也抓走。

素盞嗚命把櫛名田比賣變成一把梳子插在自己髮髻上，建造一堵開了八個門的圍牆，放置八個裝滿烈酒的大酒槽。八岐大蛇來時聞到酒香，從門中探頭飲酒，直至大醉昏睡，素盞嗚命就將八個頭一一斬下，除此大害，並且娶櫛名田比賣為妻。

原本先生找了幾個教育所學童試著扮演素盞嗚命，但霧鹿監督百般挑剔，一下子說學童日語太差無法適當念出臺詞，一下子說沒有半點神話英雄氣概，其實是無法接受讓蕃人扮演日本神明。最後還是讓嘉雄來扮演。

「什麼？竟然有這樣的大蛇來把女孩抓走？好！你們不用再擔心了，這條可惡的大蛇就由我來收拾！」

「真是太感謝了！但還不知道您是何方高人？」

「我啊，我叫素盞嗚命，是高天原之主天照大神的弟弟！」嘉雄威風凜凜，猶如天神下凡。

海朔兒也曾被叫去試演素盞嗚命，但最後被分配演出第一個蛇頭，戴著厚紙板做的頭套扭來扭去。但是八個蛇頭同時在臺上過於擁擠，指導的先生讓他們疊羅漢，底下四人，中間三人，海朔兒獨自跪在最上層，效果好極了。

大蛇如期到來，正要搜尋少女蹤影，卻看到酒甕。

「啊！好香的酒啊！」海朔兒喊。

「啊！聞起來好好喝喔！」第二個蛇頭喊。

「是酒耶是酒耶！」第三個蛇頭喊。

「不管了先來喝酒吧！」第四個蛇頭喊。

「開喝吧！」八個蛇頭齊聲喊。

蛇頭們暢飲美酒，很快不勝酒力搖晃醉倒。站在後方的日本小學生齊聲合唱：八岐大蛇近前來，把頭伸進大門中，一個蛇頭一樽酒，喝了美酒——醉不醒……歌聲中，嘉雄持劍出場，觀眾們用力鼓掌。

海朔兒看見嘉雄無畏地朝著自己過來，將劍高高舉起，以斬妖除魔的決心猛力劈下，肩膀上一陣劇痛，頓時滾倒在地。

素盞嗚命每斬下一個蛇頭，觀眾都高聲歡呼，等八個蛇頭盡數斬落，妖精除滅，更是轟然喝采。素盞嗚命還發現蛇尾中藏著一把神劍，也就是三神器之一的天叢雲劍。最後素盞嗚命在小學生們的歌聲中，雙手高舉天叢雲劍，結束了演劇。

•

海朔兒和嘉雄最後一次見面是十二歲那年春天，嘉雄從小學校畢業，準備下山到臺東中學校就讀。

沒有任何告別氣氛，兩人就像平時一樣玩耍。嘉雄興奮地轉述這次霧鹿祭放映的《燃燒的天空》，內容描繪少年飛行兵接受訓練，以及加入陸軍航空隊大展身手的故事，由陸軍航空本部全力支援，出動八個機種數百架實機拍攝，宣揚飛行員愛國情操。

映畫在空間有限的武道館播放三場，讓大家分批觀看。嘉雄賴皮連看三次，對劇情和臺詞倒背如流，一邊用手比畫說，追擊支那機的空戰場面實在太帥氣了，支那機屁股冒煙螺旋翻滾，日本機也跟著翻滾緊追不捨。還有大隊緊急出動，十幾架飛機一齊從草地升空，太壯觀了。還有還有，要發動攻擊的時候，飛機都會先往側面翻身然後倒著俯衝下去……

海朔兒沒看過真的飛機，也沒看過映畫上的飛機，只能憑著少年誌上的圖片去想像嘉雄說的一切，但這並不妨礙他的心跟著飛翔。

「對了，」嘉雄說，「這次在映畫上才終於看清楚飛行帽長什麼樣子，每次一出現有飛行帽的畫面我就格外認真看，果然還是真正的飛行帽比較帥氣呢。」

嘉雄拿出那頂皮帽遞給海朔兒，說，「跟你借來很久了，還給你。」

「既然你這麼喜歡，送給你。」

「可是我現在沒有別的東西可以送你。」

「我把你的紙飛機射到樹上沒有撿回來，後來就不見了。」

「沒有關係啦，那種東西想做多少就能做多少。」

「這頂帽子跟你的頭很合，已經是你的東西了，而且我也有新的帽子。」

「這樣嗎，那我就收下了。」嘉雄把帽子戴在頭上，伸出雙臂飛翔起來，對著山谷大喊，「城戶嘉雄飛行少尉，飛行準備完了！發進！」

嘉雄到處飛來飛去，繞過屋前屋後，第五百次對呆姆發動射擊，但呆姆早已看慣他的把戲，只顧著用後腳使勁撓癢。

太陽快要擦到山頭前，他們一如往常說了聲走吧，離開帕哈斯，嘉雄也如常唱起學校教的〈夕燒小燒〉。

彩霞暗了，太陽下山了，山上的廟裡，響起晚鐘聲。手牽著手，大家回家吧，跟著烏鴉，一起回去吧。

山中的孩子沒有看過火紅的夕陽，也不曾聽過寺廟鐘聲，但就如他們想像中的飛機一樣美好。

兩人沒有話別，沒有互道珍重，彷彿過幾天還會在這裡見面。但日後只有海朔兒獨自到這裡來，像小時候一樣獨自走進屋子，躺在石板上午睡，感受先人的陪伴。生命樹上早就沒有那架紙飛機的蹤影，也許它決定鑽到樹冠更深處、更不容易被發現的地方好好停駐。

有時候海朔兒躺在生命樹下看著白雲飄過，會不自覺地想，不知道嘉雄君是不是已經成為飛行員，正在天空中飛翔。

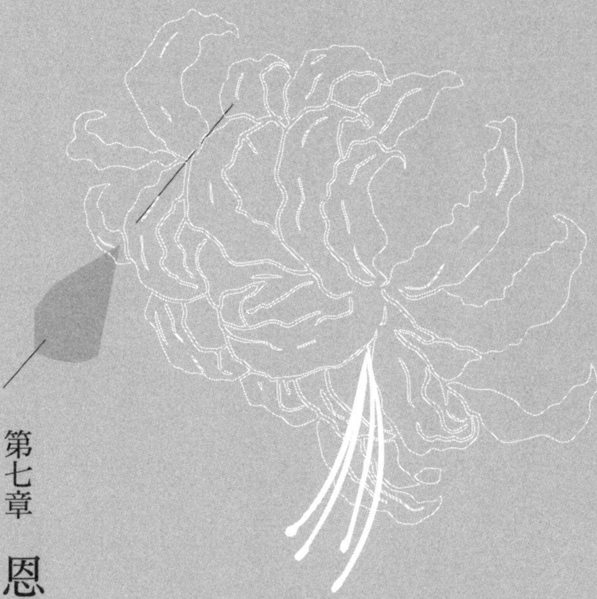

第七章 恩賜菸

回想起來，幸雄入伍前到霧鹿來探望父母，朝夕相處的那兩個星期，是城戶春枝最幸福也最心痛的時光。

那陣子對支那戰爭陷入膠著，年輕的警察們一一收到入伍通知，迅速收拾行囊離開。深山是封閉而固定的環境，長年相處下來，彼此像家人般親密，因此離別的場面總是特別哀戚。

每當有人出發，所有警察都會穿上全副正裝，腳踏難得使用的皮鞋，腰間掛上佩刀，陪同入伍者到小丘上的神祠參拜，祈願武運長久。女人們穿上和服，抹上平常捨不得用的昂貴粉妝，在號稱霧鹿玄關的地藏菩薩像前相送，齊聲合唱〈露營之歌〉和〈男人的生命〉。離別時男人們極力忍耐情緒，女人就毫無顧忌放聲大哭。

住在這樣的深山，遠離塵囂，就算戰爭什麼的也只是新聞紙上的說明，從來不覺得和自己有什麼關係，也每每有永遠不會改變的錯覺。直到有人真的要走，凝固的世界被打破，格外強烈感覺到世間沒有什麼是永恆的。因此不管交情如何，投緣與否，到分別的時刻也都不免觸動衷腸。

霧鹿沒有電力，也沒有收音機，他們並不知道自己錯過了整天占滿電波、熱血激昂的時局歌曲，或者渲染異國浪漫氣氛的〈蘇州夜曲〉和〈拉包爾小調〉。有些人會到警察俱樂部翻新聞紙，紙上總是捷報連傳，祝賀這裡陷落那裡陷落，長程轟炸造成敵人多少損害云云。有時也會有某某戰死英靈如花飄散、無言凱旋的記載。但二十分鐘後闔上新聞紙，窗外只有風吹林木的颯颯之聲，還有漫山蟲鳴鳥叫。

甚至後來臺灣遭到全島大空襲，敵機幾乎每天都來轟炸，霧鹿也從來沒聽到絲毫聲息，看見過一架飛機的影子。

被徵召的人都到哪裡去了呢？有時候留下來的霧鹿族不禁會想，下山去的人們好像被吸到另外一個世界去了似的。或者說，霧鹿才是隔絕在文明和時局之外的異世界。

戰爭的離別很快在盛夏之際來到城戶家。

幸雄來信說自己即將志願加入海軍，要到霧鹿來探望父母。春枝原本平淡的生活大起波瀾，她費盡心思，從雜貨店購買了不少材料，每天忙進忙出，想要好好接待這個分別十五年的兒子。然而山間原本就沒有特產，戰爭期間更難採辦周全，最後春枝還是只能製作自己最拿手的漬物。

「妳這是在幹嘛？幸雄是來探望我們，又不是專程上山來吃漬物的。」丈夫說。

「我總不能空著手等他來呀。」春枝忍耐著關節疼痛和滿身大汗，繼續製作。

幸雄十二歲上中學校時曾經拍了照片寄來，春枝每天拿著看，一邊回憶他小的時候。當初幸雄留在熊本老家時才三歲，春枝就算對著照片也還是只記得一張嬰兒的臉孔。

好不容易盼到幸雄上山那天，大清早新武路駐在所就打電話來說訪客出發了，儘管明知再怎麼快也要下午才會到，春枝還是頻頻探頭，甚至才過中午就穿上和服到有霧鹿玄關之稱的地藏菩薩像旁邊去等。

「天氣這麼熱走不快的，就算妳在這裡等到中暑，幸雄也不會提早出現呀。」丈夫勸她先回駐在所去。

「你無法體會做母親的心情，要不是兩個膝蓋都在痛，我立刻就下山去接幸雄！」

午後雲霧聚了又散，太陽早早被高山遮蔽，天氣也稍微涼爽下來。傍晚時丈夫也過來陪她等候，春枝留意到他特地換下執勤時穿的草鞋，改穿皮鞋。夫妻倆不發一語，輪流看著那張十二歲的幸雄照片。

「喔，來了！」丈夫站了起來，指著一個由警手、挑運人夫和陌生青年組成的隊伍。

春枝滿心激動，知道自己會痛哭失聲，然而當她實際看見穿著國民服、唇上留著薄鬚的幸雄，一副少年老成模樣，跟預想中的相差太遠，也就哭不出來了。

「父親大人、母親大人，兒子來探望你們了。」幸雄立定挺胸，大聲報告。

「終於再次見面，你成為堂堂男子漢了呢。」丈夫說。

「你還記得我們嗎？」春枝問。

「是，我從照片上拜見父母親的尊容，時時掛念著。」

春枝拉著兒子的手說，「當初你還那麼小，一轉眼就這麼大了。你是在臺灣出生的呢，在分遣所生活了三年，我們還帶你去看飛行表演，有印象嗎？」

「那時我還太小，很遺憾都不記得了。」幸雄肅容道，「熊本的祖母、叔叔和家人們要我替他們向父母親問好。」

「好，好，謝謝他們把你撫養長大。」春枝一陣心酸。

在霧鹿這樣的山間駐在所，有任何訪客都會造成騷動。幸雄受到熱烈歡迎，從霧鹿監督以降，所有人都拉著他七嘴八舌寒暄，六年級的嘉雄也繞著哥哥身前身後亂跑，頓時沖淡了久別親人間既熟悉又陌生、想親近卻不免隔閡的尷尬複雜情緒。

好不容易安頓下來，一家回到宿舍，幸雄打開行李取出幾個印有「賜」字的白色紙盒奉上，「這裡有幾盒恩賜菸，請父親享用。」

「喔，這就是傳聞中的恩賜菸啊，太感謝了。」丈夫慎重地收下。

幸雄又拿出幾個玻璃罐。「實在很難為情，沒有帶什麼像樣的土產。祖母說或許父母親會想念家鄉風味，特地讓我帶一些漬物來。」

「哈哈哈！」丈夫大笑不止，「母親為了招待你，也特地做了一大堆呢，這下可有吃不完的漬物了！」

春枝哭笑不得地接過禮物，把故鄉和自己做的漬物同時切了擺上餐桌。

晚餐時，幸雄吃了春枝做的漬物，說，「原來這就是臺灣的味道，謝謝母親為我準備。」

「不要那麼客氣呀。」春枝有些喪氣，原本費心製作了充滿故鄉風味的食物，希望兒子如同回家般自在，沒想到卻得到這樣的回應。唉，幸雄畢竟是實際生活在熊本的人呀，一吃就知道差別。春枝夾起一片熊本的瓜漬送進嘴裡，感覺有些陌生，奇怪究竟是故鄉那邊的做法變了，還是自己真的已經離開太久舌頭不一樣了？

春枝留意到幸雄很快就放下筷子，再三相勸也不肯多吃，忍不住問，「食物不合你的口味嗎？」

「並非如此，母親做的晚餐十分美味。」

「那你怎麼不多吃點？這些都是我特地準備的。」

「分量已經足夠了，再多吃的話對身體不好。」幸雄理所當然地說，「我即將入伍，這副身軀已經是國家的，必須善加愛惜，不能任性地想吃就吃。」

「真了不起。」丈夫不帶表情地說。

原來兒子已經是國家的嗎？春枝心裡百味雜陳，彷彿同時把各種漬物同時塞進嘴裡。

晚上鋪床的時候，春枝把幸雄的鋪位擺在自己和丈夫中間，期待著關了煤油燈後一家人在黑暗中再無隔閡，可以有些親近的對話。沒想到幸雄卻說習慣獨自就寢，希望把床鋪移到邊緣，甚至拉上紙門。

關燈後丈夫隨即鼾息雷鳴，幸雄那邊也沒有任何動靜，春枝卻難得失眠了。

霧鹿別無名勝，丈夫每天都帶著幸雄去天龍橋，一起抽著恩賜菸觀賞峽谷景色。丈夫還花兩天帶幸雄去廢棄的溪頭駐在所走了一趟，沿途向駐警們炫耀即將入伍的兒子，春枝為此抱怨減少了寶貴的相處時間。

「你們都在橋上聊什麼？」春枝問丈夫。

「都是些男人的話題，時局啊，戰爭啊，有個可以談話的兒子真是愉快。」丈夫不無得意地說，「我跟幸雄說起興建天龍橋的艱難，各種蕃界雜談，還有蕃地警察的甘苦，他都聽得津津有味呢。」

「是嗎？」春枝懷疑有誰會對丈夫那些千篇一律的話題感興趣。

兩個星期一眨眼就過去了，幸雄準備返回日本入伍。大家都到地藏菩薩像旁送別，祝他武運長久、凱旋歸來。這天赤日當頭，格外炎熱，盛裝的人們都冒出滿頭汗，不時擦拭。

「不能多待幾天嗎？」春枝抓著兒子雙臂不死心地問。

「雖然和父母親大人相處感到非常幸福，但入伍的時間不能耽擱，必須準時抵達。」幸雄果斷地說。

春枝心中隱隱閃過一個不祥的預感，或許這是此生最後一次見到幸雄了。丈夫半哄半勸把她拉開，幸雄也被她的真情感染而紅了眼眶，但最終還是堅決轉身離去，幾度回頭揮手之後，身影逐漸變小，直至消失在密林裡。

春枝向來堅強，從未在人前流過眼淚，這時卻靠在地藏菩薩像上嚎啕大哭起來，引得女人們哭成一片。其實不必等到這一刻，經過這兩個星期的相處，她明白自己在十五年前就已經徹底失去這個兒子，就算將來能再相見，也無法挽回錯過的緣分。

阮啊，只做到盆祭到盆祭，保母就做到盆祭為止……

幸雄走後，春枝在曬衣竿上發現他的浴衣兀自迎風晾著，忘了取下來帶走。春枝把浴衣摺疊收妥，發覺自己正在哼這首曲子。

春枝決定今年的盆祭一定要好好來辦，就像在熊本老家一樣，大家聚在一起為返回人間的親人亡魂慰靈。

以往大家都覺得在盂蘭盆節，地獄油鍋的蓋子打開時，祖先的精靈也只會返回故鄉，不會飄洋過海到臺灣，更別說爬上蕃地來。但這時她卻非常相信亡故的母親會在這一天會到霧鹿來看望自己、接受供養。

八月十三日迎接精靈，春枝一早就在豆腐小屋做紅豆泥麥餅。在麥粉裡加入少量的鹽，倒溫水後充分揉好，捏成十五公分長的橢圓形，快速汆燙，用竹篩把水瀝乾，然後塗上事先做好的紅豆泥。此外也製作送別精靈時需要的甘酒小饅頭，沒有米麴就改用蘇打來做。

女人們聞聲而來，七手八腳地幫忙，雖然這不是所有地方共有的供養食物，但霧鹿族人早已習慣兼容並蓄，通力合作完成。

有人象徵性砍除路旁雜草為祖先清道，有人用竹籤插在小黃瓜和茄子上當成祖先乘坐的精靈馬，也有人在傍晚掛出燈籠為祖先引路。每個人都在宿舍搭設精靈棚，安放祖先牌位，並用蔬菜供佛。

當春枝夾起一塊紅豆泥麥餅咬下，和記憶中母親的味道分毫不差，不由得想，這一定是母親的精靈來到這裡，藉著我的手做出來的吧。

十五日當天，鄰近駐在所休假的警察和家眷都來到霧鹿，在空地上跳起盆踊，擊鼓吹笛繞圈舞蹈，以此供養祖先精靈。祖先的精靈既然降臨接受供養，蕃地也就成為了內地，霧鹿也和故鄉並無二致。

剛好在這一天，城戶夫婦收到幸雄寄來的海軍入伍紀念照，談起兒子在霧鹿時的種種，彷彿重溫了那段時光。他們還不知道，太平洋戰爭就在這年底爆發，幸雄服役的艦艇將會駛向漫無邊際的大海作戰，最後前往一個叫做馬里亞納的陌生海域。

往後幸雄沒有再寄過任何一封信來。

如此夢幻般的盆祭也只辦了這空前絕後的一次，往後戰事吃緊，物資管制，並在精神上要求國民節約自肅，再也沒有餘裕舉辦。而霧鹿也恢復成深山中的一處理蕃據點。

•

潘明坤總是隨時仔細拿捏分寸，回應城戶八十八把自己當成義子，過分親切的態度。

事實上霧鹿的所有日本人都極其友善熱絡，讓他受寵若驚。每次上山時他都會帶幾包菸做人情，然而菸都還來不及拿出來，人們就已經熱心地拉著他寒暄奉茶，殷殷詢問平地近況，甚至請教他對時局和戰況的看法。儘管他所知有限，但隨口說幾句從報章上看到的評論竟也令眾人聽得頻頻點頭，好像他是什麼見多識廣的人物。

這是在平地難以想像的，警察都對臺灣人很壞，稍微看不順眼就罵清國奴，乃至於拳打腳踢。山上的日本人彷彿是另一種人，就像他們自稱的霧鹿族。明坤覺得這片山間一定有某種靈秀之氣，可以將人變得善良古意，因為他見過不只一個蕃地警察調到平地之後就換了副兇惡嚴厲的嘴臉。

當然真正的原因應該是山上太寂寞了，所以對外人特別熱情，而城戶更是露骨地把自己當成幸雄的替代品來關愛。

無論如何，對明坤來說，霧鹿確實是個世外桃源。上山一趟四、五天，不僅與世隔絕，而且從頭到尾專注在行走上，讓人完全忘記外界所有的事，忘記戰爭和空襲、忘記生活和工作的辛苦。

山上還會帶來好運。第一次上山前阿滿正懷有身孕，不過還沒足月，因此明坤放心出發。沒想到回家時孩子已經提前誕生，安然沉睡著，彷彿天下無事。

雖然是個女兒，讓他感到失望，但還是覺得有些奇妙，自己好像什麼都沒做，不曾經歷妻子生產時的緊張和忐忑，只不過到深山裡去一趟，回來就多了個女兒，而自己變成父親。

他通常會在霧鹿待兩晚，借住城戶的宿舍。城戶有個習慣，每天清早起來都會去天龍吊橋上抽菸，也會拉著明坤一起去，變成他在霧鹿的固定行事。從宿舍往駐在所側門走去，先在刻著南無阿彌陀佛的石碑前合十，然後循著長長的之字形階梯往下，就可看到飛渡陡深溪谷的吊橋。吊橋設有粗厚的木門，兩柱一梁，在明坤眼中看來，覺得很像日本神社前的鳥居，只不知這門後會通往哪個神明的領域。

初次踏著浮沉搖晃的腳步走到吊橋中央時，只見兩邊刀劈似的絕壁直落溪底，溪水遙遙透著碧色，又被巖石激起處處白花，驚心之餘也覺得非常暢快。倚著吊索遠眺，腳下凌著虛空，就算是布袋戲上演的，孫悟空踏觔斗雲也不過如此吧。

城戶會在吊橋中央抽菸眺望溪谷，說著千篇一律的話題，建橋時多麼危險，溪頭駐在所的生活如何清苦，或者關於做人處事的老生常談。

他的兒子們應該早就聽膩這些說教和當年勇，根本不想理會吧。明坤想，自己和他沒有血緣，才不得不禮貌性地忍耐著聆聽，但也能帶著距離保持同情，真是微妙的關係。

明坤曾跟林金堂提及此事，林金堂直率地說，「如果是霧鹿監督古川警部補，你認個契爸都行。像城戶那種萬年巡查部長，對生意沒什麼幫助，稍微應付一下就好了。」

林金堂的獨生子茂榮正在就讀臺東中學，明坤曾聽到他們父子對話，知道林金堂有意栽培兒子報考高等工業學校，將來往實業界或官方機構發展，不會繼承里壠商會。明坤不免盤算，做為冥妻紅緞的「姑爺」，希望有朝一日能夠繼承商會，因此他格外賣力工作，依照指示刻意討好警部補以降的日本警察，並且順勢接受城戶的好意。

明坤清楚記得城戶拿恩賜菸給他抽的那次，無巧不巧，正好是舊曆七月初一，鬼門開的日子。

他們站在天龍橋中央，城戶表情有些落寞，雙手握著母線眺望溪谷，姿態彷彿踮著腳立在峭壁上而眼神空洞的山羊。過了一會兒，他才想起來似地，很珍惜地拿出一盒菸，打開來讓明坤取用。

「啊，是恩賜菸。」明坤看到菸身上印著菊花家紋，知道這是以天皇名義頒給軍中將士的慰勞品。

「這是幸雄給我的，平常可捨不得抽，連影山那傢伙來要我也不肯給，只有特別想念幸雄的時候才抽上一根。」

「這樣好嗎，讓我抽這麼珍貴的恩賜菸。」明坤感覺到那根菸變得十分沉重。

「不要緊，不要緊。」城戶熟練地在風中畫了火柴，靠近過來摀著手掌幫明坤把菸點著。

恩賜菸的味道非常濃重辛辣，抽起來感覺並不特別好，但一想到是御賜之物，又似乎不能怠慢，必須恭敬領受。

明坤察覺城戶沒說教也沒憶往，只把嗆辣的煙猛往身體深處裡吸，口唇嘶嘶有聲，而吐出的白煙瞬間被風帶走，消失無蹤。

他看著城戶的背影，忽然想，自己有好幾個父親，卻都不親。生父張阿土早早就和阿母離婚，每次上門都像是專程來吵架。繼父郭在整天不見人影，連他自己親生的小孩都不太管。岳父劉鴻基充滿讀書人的威嚴，難以親近。冥妻之父林金堂將許多做生意的鋩角傾囊相授，但始終更像是頭家。說起來似乎是城戶八十八對自己最親切。

這天晚飯過後，他們靠在駐在所圍牆邊喝清酒，城戶喝得特別兇，起初默默悶頭狂飲，忽然話頭打開，不知第幾次說起他帶著襁褓中的幸雄去看飛機的往事，鉅細靡遺重述了一遍。

「嘉雄小時候總愛抱怨，說我都只帶幸雄去看飛機，很不公平。沒想到現在卻是嘉雄考上少年飛行兵，到大津陸軍少年飛行兵學校就讀，讓我這個做父親的很有光彩。」

「這可是無上光榮，真是恭喜！」明坤湊趣說，「少年飛行兵錄取率很低呢，能夠從數百名報考者中脫穎而出，可見嘉雄君是英才中的英才。」

城戶嘿嘿一笑，卻沒有半點歡欣之態。

「我記得嘉雄君是中學……四年級？」明坤問。

「三年級。」

「啊，那才十五歲。」明坤頓時明白城戶猛喝悶酒的原因了，他的長子幸雄在海軍艦艇服役，次子昭雄被陸軍派去南洋，原本三子嘉雄再過幾年才會受到徵召，現在卻自己報考了少年飛行兵。三個兒子全都入伍，身為父親一定很吃不消，表面上卻又不能不擺出光彩榮耀的樣子。

「嘉雄拿報名表來給我蓋章時，我沒猶豫就同意了。反正遲早都要入伍，我想與其在南洋感染瘧疾受盡折磨，當飛行員還比較安全，就讓嘉雄照自己的意思去做吧。」城戶故作輕鬆說，「這些話要是被外人聽見可不得了，潘君要幫我保守呀。」

明坤頗為感動，城戶真情流露，說了不能輕易出口的肺腑之言，真的把他當成最親近信賴的人。然而明坤想了半天，怎麼回答都不對，尤其自己是臺灣人，若為了安慰對方而不小心表現出對國策不滿的態度，說不定會惹上麻煩。

「令郎武運長久，一定會平安回來的。」最後他終究只能講一句不關痛癢的場面話。

「是啊。」城戶臉色黯淡下來，不再言語。

明坤覺得自己好像背叛了城戶的信任。

•

城戶指定要用的熊本天妙香已經叫不到貨了。明坤毫不猶豫，立刻決定用別牌線香裝在天妙香的盒子裡提供給城戶。

戰爭情勢趨於激烈，臺灣和日本本土交通困難，加上物資缺乏，所有通過海運進口的商品都斷了供應。明坤盡力調貨，問遍臺東廳內所有同業，怎麼找也沒有。

他認真尋找替代品。各家線香配方都是機密，天妙香紙盒上的說明很簡略，只提到沉香和丁香，然而那幾乎是多數線香都會用的基本原料。明坤把過店裡所有的日本線香都點過幾輪，還叫阿滿幫忙嗅聞分辨，覺得大阪孔官堂的仙年香最像，就選定以此混充——儘管仙年香價格更貴。

說起來，雜貨商會是最早察覺到戰況不利的行業。早在對支那作戰時，肉類、食用油和火柴就已經納入配給，太平洋戰爭開始後情況又變得更加嚴峻。儘管官方依然每天宣揚皇軍節節勝利，大破多少美國航空母艦、軍艦，擊落無數敵軍飛機，但白米、食鹽和酒類這些民生必需品卻越來越難取得。

同時間，關山越嶺道上的駐警人數也在減少。年輕警察一一被徵入伍。他們下山時都會先到里壠神社參拜，起初郡役所還會認真發動壯行歡送，後來戰況膠著，大家似乎也都累了，就變得比較虛應故事。

山上訂購的貨物量縮減，山下能送的東西也有限，以往動輒五十人的龐大運送隊伍不復得見。

要不要誠實地跟城戶部長說沒有天妙香了呢？這種時節客人都能理解的。明坤也曾泛起這樣的念頭，但他還是拿了混充品上山。

到了霧鹿，氣氛還是一派祥和。明坤把一盒天妙香交給城戶，看著他在逐漸暗下來的屋裡畫了火柴把香點著，薰香隨即充滿室內。城戶夫婦如常起居、拌嘴，絲毫沒有察覺任何異樣。

明坤不禁暗暗鬆了口氣，感到些許寬慰。

•

海朔兒在人群外遠遠看著回到山上的嘉雄。分別兩年，嘉雄長高很多，臉上帶著與年紀不相稱的成熟與決絕。他這次上山，是因為考上少年飛行兵，即將前往內地就讀飛行學校，來向父母辭行。不只城戶八十八大感光榮，所有日本人都為此歡慶不已，覺得霧鹿出了一個英雄，連平常高傲的古川警部補對城戶一家都變得恭敬客氣起來。

海朔兒心想嘉雄君真的變成飛行員了呢，他會戴著自己的那頂皮帽飛上天空，是真正的飛行而不只是以前那樣遊戲想像。那頂皮帽是按自己的頭型做的，這樣一來，彷彿自己也跟著飛起來了。儘管從頭到尾嘉雄都沒有向自己投過一眼、打過招呼，但海朔兒衷心為嘉雄感到高興。

海朔兒想起老鷹輕輕舒展翅膀就飛過溪谷的姿態，總是非常羨慕，不禁想，自己也能飛行嗎？

不久後，霧鹿駐在所宣布池上庄要興建一座飛行場，徵召壯丁下山出勞役，海朔兒立刻志願參加，並成為所有出役者中最心甘情願、最戮力奉公的一個。他在工地上滴落無數辛勤汗水，深深期待著將來嘉雄會駕著飛機回來，降落在這裡。

整個關山郡全面動員，不只平地的漢人、平埔族、阿美族、卑南族，連所有山區和已經移住到平地的布農全被徵召，能提供勞力的青壯年都來了，數百人散布開來，把荒野整理成飛行場。

這是一塊池上庄西南邊的荒地，千萬年來由新武路溪沖積而成。每逢颱風豪雨，山上崩落的板岩和頁岩被一路沖刷而下，撞成碎片、磨去稜角，最後堆積在流速緩慢的平地。這樣的土地混滿石塊和砂礫，無法耕作，從來沒有人開墾，上面只有芒草能夠生長，每到秋天便開出連綿一片的白花。

所謂建造飛行場，其實就是在這樣的荒地上整出一條跑道。芒草青青，看似無害卻如刀劍叢般，貿然走進去會被割得滿身是傷。整地工作從割除芒草開始，堆成一疊，曬乾之後燒掉。接著把礫石挖出來挑到牛車上運走，再把牛車運來的鬆軟泥土挑到跑道上夯平，沒有別的。

整個盛夏，人們在熊熊燃燒的太陽下不斷重複同樣動作，把一塊又一塊石頭挖掘出來，敲成碎塊，然後丟進籮筐挑到牛車上。

海朔兒下山後驚訝地發現原來世上並不是只有山稜和溪谷，竟有那麼大片的平地，但最讓他感到不適應的是熱，一種像是被放在三石灶上面烘烤的熱，竟然沒有山稜和樹木遮蔽的不講道理的熱，像是傳說中天上有兩個太陽的熱，連石頭都燙得像是太陽剝落的碎塊，就算腳底長著厚繭還是會燙傷。

晚上是大家最期待的時刻，白天人散開還不覺得，收工後聚集起來，才格外感覺各地區不同部落到得齊全。十多年來，山上的部落陸續被日本人強制移住到山下，拉庫拉庫溪流域和內本鹿都已全數移住，新武路溪流域的部落雖然還留在山上，但也都被集中在駐在所周邊。許多原本往來頻繁的氏族親戚，就這樣被遷移打散，變得很難相見。

這次為了興建池上飛行場，一起出勞役，意外促成族人的大聚會，猶如慶典。每當有部落抬來肥豬慰勞，用山上的九芎木升起旺盛火堆，帶著甜味的木材逼出油脂香氣，立刻就會吸引所有人聚攏，無論親疏遠近都能一同分享。

大家開始報戰功，輪流陳述自己的姓名和值得誇耀的事蹟，興奮地彼此相認，然後圍著篝火唱歌跳舞，直到深夜，難得日本警察也不管。

呼！喝——喝——

呼！喝——喝——

充滿力量，告訴你們，我的名字，是歐瑪斯，母舅氏族，賓奇怒昂。前去遠方，襲擊敵人，全部殺死，勝利回來！

久違的親族兄弟們伸出手扶著彼此後腰圍成一圈跳著無止無盡的舞步，雖然沒有酒喝，卻像喝了酒般迷醉。吆喝之聲彼此呼應，火光與肉香籠罩四野，歡愉的歌唱徹夜不斷。

人們圍著曾經參加高砂義勇隊在菲律賓立下功勳、受到日本人大力表揚的歐瑪斯，頻頻詢問戰場上的事情。

歐瑪斯說，軍隊發的槍非常好，後座力小，射程遠又打得準，比平常借給我們打獵用的好太多了。

你殺了很多敵人嗎？有人問。

那當然，我們爬上斷崖，從敵人意想不到的地方出現，殺得他們措手不及。

在軍隊裡是什麼樣的感覺？另一人問。

啊，在軍隊裡會深深感覺到自己是——歐瑪斯用日語說，「日本人以上日本人」。進入叢林，日本人比猴子還笨拙，走得慢，又不知道怎麼找水源和食物，而且非常遲鈍，敵人都已經出現在鼻子前面還看不到，一下子就被打死。我們才是真正的勇士，比日本人還有資格當日本人，連指揮官本間中將都說，軍隊想打勝仗都得靠我們！

日本人以上日本人！海朔兒第一次聽到這種說法。仔細想想，布農確實在很多方面遠遠勝過日本人，光看這次建造飛行場的成績就知道了。

飛行場建到一半時，那個神奇的時刻來了。海朔兒是最先聽見嗡鳴聲的，他抬頭望向聲音的來源，看到遠處天邊有個很小的黑點，心裡一陣激動，莫非那就是飛機？

人們全都停下來觀看，日本警察一反平時嚴厲監督的態度，愉快地喊：「喔，來了，來了！」

那黑點越來越大，乍看像隻蜻蜓，又像老鷹舒展著翅膀滑翔，伴隨著粗暴刺耳的噪音，筆直劃過天空而來。飛機從低得像是可以摸到的高度掠過工地，機翼上的日之丸鮮豔無比。接著飛機環繞盤旋，飛行員還揮手招呼，大家也紛紛歡呼回應。

原來這就是飛機啊。海朔兒激動不已，原來這一切都是真的，人真的可以在天上飛。從飛機上忽然墜下許多飄舞的蝴蝶，又像落葉紛紛。海朔兒拋下圓鍬向前奔跑，沒幾步就被石頭絆倒，膝蓋狠狠撞在地上，但馬上爬起來繼續跑。他跟著大家興奮追逐，終於撿到一張粗糙的紙張，上面寫著「感謝辛勞」字樣，原來是鼓舞士氣的傳單。

這是從天上傳來的訊息呢。海朔兒珍惜地抓著那張紙，彷彿抓著嘉雄捎來的問候。

飛機撒完傳單就飛走了，很快又消失在天邊。海朔兒這才發覺自己汗如雨下，而且膝蓋痛得不得了。

「好！大家加把勁，趕快把飛行場蓋好，下次飛機來就可以直接降落了！」城戶部長催著眾人回去工作。

「城戶部長，請問這是什麼型號的飛機？」海朔兒問。

「這個嘛……」城戶部長扶了扶帽子，「總之是陸軍的新銳機種吧。」

「城戶部長，請問高砂族也可以飛行嗎？」

「咦？」

「既然高砂族可以參加義勇隊建立功勳，那麼也可以成為飛行員吧！」

「嗯，或許將來有一天也會有高砂族飛行員也說不定。」城戶部長指著工地說，「總之現在不先把飛行場建好不行！」

「是！我明白了！」海朔兒充滿幹勁地繼續投入工作。

傍晚收工時，城戶部長把海朔兒叫到一旁說，「我打算推薦你到臺東市的農業專修學校就讀，學習種植水稻的技術。」

海朔兒想起祖父一再強調，臨終時必須前往帕哈斯老家下葬，如果自己去臺東讀書，那就無法遵守和祖父的約定了。然而日本警察的命令是無法拒絕的，他一時不知該怎麼回答。

「各社遲早都會移住到平地，到時候種稻是最重要的事。你認真學習好，將來就能幫助大家適應新生活。」

「可是我在教育所的學習成績並不好……」海朔兒只能想到這個理由。

「放心吧，如果是你的話絕對沒問題的。」城戶部長點起一根菸，不容商量地說，「那事情就這麼決定了。」

日本人以上日本人。海朔兒心中閃過這句話，想到嘉雄是在臺東讀中學時報考少年飛行兵獲取，如果自己也去臺東讀書，是否也有機會報考飛行兵呢？

第八章　神明不在

潘明坤記得很清楚，忽然有好幾十架飛機編隊從關山庄上空飛過，是在入秋以後的事。那是個萬里無雲的大熱天，早上九點左右，天空忽然傳來悶哼般的飛機聲，嗡隆嗡隆越靠越近，數量龐大，大家都跑到街上仰著頭看。

飛機飛得很高，只是許多小點，飛過特定位置時機身反射陽光，會閃耀出一陣銀色光芒，三架一組，四組一群，用漂亮的編隊由南往北飛過。一開始還有人三、六、九、十二地數，但很快就亂掉了，再也數不清楚。

「皇軍果然壯盛非凡啊！」剛好經過里壠商會的張阿土讚歎說，「真是讓人感到無限希望！」

「好像是沒看過的機型呢。」明坤說。飛機太高了，實在看不清楚。

「應該是新銳機種吧。」

然而過了中午，張阿土忽然又跑來，壓低聲音神祕兮兮地說，「早上的飛機原來是米軍呀，總共八十幾架，在全島各地襲擊，被害情況還在調查中。我還說無限希望什麼的，真是太愚蠢了。」

果然如此。明坤想，戰況順不順利，他們開商會的人最清楚，敵機來襲實在並不令人意外。不過這下子臺灣已經暴露在前線，接下來日子只有更苦了。

儘管隔天新聞紙上大肆宣揚我軍擊沉對方的航空母艦，使敵機失去降落基地，全數墜入海中，不可能再發動大空襲云云，但從那天之後，防空警報每天都響個不停，躲避空襲成為例行公事，大家開始把按時來襲的米軍飛機戲稱為「定期便（固定航班）」。

米機通常準時在九點從南往北通過，關山庄上沒有特別值得轟炸的目標，不像臺東街有糖廠、軍營，甚至連卑南溪對岸的池上庄都還有一座簡易飛行場。B-24 之類的大型轟炸機通常不屑一顧逕自飛越，但還是會有戰鬥機超低空襲來，沿著鐵道掃射。

回程時間就比較隨機，甚至不一定從這裡通過。但有幾次轟炸機在回程時丟下炸彈，也不曉得到底想炸什麼，好像只是用不完所以隨便丟在這裡，除了關山驛附近設施，也常炸毀民宅引發大火。

現在這個世界真沒道理，天上不落雨，卻落槍子炸彈。明坤想。

他很快親身經歷了空襲的恐怖。防空警報第一次響起時還不知道厲害，沒有馬上躲進防空壕，不久之後就聽見一陣詭異的嗡隆聲，分不清在哪個方向但來得好快，只能滾到附近的牆根下死死趴著。

那聲音急速升高，一條黑影猛然掠過地面，像鷹仔衝下來，但鷹仔哪有那麼大隻？念頭剛起，槍彈跟著淋下來，好像夏日午後的驟雨，只不過下的不是雨水而是一根根鋼鑿，打碎屋瓦，擊穿木板，連水泥牆都被敲出許多紅紅的圓洞。明坤頭殼冷麻，無法控制地渾身發抖，狂念佛號。

地面的黑影瞬間遠去，發動機呼嘯聲陡然拔高，卻詭異地轉折回來。明坤忍不住偷眼一瞧，聲音很近了還是看不到在哪裡，似乎和日頭相同方向，但光線刺眼無法逼視。飛機猛然出現時已在頭頂上，簡直像是從太陽裡面衝出，張著雙翼直直威壓過來，機槍大雨直掃。

完了！明坤身軀還沒中彈魂魄先被勾去，連閃避的念頭都來不及浮現，一排子彈已經射過來。他胸口被狠狠扎了一下，快而輕盈，似乎有什麼穿透過去，令他徹底窒息，渾身僵固無法動彈。

整個世界陷入完全的靜默，不知時間過去多久，憋著的一口氣忽然哮喘出來，咳嗽連連。

我死了嗎？

明坤環顧四周，似乎並沒有任何不同，日頭還是毒辣得讓皮膚發疼。他鼓起勇氣低頭看，胸前沒有任何傷口，也沒有血跡。他按著顫抖的手腕，好不容易確定自己還有脈搏，依然活著，同時才意識到胸口心臟明明就悸跳得那麼兇猛。

他剛才確實有被什麼擊中的感覺，如果不是子彈哪會是什麼？依稀記得千鈞一髮之際，空中忽然拂過一道黃光，而戰機躲避似的急速拉高離去。

意識仍在驚悸之中，身體卻很快自己動起來，明坤神魂出竅，看著自己飛奔回家。他整個人失魂落魄，晚飯也吃不下，阿滿直問怎麼了，他結巴了半天才終於把話說清楚。

啊，你看到的黃光一定是媽祖婆顯靈，揮袖子把敵機趕走了。阿滿感激地說。

明坤聽了，頓時渾身虛脫，趴在地上乾嚎起來。

當晚就寢後，明坤在黑暗中急躁地向阿滿索求，只是奇怪她的耳朵異常冰冷，簡直像冬天溪裡的小卵石，貼在臉頰上形狀好鮮明。他還察覺整個房間有股寒涼的氣息，彷彿在里壠商會後院的地下防空壕裡。

為了驅散那些不祥的聯想，他拚命往阿滿身體裡鑽，但或許是過度驚懼，他很快變得極其疲憊，神識朝著下方一片無夢的睡眠墜落，怎麼撐持也沒用。

哇啊——一道從噩夢中穿出的哭聲把夫妻倆驚醒，身旁三歲的女兒美津使勁啼哭，那股寒氣嗖地一下消退，阿滿匆忙將他推開轉身哄起女兒。

事後回想起來，美津就是在那之後經常莫名哭鬧，身體也漸漸虛弱下去，連醫師也找不出原因。

明坤總是在天快亮時乍然驚醒，發覺全身肌肉都在使勁，好像夢遊出去做了整晚粗工，情緒也很緊繃，而且儘管很累卻再也睡不著。

他開始頻繁做起人們語帶戲謔提起的那種夢，和冥妻交合的夢。讓他訝異的是，這些夢都異常真實，無論是溫暖的軀體，肌膚親近的觸感，鼻息相聞的清芬，還有整個交歡糾纏的過程都極其鮮明。紅緞主動迎合，縱情呻吟，做盡各種令人羞怯的歡愛之事。

他總會在最激烈的時候，附在紅緞耳畔說，幫我生個兒子傳宗接代！幫我跟阿爸說說好話，讓阿爸將來把里壠商會交給我吧！但這時他會忽然意識到自己正在作夢，而懷中擁抱著的是鬼魂，頓時抬起頭想要看清楚對方，然後瞬間冒著一身冷汗驚醒。

夢中的歡合極盡美妙，卻總是突兀地中斷，徒留滿腔慾火，非常難受。他有時會忍不住湊向熟睡中的阿滿，在她身上尋求解決，但都只能換來一陣空虛。

阿滿勤奮持家，也算得上美人，但或許是出身書香門第，在床第之間頗為矜持，行禮如儀，幾乎沒有任何反應。而且阿滿的身體冷底，總是冰冰寒寒的，很快將他的慾望澆熄。

都說冥妻旺夫，但紅緞並未實現明坤的期望。里壠商會的經營更不用說，林金堂沒有讓明坤承擔更多工作，尤其是最重要的人脈和貨源也都從不讓他接觸。何況隨著戰爭情勢不利，商會生意一落千丈，許多日用商品受到管制，大家也買不起奢侈品了。

日子越來越苦，連一口白飯都吃不了，只能吃糙米配番薯籤，整天躲空襲，被召集去救火或收拾殘局。日本人說米軍如果登陸，將會殘酷地殺害島上所有男人、強暴所有女人，大家要有徹底玉碎的覺悟。

每天早上，明坤依舊按時打開里壠商會大門。每當他望著無雲的藍天，聽見到處都是鳥仔聲，都不由得疑惑，天公伯到底站在哪一邊？

他在店前的土砂路上灑水避免揚塵，灑沒幾下自己額頭上就已經一圈汗。雖然剛破曉時晨風舒爽，但陽光一打落下來立刻暑氣逼人，一點都不像已經過了立秋。

防空警報果然響了，他熟練地關門，往防空壕去的時候瞥了時鐘一眼，米國人還真準時。他埋怨天公伯為什麼不下點淡薄雨？就算罩一些雲也好，那樣米機就不會來了。但這實在也不能怪天公，因為天公已經被日本警察「整理」掉，不能再拜了。要怪就怪日本人規定大家只能拜天照神，那是太陽神，莫怪每天日頭都這麼猛！阿呆！

防空壕躲得習慣，光聽聲音就知道炸彈掉在哪，還能判斷敵機飛走沒。男孩子們會在解除警報響起瞬間衝出去搶拾散落的彈殼，烈日下，粲然金光排列嚴整閃耀著飛行軌跡。男孩子們把長長的彈殼套在指尖，得意說我的指頭變長了，在各種堅硬的東西上喀喀喀喀敲得亂響，伸指比成手槍彼此射擊，口中碰碰碰喊個不停。

「死吧，鬼畜米英！碰碰！」

「你才鬼畜，碰！你被我打中，你死了！」

明坤總被這類遊戲惹得十分厭煩，他會一把將孩子們手上的彈殼搶走丟掉，惡狠狠訓斥說這是殺人的東西不要拿來玩。

但孩子們才不管，馬上又撿了新的彈殼，跑到遠處對他做鬼臉，比手槍射他。

阿母忽然走了。就跟當年阿公一樣，倒下沒幾天就死去，迴光返照之際重複地說，還沒抱到孫子實在很不甘願，交代明坤生了男孩要馬上燒香跟她說，這樣她才能安心投胎。

戰爭期間亡者必須在最快時間下葬，七七法事一概不准，只能在墓前簡單頌經，草草了事。

阿叔原本就經常不見人影，阿母走後更像是消失了似的，只有吃飯時默默現身，飛快扒完就走。明坤意識到自己已經成為一家之主，但只要還有一天膝下無子，他這個潘家家長就是虛的。

明坤開始期待紅緞入夢，但又一再被未能滿足的慾望所苦，陰鬱憔悴，總是空空茫茫神不守舍，不知自己身在何處。

他像被關在一個玻璃櫥櫃裡，外面的東西還是看得清清楚楚，但就是隔著一層。他經常沒來由地有種即將大禍臨頭的惶惶不安，又覺得身體裡有一團沉重的黑霧不斷把自己往下拉，隨時都想躺下來，但真的躺下來也沒用，全身還是像掛滿重物似的沉墜。

他時常盯住一個東西看著看著就起戇，心思不知游到哪裡去，很久才回神。女兒美津也無端地虛弱下去，每天哭鬧不止。明坤有時在恍惚中被哭聲驚擾，大感煩心，控制不住大發脾氣，但稍微清醒過來又對妻子和女兒感到抱歉。

阿滿覺得他跟美津是沖犯到，想找神明收煞，但寺廟整理後廟宇神壇全被禁絕，無論上帝公、千歲爺、元帥爺乃至大眾爺，所有神明盡皆隱匿仙蹤，甚至有好幾間廟被徹底拆毀。好不容易打聽到外地有人偷偷在拜關帝爺，託人一問，卻只得到簡短答覆：亡者不安。

明坤並不清楚關帝爺說的亡者指誰？是自己最近頻繁夢到的祖先親人，剛過身的阿母，冥妻紅緞，還是整個庄頭的所有遊魂？

這也難怪，廟裡香火斷絕，堂上祖先無祀，孤魂野鬼缺乏安撫，更沒有神明鎮守，怎能不騷動難安？然而人間眾生同樣食糧匱乏，徵役不止，親人離散，頭頂上卻又有鬼畜米機每日降下天火，驚懼悽惶跟遊魂也沒什麼兩樣。

茫無頭緒之際，偶然聽說池上大坡那邊的深山內底，有處溪澗突然湧出仙泉，得到寒熱病的人喝了就好。阿滿說想去請一瓶回來給他們父女喝，明坤原本說我又沒有做痢，阿滿卻說這是媽祖婆憐憫眾生，以腳頓地湧出來救世的，既然能治寒熱病，一定也能驅走歹物仔保平安。

於是他們當天就出發。白天火車迴避空襲停駛，傍晚天擦黑才恢復發車，因此每節車廂都超載。他們硬擠上車，也無扶手可抓，只能彼此偎靠，任由晃動的車廂把他們在人群中甩來甩去。鋼輪咖嗟咖嗟輾過鐵軌縫隙，通過新武路溪鐵橋時車身下方發出巨大而空洞的轟轟回響，讓他覺得底下彷彿是個萬丈深淵，而聲音是從另一個世界傳來。

勉強忍耐兩站到池上，正擔心擠不出去，沒想到車一停妥乘客全都蜂擁而下，驛前人山人海熱鬧滾滾不輸廟會，所有人手上都提著瓶罐陶甕。

「先生借問一下，你也是要去請仙泉的吧，往哪走？」

「我也不知，今天頭一次來。」

數百人無頭蒼蠅般交相詢問，嘈嘈切切，站外忽有一道宏亮的聲音宣布：「欲去仙泉的往大坡走，差不多兩公里就到了！」眾人得救般興奮鼓譟，開始往同一個方向移動。

燈火管制下，四野漆黑，人們排成長龍絡繹往大坡前進。明坤跟著人群走，不知身在何處，只見烏影幢幢，都為了同樣目的摸黑來此，想想真不可思議。這光景讓他想起媽祖進香，只差手上沒有拿香和小旗，好像稍晚媽祖鑾轎就會從前面過來，接著大家全都跪地偃倒等著鑽轎腳，多麼令人心安。

大概走了半點鐘，人龍忽然塞住不動，過了半晌前面才傳話說已經到位，數百人排隊取水，有得等了。

久候的人們很快聊開，果然大半是為求治瘧疾而來，但希望解決各種疑難雜症或單純想求平安的也不少。時剛入夜，蚊子大出，眾人還未求得仙泉卻都先被抽了不少血稅，拍打搔抓之聲不絕。明坤不經意抬頭，看到山頭上掛著細細一勾新月，指甲掐出來的印痕也似，和赤焰般的火星靠得好近，彷彿某種不祥的徵兆。

人龍很久才動一下，不曉得經過多久，等得愛睏，才終於聽說快到了。明坤看清這地方根本不算什麼深山，只是山腳邊一道小溪谷的入口。奇的是前方竟有燈火，慢慢挪近才知，原來此處密林掩映，不怕敵機發現，在幾個角落點了燈籠，也沒見日本警察來管。

悠悠燭火打出幾個小亮圈，也讓人隱約察覺上面是一片高大樹蔭，風吹颯颯，卻不露出半點夜空，像一座大殿。

溪邊樹下有一座臨時砌出來的小祠，裡面燭火照著媽祖神像，每個人排隊經過時都誠心頂禮，喃喃訴說自身或家人的病痛悲苦，請媽祖婆賜下仙泉解救。

明坤感念媽祖救命之恩，跪拜祝禱格外誠心，然而輪到取水時卻不是想像中那麼回事。只見砂礫溪灘上冒出一絲細弱湧水，有氣沒力地流進下方一個人工挖出來的小坑，不像是有什麼神異的靈泉。而且求仙泉的人都急著舀水，小坑裡始終泥沙混濁。

明坤不免遲疑，但阿滿已經俐落地蹲下身去舀水，後面的人又不斷催促趕緊趕緊，就要半暝囉，於是他也挨在妻子身旁幫忙，勉強用坑裡的竹勺撈了些水裝進瓶子裡。

匆匆趕回池上驛時已是深夜，幸運的是還有加班運貨的火車正要離站，他們拚命飛奔，明坤跳上已經開始移動的車廂，回頭伸手把阿滿拉上車，燈火管制下車廂裡徹底漆黑，兩人被地板上堆貨的止滑木條絆倒，瞬間膝蓋劇痛，但比不上黑暗中「乒！」的一聲水瓶墜地令人椎心。

「妳有沒有怎樣？」明坤抱著膝蓋，奇怪怎麼可以痛成這樣。阿滿那邊沒有回答，卻傳來破陶片互相敲擊和刮過地板的聲音，明坤忙說，「別撿，會割傷。」

「好不容易才請到仙泉的。」

「妳不要動，要是割破手發炎就麻煩了。」明坤在黑暗中也能感覺到阿滿失望的表情。「反正水都流光了，撿也沒用。」

「可是……」

火車駛過鐵橋，硿隆硿隆聲響驚人，把兩人的話語都吞沒。晚風從敞開的門洞直灌進來，如此舒服，明坤卻忽然覺得憤怒，在地板上摸到一塊破片，用力往車外丟，手上臉上泛起點點涼意，是破片裡的殘水飛濺，異常沁人心魂，彷彿真有靈異。然而陶片和水花一飛出車門口都被吸入無底虛空，瞬間再無聲息。

明坤閃過一念，也許是因為自己不夠虔心所以神明把仙泉收了回去。

「我明天再來請。」明坤在阿滿耳邊大聲喊道。

「我也一起來。」

「不用啦，我自己來就好。」

「我也一起來！」

隔天傍晚，兩人早早出發，準備搶先下車趕在眾人前面提取仙泉，然而一到關山驛前，就看到警察大張告示，說池上的仙泉云云只是迷信，並無任何功效，又不符合衛生，現已徹底拆毀，勿再前往。

兩人當然沒那麼容易死心，但售票口前擠滿人群，眾口交相咒罵，說今日竟然不賣到池上的車票，真是豈有此理。過了一會兒警察現身驅趕，眾人遂做鳥獸散。

「連最後一條路也不留給我們。」明坤忿忿地說。

「別說了。」阿滿趕緊拉著他回家。

•

劉滿生美津的時候，阿坤不在身邊。

那年春天，阿坤初次被指派押送物資上山。當時劉滿懷孕已快足月，明坤有些不放心，帶著劉滿去公醫那裡檢查。

公醫檢查完之後說一切正常，到生產還有段時間。阿坤問說現在醫學發達，能不能先知道胎兒是男是女？公醫說沒有辦法。從公醫診所出來，阿坤很興奮，說他想好孩子的名字了，生男的話就叫世輝。

阿坤照計畫押隊上山，然而劉滿隔天中午開始強烈陣痛。

家裡沒有其他大人，郭在阿叔一如平常不知在哪賴混，阿母八成也去打四色牌，兩個弟弟出門工作，大妹上學，只剩小妹在。劉滿一開始還想，公醫說產期還久，應該沒有要生，貿然找來產婆，如果讓人家白跑一趟不好意思。然而陣痛越來越頻繁強烈，實在難以忍受，只好叫小妹趕緊找人幫忙。

劉滿趁著兩次陣痛間稍微緩和，去灶跤想要起煤球燒熱水，然而才剛蹲下又忽然一陣劇痛，眼前花白，只能就地坐倒。

最先趕來的是鄰居阿嬸，然後大姊素娥和產婆都來了。後來的事劉滿沒有太多印象，只記得痛到連旁人的臉都看不清楚，幸而最後順利產下孩子，是個女兒。

三天後阿坤回家，發現自己已經變成父親，抱起孩子驚喜地說，好白，簡直像是店裡賣的雛人形。然而他很快就倒在床上，睡得比嬰兒還沉，畢竟走了四天山路實在太累。

劉滿知道阿坤想要兒子，她也想趕快生一個，但越急反而越沒有動靜。每逢節日祭祖，劉滿拜拜時在心中默默把每個祖先名諱都念請來享用供奉，包括紅緞大姊，請他們保佑自己得子。

然而劉滿身子冷底不易受孕，戰爭時期糧食物資越來越短缺，連吃飽都有問題，阿坤偶爾偷偷請人私碾一點白米已是最大的營養來源，更別提進補什麼的。美津天生體質也虛，後來還似乎沖煞到，開始不斷莫名啼哭。

幾乎每天都有空襲，每次警報響起，劉滿就得抱起美津，同時帶著小妹跑進附近的防空壕裡躲避。一開始她擔心美津哭鬧讓大家煩躁，但如果警報時間長了而美津悄無聲息，她又擔心孩子是不是怎麼了？

眼看美津越發病弱，劉滿也跟著憔悴下去。有一天早上劉滿醒來，發覺阿坤正看著她，彼此感覺有話又都不敢說，原來竟作了一樣的夢。紅緞來到夢中，從劉滿和阿坤懷中把美津抱去，無限愛憐，說好美的女孩啊，給我做囝吧。

阿坤說，紅緞來討，這孩子恐怕保不住。劉滿卻想起，當初是向紅緞大姊祈求之後才生了美津的，大姊會不會是要收美津做養女？阿坤恍然，先跟阿叔說一聲，為求慎重又去詢問阿爸林金堂的意見，林金堂只說紅緞已經是潘家的人，她若真有這個意思，你們夫妻也肯就好。

過房要在神主牌仔前祭告，而神主牌仔被阿坤偷偷埋在里壠商會後面的防空壕。把神主牌仔請回家來拜太危險了，如果遇到警察臨檢——尤其是阿坤那個喜歡向上級表功的多桑張阿土，三不五時就要來家裡轉轉，被發現的話罰錢或勞役事小，神主牌仔必然會被沒收燒毀。

於是他們看好日子，當天天還沒亮就起來，阿坤先到防空壕挖出小心埋藏的油布包，把神主牌仔請出來。劉滿做了幾樣菜，分量雖少但三牲俱全，裝在便當裡，然後帶著美津去里壠商會。

好死不死，半路上真的遇到張阿土，竟然一大清早出來值勤，這麼勤勞奉公。張阿土問劉滿帶囡仔去哪？劉滿靈機一動，說囡仔不舒服，要去請公醫先生看。張阿土說那個公醫喔，這時間不會應門的，而且醫術也不見得高明，要看還是得去鹿野找神田先生。他捏了捏美津臉頰，說聲可憐的孫女兒就走了。

劉滿慶幸便當沒有被發現，否則裡面的豬雞魚，都可能被當成闇市交易的證據。張阿土雖然不至於把自己的兒子媳婦抓去派出所拘留，但這些「證物」勢必被他拿去享用。

她趕到里壠商會，和阿坤一起進防空壕。壕內有四點五公尺深，幽暗陰涼，迴盪著封閉的氣流聲。阿坤牽著她們妻女下去，神主牌仔已經立在裡面角落。他點起蠟燭，滴幾滴蠟油在地上將燭身黏牢，然後點著線香、打開便當，先祭告潘家祖先，然後跋桮詢問紅緞是否想要收養美津，一連擲出三個聖桮。

阿坤持香祝禱，說美津從現在起過房給紅緞，請祖先和紅緞保佑囡仔平安健康快快長大，然後抓著美津的手合十拜拜，這就算完成了。

「美津，妳現在過房給紅緞大媽了，以後妳要叫她阿母，知道嗎？」阿坤說。

美津被香煙燻得打了個噴嚏。「阿母，我想出去。」

「以後妳不可以叫我阿母，要叫阿姨。」劉滿說。

「阿母。」

「不是阿母，是阿姨。」

美津才剛滿四歲，並不懂什麼是過房收養，更不知道紅緞是誰，對劉滿還是整天阿母阿母地叫。劉滿不斷糾正她，跟她講理，或者板起臉教訓，全都沒用。劉滿硬起心腸，只要美津叫她阿母就不理會，除非叫阿姨才回頭。

「阿母我肚子餓。」

「阿母，我好餓。」

「阿母，阿母……」

美津不明白為什麼母親不再看顧自己，傷心而虛弱地哭著。劉滿終於忍不住把美津抱起，說心肝，妳要叫阿姨，我是妳的阿姨，妳阿母是紅緞，妳要認她她就會保佑妳平安健康長大。

「為什麼，阿母？」

空襲警報響起，劉滿熟練地抱起美津跑進自家附近的防空壕裡。

「阿母我想出去。」美津說。

「別講話。」

「阿母我肚子好餓。」

「妳先忍耐一下。」劉滿把美津緊緊抱在懷裡，「等警報解除，回去阿母……阿姨就煮清糜給妳吃，妳忍耐一下……」

•

城戶八十八登上駐在所後方的小丘，在神祠前誠心參拜，默禱良久。

神祠雖小，畢竟由里壠神社的宮司主持過鎮座式祀奉神明，駐在所的人們有任何要事都會到這裡來，無論是新年參拜，結婚，升學，奉派調職或者入伍出征，不在神前拍手稟報一下總不能安心。

幾陣子嘉雄來信，說他入選了陸軍士官航空學校演習部隊，已經來到埼玉縣的豐岡修武臺，這是陸軍航空最高學府，所有志在飛行的少年所嚮往的最終目標。

嘉雄考上少年飛行兵後，先是在大津陸軍少年飛行兵學校就讀，然後升上熊谷飛行學校，最終又入選合格率很低的演習部隊，即將被培育為正式的飛行員，乃是通過層層汰選，萬中挑一的菁英。

而所謂演習部隊，嘉雄在信中提到，乃是培訓本土特攻人員，準備在即將到來的決戰時，成為天皇的醜之御楯，守護神州大地。

也就是說，嘉雄的命運已經決定了。以往在新聞紙上看到過關於特攻隊的種種報導，以一機換一艦，如同璀璨散落的櫻花云云，這時忽然成為即將發生在兒子身上的現實。

春枝讀了信之後受到很大打擊，一下子蒼老好多，也無心打理家務，任由家裡亂成一團。

「明知是為了犧牲生命而受的訓練，嘉雄為什麼會志願報考演習部隊呢？」春枝哀嘆。

「這是身為男子的宿願。」城戶嘴上這麼說，心裡也不免深深苦惱，在那張少年飛行兵報名表蓋下印章真的錯了嗎？

當嘉雄特地回山上請求自己同意報考時，城戶毫不遲疑拿出印章，說你想做什麼就去做吧。其實他是覺得，反正錄取率那麼低，也不一定考得上。真正說服他的是嘉雄眼中強烈的熱意，自己報考臺灣蕃地警察是二十六歲的事，嘉雄報考少年飛行兵才只有十五歲，比自己勇敢多了。他在兒子身上看到自己失去已久的豪情壯志。

他永遠記得嘉雄接過報名表時歡喜雀躍的表情，那枚紅泥印記賦予他作為父親的威嚴與慷慨，也第一次點燃兒子眼中對自己的崇敬與感激。那一刻他們彼此心意相通，深切羈絆。

多年來，城戶為了把幸雄留在熊本而感到懊悔，卻沒有因此更加用心與昭雄和嘉雄相處。他剛調到溪頭時，昭雄七歲、嘉雄三歲，等七年後調回霧鹿，昭雄已經下山讀中學，嘉雄則是小學四年級，兩年後也跟著畢業下山去了。而誰又知道，同意嘉雄報考少飛，竟會使這個小兒子最後成為特攻培訓隊員。

城戶覺得一再受到命運的愚弄。他自我辯解，所有決定的初衷都是為家人好，但人生路途變化莫測，事後覺得不甘心也沒有用。

他想起每次帶兩個兒子到小神祠前參拜，嘉雄都一定要順便看看大砲。小丘頂上不只是神明的境域，也是霧鹿砲臺所在，神明的御威光與大砲機槍的力量共同鎮守著這片山林。

整條關山越嶺道東段有三處砲臺，分別是淺山地帶的沙克沙克，位居核心位置的霧鹿，以及海拔更高的馬典古魯，各配置三吋速射砲一門、七珊山砲一門、十二姆臼砲一門，以及三年式重機槍一挺。

男孩子都喜歡看大砲，昭雄和嘉雄也不例外。照理說，非相關人員不可靠近，但警備道上大家都熟，讓男孩子上去看看大砲培養尚武精神也是件好事，所以並不認真禁止。

「好厲害！」嘉雄一看到大砲就衝上前去。

「讓他們遠遠看一下就行了，別給你添麻煩。」城戶對管理砲臺的影山光一說。

「讓他們看看挺好的嘛，畢竟是蕃地警察之子啊。」影山直接拉著兩個男孩過去，讓他們把手貼在砲身上，感受金屬的冰冷與剛硬。

「上面有奇怪的字，看不懂。」嘉雄指著砲身上的銘文。

「這是露西亞（俄羅斯）文，寫著鑄造工廠普提洛夫斯基，還有鑄造地聖彼得堡。」

「很行嘛，你什麼時候會露西亞文了？」城戶取笑道。

「我是砲兵出身，這玩意兒的來歷還是懂一點的。」

「這是露西亞的大砲？」嘉雄驚呼。

影山得意地說，「這是日露戰爭時，乃木大將擊敗露軍之後擄獲的戰利品。說起日露戰爭，日本的人數居於劣勢，武器也不如露西亞先進，卻能以寡擊眾，獲得大勝，這就是大和魂的展現。」

「開一砲試試看！」嘉雄毫不客氣地說。

「哈哈哈，現在可不行。」影山拍拍他的頭，「等年度射擊的時候再看吧。」

嘉雄就是這樣活潑好動，經常和別的孩子打架，把人捉弄到哭，扮演起神話中的素戔嗚命氣魄十足。他也會弄來一些蕃人的東西，城戶好幾次看到嘉雄在家中的角落偷偷戴著一頂蕃人皮帽，假裝坐在駕駛艙裡操縱，從小就嚮往飛行。

城戶記得砲聲迴盪在整片山谷的聲音，那會讓所有草木都低頭。然而戰爭開始之後，為了節省經費，山上的大砲不再射擊，甚至很少從砲庫拉出來。反正蕃地平定已久，已經不再有威嚇的必要。

外面的世界戰火滔天，曾經是理蕃前線的山區卻平靜得彷彿人間樂土，究竟哪一邊才是真的？

城戶每天到小神祠前參拜，祈求神明讓兒子們平安歸來，如果可以的話，他願意用自己的生命來換取。但他這天忽然意識到，神祠裡供奉的是開拓三神大國魂命、大己貴命和少彥名命，以及征臺時亡故的能久親王，祂們都是開拓征伐之神，或許不會回應自己的願望。

他抬頭看著太陽，想要直接向天照大神祈求。這時他想起幾年前曾在這裡看過日食的事，那是幸雄短暫來訪又離去後的秋天，讓他印象特別深刻。當時北臺灣可以看到日全食，在霧鹿也有接近全食的日偏食，他和影山還特地找了一塊玻璃放在火上燻黑，拿來觀察太陽。食甚之際，城戶情不自禁說，「啊，天照大神躲進天岩戶了。」

「你在說什麼，這是月球遮蔽太陽啊。」影山說。

「我當然知道，但實際看到日食，就覺得還是天岩戶的說法比較有說服力。」

城戶清楚地記得，食甚之際大地整個轉暗下來，那與晨昏時斜照的暖黃光線不同，仍然是從頭頂上直射而下，顏色沒有任何改變，但光度減弱，被某個巨大無比的陰影遮住了萬事萬物。他第一次感受到月球如此龐大，而實際落在月影裡乃是超越理性的奇妙感受。

那個瞬間，他感覺到神明的存在。

此刻他希望能夠再一次感受到神明，他要用最虔誠的心向神明祈求。

然而神明並未回應他的願望，當天稍晚，他收到弟弟從熊本老家傳來的電報，只有寥寥數字，卻如千鈞之重。

幸雄已於馬里亞納海域英勇戰死，謹對護國英靈申致敬弔之意。

第九章 天火

炸彈就像命運，總是落在人們出其不意的地方。

潘明坤跳下火車，先接住阿滿傳過來的美津，然後伸手讓阿滿扶著跳下，按照軍官的引導躲進附近的防空壕裡，再幫她們把防空頭巾戴好。

防空壕不大，擠滿臨時避難的乘客，一下子變得空氣汙濁，悶熱不堪。

今天帶孩子去鹿野看病，趕在清晨出發、傍晚返回，避開定期便空襲時間，沒想到米機竟然這麼晚還來，萬一運氣不好，一家三口都有可能遇難……

自從美津過房給紅緞之後，果然停止莫名哭鬧，但病弱的身軀沒有改善，依然越來越沒有元氣，多數時候都在昏睡，一直像是快要發燒。

明坤決定帶她去找全臺東廳最有名的神田全次醫師。神田醫師受臺東製糖會社聘請在鹿野的醫務室看診，聲名遠播，連臺東廳長都曾特地前往求診。

從關山往鹿野並沒有公路橋梁，除了在旱季涉溪，就只能搭火車。明坤夫婦帶著美津，在鹿野驛下車走了半小時，又排隊等候大半天才輪到。神田醫師細心檢查過之後，說孩子營養不良，盡可能讓她多吃點營養豐富的東西。

只是營養不良？連號稱神醫的神田醫師也只有這樣的診斷嗎？明坤感到徹底失望，往回走向鹿野驛時，整個身體像是一袋爛泥般沉重。

火車快抵達關山驛時響起空襲警報，緊急就地停車，乘客疏散到附近的防空壕避難。

這天的空襲時間晚得不尋常，而且罕見地針對關山地區進行猛烈攻擊，不只用機槍掃射，還丟下炸彈，落點不遠，震得防空壕頂泥沙簌簌而落，男女老幼互相擁抱著哀號。

爆炸之後是漫長的安靜，解除警報遲遲未響，但明坤憑經驗判斷米機已經遠離。或許發布警報的人不敢負責，故意等得久一點吧。七月天裡擁擠的防空壕跟蒸籠一樣，待沒多久就滿身是汗，黏膩悶熱十分難受。

「阿爸，這裡面好熱，我想要出去。」美津一副快要熱昏的樣子。

「不行，解除警報還沒響。」明坤望向阿滿懷中的美津，幽暗中看不清楚，不知道她是否還好。

明坤不知怎麼忽然很想吃豬肉。

實在餓太久了，但也或許是因為早上作的夢。他夢到家裡吃拜拜，阿公、阿媽、阿母，還有紅緞都圍坐在飯桌上，可是飯菜一直沒有送上來。家裡不只一桌，來了很多不認識的人，大家都在等。明坤去廚房查看，裡面沒有人，灶裡不曾生火，爐上空無一物，他急得在櫥櫃裡翻找，卻什麼食材都沒有。

好奇怪的夢。明坤想起今年剛好會在立秋這天開鬼門，小時候聽說開鬼門都很害怕，覺得入夜以後滿街都是鬼，不敢踏出家門一步，就算待在屋裡也很恐怖，一定要隨時跟在大人身旁，連放尿都不敢自己去。

但是鬼月白天就很好玩，媽祖廟前會設七、八座神壇，張掛燈籠擺滿供品，殺十幾二十頭大豬公，演一整天布袋戲，再演一整天歌仔戲，法師誦唱〈骷髏歌〉時還會拋撒糖仔餅讓孩子們搶拾。家家戶戶擺出香案沿街燒金，就算潘家這麼窮，借錢賒帳也要把供品準備好。整個鬼月可以到處吃拜拜，好像把一年份的豬肉都吃完，太開心了。

結婚後家境改善，但當時已經開戰好幾年，市場買不到食物，連基本的米、鹽、糖和豬肉都靠配給，每個月分量少得可憐。拜拜還是得用三牲，配給豬肉太少，大家就在闇市買私宰肉，就算一斤賣到十多圓，兩斤等於初任公務員半個月薪水，咬著牙也得多少買一點。

然而最近這一年，私宰也難了。何況越是戰況不利、敗色濃厚，皇民化的檢查就越徹底，連偷拜一下祖先的機會都沒有，大規模的普度更是停辦已久。

空氣裡似乎透露著一絲烤豬肉的味道，但哪有可能，難道自己熱得腦袋壞掉，還是太想吃豬肉了？明坤用力嗅了嗅，好像真的有。

那股肉味越來越強烈，防空壕裡其他人也都聞到了。明坤忽然聽到外面有人喊失火，這給了他一個理由跑出防空壕查看，一到外面就覺得爽快不少，熱還是很熱，至少沒有那麼悶。

不遠處黑煙直冒，他被編入青年團，參加過消防訓練，也實際在驛前倉庫被炸時幫忙傳水桶滅火，因此直覺地往失火的地方跑去。

明坤跑到現場，只見一間房子被炸坍半邊，正在燃燒。幾個人奮不顧身從屋裡拖著一具不成人形的屍體出來，個個被燒得頭髮捲曲，皮膚紅熱，邊咳嗽邊流淚。明坤本該上前幫忙，但看到那屍體半身被燒成焦炭，另外半身血肉模糊殘缺不全，不自覺作嘔停步。

可憐啊，人遇上炸彈，下場比一頭豬還不堪。他感到深深的悲哀。

那幾個人艱難地將屍體拉到屋外安全之處，忽然重重往地上一頓，竟開始撕扯起來，有人表情猙獰用力拽下臂膀，有人拿出隨身小刀使勁切割。明坤懵然發愣，直到看見有人把肉往嘴裡塞，他才意識到那真的是一頭豬，只因剛才眾人冒著生命危險搶救，表情又太過悲壯，讓他誤以為一定是在救人。

四周氣味倏然鮮明起來，那是混合著火藥硝煙、老舊木柴和肥膩豬肉的奇妙味道。明坤肚子裡的空洞頓時被打開，巨大的飢餓感不斷塌陷，回過神時發現自己已經加入爭搶，慌亂推擠中隨手抓扯，撕下一條焦黑的肉塊，沒有多想就送進嘴裡，好像咬到一塊塗滿肥油的煤炭，苦到極點又香得嚇人。

他拿出口袋裡的肥後守來切割，儘管刀刃短小，也勝過徒手亂撕。

這下有肉可以給阿滿和美津吃了！明坤使出蠻力硬切，不斷被韌筋和骨頭卡住，手上身上沾滿血汙，好不容易切下一大塊缺缺角角，也不知什麼部位的肉。他抓著肉起身狂奔，跑出幾步之後又停下來，掂掂手上分量，覺得應該再多拿一些，轉身就看見一個人發狠在剁豬頭，模糊的豬臉隨著小刀亂割抖動，竟然彷彿在笑。

明坤一心都在豬肉上，竟沒有聽到那詭異而不祥的隆隆聲，直到看見眾人倉皇逃避，意識到不對勁時已經來不及了。米軍飛機從熾熱的太陽裡冒出來，空中隨即發出咕、咕咕渦——的聲響，是至近彈！明坤只能立刻在一棵樹旁趴倒，喊了聲阿彌陀佛，硬生生挨了一記巨響與爆風，那震撼好像是從自己身體深處爆發出來的，把大地連同樹木都搖動了。

不知過了多久，腦袋的嗡鳴稍微減弱，明坤抬起頭來，恍惚中察覺彈著處是在防空壕的方向，原本怦怦亂跳的心臟頓時像是被人緊緊捏住，身體自己動起來，踉踉蹌蹌往防空壕跑去。

空氣中依然瀰漫著塵埃和硝煙，地上凹陷一個發出焦臭味的大洞，幸好並未直接命中防空壕，但入口被土砂掩蓋，有人正在挖掘救人。明坤衝上前去，徒手將土刨開，拉出一個又一個灰頭土臉的人。

終於，抱著美津的阿滿出來了，汗濕的臉上黏滿塵土，飽受驚嚇。

天邊又傳來敵機的隆隆聲響，明坤拿不定主意，應該立刻抱著女兒去看醫生，還是再次帶家人躲進防空壕裡？

•

臺東街遭到大空襲那天，人們急忙躲進防空壕，海朔兒卻留在外面觀看來的是什麼飛機。

有些年輕人就是這樣，明知危險還是忍不住伸出頭看看這些帶來毀滅的敵機究竟長得什麼樣子。也會有人如數家珍似地指認，那是格魯曼，那是 P-38，還有 B-25，啊，飛得那麼高，一定是 B-24 來了。

三架四發動機的重型轟炸機打開腹艙，投落上百枚炸彈。海朔兒覺得那些炸彈跟平常看到的不一樣，落下的聲音也不同，說不定是耳聞已久的集束燒夷彈。他在教育影片上學到，集束燒夷彈乍看並不那麼致命，剛落地時只是一些冒著小火苗的鋁管，但若被其中噴濺出來的凝固汽油沾上就怎麼也弄不熄、拍不掉，很快蔓延成巨大火勢，把整條街都燒毀。

「哥！你站在那裡幹嘛？」堂弟布袞硬把他拉進防空壕，不久之後外面就傳來機槍掃射的聲音。

海朔兒和布袞在城戶八十八安排下，到臺東農業專修學校學習水稻種植技術，為部落遷移到平地後的生活做準備，還被取了一個日本姓名西松直人。然而第一年除了國語課之外，多數時間都在進行軍事訓練，像是耐熱行軍、野外炊事、分列式和刺槍術等等，幾乎跟當軍人沒兩樣，有任何做得不對的地方就會遭到教官或前輩鐵拳制裁，直接重毆他的頭，打得腦筋震盪暈眩。

第二年開始幾乎每天都遭到空襲，早上有定期便，下午甚至晚上也不時會來，主要目標是臺東驛、飛行場、軍營、糖廠和酒精廠，但投偏的炸彈落在街區各處，任何地方都很危險。

農校學生每天挖戰壕、躲警報，空襲結束後則被派去救人、滅火和收拾善後，剩餘時間則多半在種植地瓜等糧食作物。

防空壕待習慣了，可以從爆破的頻率和震動幅度判斷敵機來去。這天空襲時間格外漫長，不斷有戰鬥機掃射，轟炸機爆擊，強度也比平時高。

他們躲的是可容納數百人的大型防空壕，水電俱全，可以長時間掩蔽。當然，盛暑中幾百人挨擠在密閉空間簡直是酷刑。一開始大家還認真遵守空襲對應姿勢，右足跪下，左膝頂住心臟加以保護，拇指按住耳屏阻擋巨響，四指摀眼防止眼球被爆風擠出，張開嘴巴讓體內外壓平衡以免傷及臟器……但這姿勢不可能維持太久，後來大家只有在聽到至近彈落下時才採取這個動作，平時就茫然地或站或坐。

海朔兒背靠牆壁坐著，渾身冒汗，眼前發白，覺得這一切很荒唐。當初自己懷抱著不切實際的幻想，認為只要下山到臺東來讀書，說不定就有機會報考少年飛行兵，成為第一個高砂族飛行員。然而實際在這裡卻只是每天被敵機炸得焦頭爛額，連農校基本的課業都沒上，更別提什麼報考飛行兵了。

他昏昏沉沉睡著了一下又倏然驚醒。好像作了夢，十分稀奇，因為他自從下山之後就不曾做過任何夢了。他的 Hanitu 在平地不會離開身體去和萬物的 Hanitu 相遇，或者是，平地的萬物都沒有 Hanitu，所以無法帶給他夢境。

他似乎夢到祖父。

去年暑假回霧鹿，抱著忐忑的心情向祖父問候，祖父卻彷彿不知道他下山多時，一開口還是重複那句老話。Ala，我的孫子，你要記得，我死的時候一定要照傳統方法埋在帕哈斯的老家房子裡。

海朔兒覺得詫異，難道祖父的癡呆已經這麼嚴重，都沒發現自己離家這麼久？接著他感到羞愧和歉疚，自己答應祖父一定會帶他回老家，但卻到臺東讀書，如果祖父在這段時間過世，根本不可能履行約定，只能期望叔叔們來實踐。

凌晨家人們圍在三石灶旁解夢的時候，祖父說他夢見要蓋新家的地方已經找到了，這意味著祖父距離死亡越來越接近。

Ala，你一定要記得把我埋在老家。祖父叨叨絮絮，就像初夏時執拗地叩叩鳴叫的五色鳥，反覆說著，你不能忘記與月亮的約定，每逢滿月的時候都要祭祀，一言一行都要謹守 Samu，小米才會欣然成長、走進我們的穀倉。

海朔兒無法告訴祖父，自己下山是要學習種植水稻。

防空壕上方傳來窸窣摩擦聲，非常尖細，所有人渾身毫毛直豎，意識到是一枚至近彈，同時唰——地屈身單膝跪倒。巨響與猛烈震動隨之而來，彷彿整個世界都要崩塌，木頭梁柱喀滋作響，壕內煙沙瀰漫，高溫熱風瞬間灌入。海朔兒所有感官陷入混沌，幾乎窒息在塵沙與恐懼裡。

嘩啦一聲，角落裡忽然有大量水流像噴泉般濺出，水管被炸斷了。照明閃爍了兩下後跟著熄滅，陷入一片漆黑。外面還在落彈，灰沙簌簌掉下，大家都不敢直起身子，積水升高速度卻異常快，冰涼的水像是某種生物攀著腳踝和小腿不斷往上爬，好像很快就會將人淹沒，而身體沒泡到水的部分又像是在蒸籠裡悶煮，恐怖的情緒更讓人狂冒汗水，渾身濕透。

這樣下去不行！海朔兒大聲叫喚布袞，說我們出去，但聲音徹底被水瀑、驚呼和爆炸聲淹沒，原本應該就在身旁的布袞也沒有任何回應。海朔兒開始往出入口移動，然而人同此心，大家在黑暗中互相推擠，又不時被震波驚嚇，跌跌撞撞，弄得水花四濺。

「不可以出去！」一個中尉軍官高舉指揮刀擋在門口，「敵機正在這一帶掃射，所有人都不要動，保持冷靜就地掩蔽！」

已經到門口的人被軍官阻擋，後面的人卻還是不斷往前擠來，也有跌倒的人被踩踏發出哀鳴，壕內徹底失控。一記近距離爆炸將所有人震倒在水中，熱風幾乎把人蒸熟，海朔兒分不清上下左右，手腳亂揮，還吃了幾口水，好不容易把自己撐起來，往出口亮光處一看，那軍官的頭不見了，整件軍服被血染得濕黑，右手卻依然高舉著指揮刀，過了很久才軟癱倒下。

海朔兒跟著人群衝出防空壕，然而穿過出口卻進入另一個陌生世界，眼前是一片火海，原本的市街消失了，播放映畫和演劇的臺東劇場、販賣書報文具西藥的山崎寶山堂、從來沒有機會進去一探究竟的寶町咖啡屋和藝妓館筑前亭全都不見，所有房子都在燃燒，熊熊烈焰直衝天際，高溫把眉毛和頭髮都燒灼捲曲發出臭味。

先出來的人全都被眼前景象震懾得無法動彈，後面的人還是不斷推擠碰撞，咳嗽嘔吐。

「這是地獄啊……」身旁一人絕望地說。

不，這是兩個太陽再次降臨人間。海朔兒想起祖父說的話。

祖父說的都是真的，天上有兩個太陽。因為人類沒有遵守和月亮的約定，所以祂變回太陽，降下火焰燒毀一切。

Ala，Ala！海朔兒在心中不斷呼喚著祖父。

・

拜啟，海瑟爾飛曹，酷暑之際申致問候。

城戶嘉雄這封信才剛起了頭，嘴角就忍不住微微揚起，原本收信人稱謂應該寫海瑟爾君，但很自然寫成海瑟爾飛曹。雖然過了立秋，已算是殘暑時節，但臺灣還在酷暑中吧，即便是深山中的霧鹿，夏天也是很叫人吃不消的。

我在六月中入選豐岡陸軍士官學校的特別研究演習部隊，嘉雄寫道，簡單來說，就是在這陸軍航空的最高學府修武臺培訓本土特攻人員，以備本土上陸作戰之日來臨時，作為天皇陛下的醜之御楯，守護神州大地。

今日午後正要進行飛行演練時，P公和B公又來空襲了，因此暫停演練躲避。所謂P公指的是P-51戰鬥機，B公則是B-29轟炸機，我們演習生私底下都這樣叫。最近敵機來襲頻繁，決戰之日或將來臨，但無論敵人大軍如何進襲，我等皇軍絕對不會迴避，誓與敵奮戰到底。

怎麼寫得像是要給長官檢查的日記或家書？嘉雄想，這既然是最後的書信，也可以算是我的遺言，何不率直一點？而且這樣文謅謅的，海瑟爾君也無法理解吧。

一個月前，終於等到期盼已久的慣熟飛行，也就是與教官同乘飛行。我的愛機是雙翼四式基本練習機，第一次升空的瞬間，才知道起飛的感覺既不像搖晃吊橋也不像玩迴旋塔，而是有點像搭乘電梯，只要姿態正確、機翼產生足夠升力，飛機就會自己浮起來——有機會的話，海瑟爾飛曹可以到臺南或臺北的百貨大樓去搭乘看看。

雖然一開始有點頭暈，甚至噁心想吐，但這都不會減少心靈的喜悅。這架飛機帶領我翱翔在廣闊的天空，俯瞰武藏野翠綠大地，並且回應我的操縱，靈巧地上升和迴轉。操縱桿比教官事前說的還要靈敏，出乎意料地容易控制。

啊，原來這就是飛行。

操縱過程中，一直很擔心犯錯被前座的教官罵，始終非常緊張，根本無法去想其他的事。直到落地之後才猛然醒悟，如果滑翔機不算，這短短的二十一分鐘是我人生中初次真正的飛行，回想在空中的感覺，真是甘美無比。

沒錯，我戴了真正的飛行帽，不只如此，還有風鏡和全套飛行服。說起來有點可惜，起飛前我還想到，如果能夠偷偷夾帶你那頂飛行帽在身上，一起完成首次飛行的話，那有多好。

我們才進行了幾次飛行演習，敵軍就開始頻繁空襲，幾乎每天都要進防空壕躲避，真是恨不得能夠駕駛最新銳的四式戰鬥機「疾風」飛上去迎頭痛擊。但教官說我們有更重要的目標，必須把握有限時間學習，才能在敵軍上陸進行本土決戰的時候執行特攻任務，給予敵人致命打擊。

「記住，你們在成為特攻的當下就已經算是死了！」區隊長宣布合格者名單時對我們說。我永遠不會忘記考上研究演習幹部，也就是成為特攻培訓隊員時的狂熱歡喜，合格者們都高呼萬歲。我也記得上一期的前輩接獲命令離開豐岡準備出擊時，我們全體在校門口高唱〈嗚呼神風特別攻擊隊〉送別的情景，雖然神風是海軍而我們是陸軍，但精神是一樣的：

咬牙切齒強忍著悔恨之心，期待又期待的決戰啊，現在終於到了殺敵的時刻，青春的櫻花直奮起！

送別也好出擊也罷，這都是永別的微笑了，用引擎的爆音轟擊地面升空，啊，去吧血肉之軀的炸彈神鷹！

最後的別離之日，心中滿是激動，我們淚流滿面又歡欣雀躍。神鷹兄長們，儘管喜悅地如飄落的櫻花般去吧，我隨後就來。敵人上陸之日，就是我出擊之日。我的第一次飛行任務，也將是我最後一次無上光榮的飛行……

「就寢！熄燈！」

在教育班長命令下，所有演習生立刻上床躺好。嘉雄聽到隔壁同學立刻發出鼾聲，不由得佩服對方在這種情況下還能安然入睡。

在基地，片紙隻字都要受到檢查，無法在日記或手帳裡暢所欲言。嘉雄寫給海瑟爾飛曹的這封信，還只是一篇腹稿。他在出擊之前有無論如何都想寫下來的事情，必須先在腦中背得滾瓜爛熟，等到那一天來臨時，再一口氣寫下交給可以信賴的人。

他睜開雙眼看著黑暗中的天花板，想起不久前接到家書，意外欣喜，沒想到信件竟能繞過正在激戰中的沖繩寄達日本，然而打開一看，內容卻是告知大哥幸雄已經在馬里亞納海域戰死的消息，像是一記鐵鎚重重打在胸口。

母親應該非常傷心吧。嘉雄還記得大哥入伍前到霧鹿來探親，那是他們兄弟初次也是最後一次見面。大哥辭別那天，母親倚在地藏菩薩像上哭斷肝腸的身影一直留在自己心中，或許是出於血肉相連的母性直覺，預知了當日就是永別吧。嘉雄流下淚來，趕緊用力憋氣以免發出哭聲被人聽見，情緒在胸腔奔竄欲出，他憋到整個背都顫抖起來。

黑暗的寢室裡有時會冷不防傳出一下抽咽，無論聲音再細微，都會立刻牽動所有人的神經。只要能及時忍住，大家也就裝作沒聽見，但如果有人忍不住哭出來就會遭到鐵拳制裁，被教訓不配當帝國軍人，其實如果不這麼做，恐怕整間寢室的精神防禦都要崩潰。

如果母親聽到我的死訊……嘉雄不敢多想。他十二歲下山就讀臺東中學，是這所新學校的第一期學生。開學日，他就在走廊上看到陸軍少年飛行兵的海報，畫著身穿飛行服的少年，抬頭仰望天空，臉上稚氣尚未脫盡，卻有成熟而堅毅的眼神。

就是這個！嘉雄真想馬上應徵，可惜要年滿十五歲才能報名。他努力鍛鍊體格、用功讀書，終於在三年級時報名考試，合格通過。最初他把報名表拿回霧鹿請家長蓋章時，還盤算萬一父親不同意的話要怎麼說服他，沒想到父親很爽快地拿出印章蓋下，說你想做什麼就去做吧。

他搭船到日本內地，先進入大津少年飛行兵學校，然後升上熊谷陸軍飛行學校，但因為敵機開始空襲而草草結訓，被派到立川基地的對空機關砲部隊，最後又獲選到豐岡來接受特攻訓練。

發布入選名單時，他聽到自己的名字雀躍不已，忘情地反覆高呼萬歲——所有人都知道特攻訓練是以戰死為目的學習飛行，但想要成為真正飛行員的心情太過強烈，合格也是菁英的證明，因此大家都渴望入選。

嘉雄並不怕死，他是帝國軍人，遵從天皇下賜的軍人敕諭，謹守忠節、禮儀、武勇、信義、質素五條德目。何況每天聽聞戰勢不利的消息，塞班島玉碎、硫磺島全滅、沖繩陷落死了一半的人、東京大空襲燒掉市街大部、廣島和長崎被投下新型爆彈徹底摧毀……這不只是敗色濃厚可以形容，日本根本就要毀滅了，又哪裡顧得了個人生死呢？

但當死亡的恐怖真的欺到脖頸上時，嘉雄才發現自己並沒有那麼勇敢，其實還是怕死的。

前些時在立川基地遭遇夜間空襲，他們聽到警報立刻衝到防空砲陣地準備迎擊。幽暗的夜空中什麼都看不到，只能從聲音判斷敵機來了，一開始只有一架 B-29，發動機不帶情緒的轟鳴彷彿又近又遠，完全不見蹤影也無法加以射擊。

忽然間一道強光射下，敵機投落照明彈，那是人間不該有的光，如此蒼白又如此霸道，將地面強行照耀如同白晝，又在事物背面刻下深峭的黑影。它像太陽般明亮，夜空卻依然全黑，任由敵機藏匿其中。那是來自幽冥的睥睨，將地面上的人剝得一乾二淨，不僅是外在衣物，連謊話連篇、虛張聲勢的精神防線全都灰飛煙滅，只能赤條條精光地等候審判降臨，令人毛骨悚然。

那時嘉雄想，並非所有的光都是好的，光有時會變成死神冰冷的視線，在其中看到的不是希望而是滅絕。

龐大的 B-29 機群飛臨上空，數量可能有上百架，而且是低空飛行，光是發動機的聲音就使得大地震動、耳膜發麻，頃刻間落彈聲如傾盆大雨咻嚕嚕嚕響成一片。他沒有聽到長官下達射擊命令，但所有對空砲不管三七二十一全面開火，數十道曳光縱橫交錯，在黑夜中畫出壯麗無比的景像，是他此生看過最美的花火。然而漫天砲火沒有擊中任何目標，沒有敵機爆炸的閃光和聲響，所有的曳光都像是被天神吸進夜幕默默消失不見。

更不利的是，對空砲火光為敵機提供了明確指引，落彈聲從咕咕咕變成咻咻咻，猶如沖天炮亂竄的聲音，彈著點從遠處快速移動到頭頂上。爆破巨響、爆風狂吹，地面瞬間化為一片火海。

少年兵們全都發了狂，嘶吼嚎叫，死命射擊，不顧一切裝填彈藥，沒有發現自己受傷流血，大腦癲亢到徹底空白，全憑本能反應。

不知過了多久，嘉雄回過神來，才發現射擊早已停止了，敵機聲音消失，照明彈熄滅，整個世界只剩下熊熊燃燒的火焰，照耀著少年兵充滿油漬和血汙的臉。他渾身一軟，癱倒在陣地裡。

黎明時，他被微微天光驚嚇得往後退縮，稍微清醒之後，看見陣地的沙包上插滿砲彈破片，猶如刺蝟一般，而自己奇蹟地毫髮無傷。正感到慶幸時，直起身子探頭，旁邊另一個陣地已經變成巨大的坑洞，原本在裡面的同學徹底消失了，什麼都沒有留下來。整個基地布滿無數這樣的坑洞，四處迴盪著傷兵的呻吟。

可惡！嘉雄想，不久之後，就會輪到我來扮演死神，駕著飛機從空中俯衝而下，炸毀敵軍的戰艦或航空母艦，一併殺死數百敵兵，保衛國家，也為死去的同學報仇！

然而儘管他在日記裡反覆寫著鬼畜米英，但其實他無法對敵方的士兵感到恨意。他甚至做過這樣的夢，在飛機撞上敵艦前一秒，距離近到可以看見甲板上的敵兵面貌，而那竟是海瑟爾飛曹，頭上戴著皮帽，手裡拿著那架紙飛機，用橡皮筋向他射來，而他的座機像是忽然有了生命，不受控制急速迴旋，遠遠飛離敵艦，飛進深山，飛回他經常夢見的霧鹿。

算一算，離開霧鹿已經四年了，說來時間並不算長，自己卻徹底變成另外一個人。那麼留在山上的海瑟爾飛曹呢，他應該沒什麼變吧？倘若現在兩人相見，或許彼此都會嚇一大跳。

奇妙的是，嘉雄發現在生命即將飄散之際，最後想要訴說的對象不是母親也不是父親，竟是海瑟爾飛曹。

回想起來，海瑟爾飛曹是自己唯一的朋友。從有記憶起，父親就在遙遠的溪頭駐在所值勤，很久才會出現一次。二哥昭雄個性木訥，而且很快就下山讀中學，彼此沒有太多交集。母親是霧鹿小學校的宿舍管理人，必須照顧十幾個小孩飲食起居，整天忙進忙出，夜裡回到狹窄的管理人室，往往講不到幾句話就累得睡著了。升上三年級以後，嘉雄覺得管理人室太擁擠，總是跑去通鋪跟同學們睡，這有幾分賭氣，反正母親似乎只把自己當成其中一個住宿生而已。

嘉雄總覺得自己特別，和別人不同，喜歡帶頭發號施令。玩陣地遊戲時他永遠刀槍不入英勇無敵，跑到吊橋上搖晃，他會用力搖到橋面上下晃動一公尺也不罷手，直到把同伴弄哭為止。還有去蕃社探險的時候，他會躲在黑暗的蕃屋裡忽然出聲嚇人，然後嘲笑對方。

長大後他才明白那有多討人厭，怪不得大家慢慢都不跟他玩了。

只有海瑟爾飛曹不會厭棄他。嘉雄曾經認為，因為海瑟爾是蕃人，而蕃人本來就應該順從內地人。但不是的，其實他看得出那些布農族人不服氣又無可奈何的眼神，而海瑟爾卻始終把他當成朋友，聽他一次又一次重複講著同樣的飛行話題，現在回想起來內容十分荒唐可笑。

飛行也許是世上最孤獨的事情。有一次教官難得閒話，說某回進行長程任務，為了匿蹤保持通訊靜默，穿過一塊厚雲之後跟編隊失散，獨自飛在雲層上，四周高聳的巨大雲柱簡直像是天神宮殿，令人感到無比渺小卻又徹底受到寬恕。教官說，那是無與倫比的美，只要看過一眼就終身都不會忘記。

但嘉雄是因為孤單所以想要飛行。如果能夠飛在天上，想去哪就去哪，也不需要有同伴。他經常想像飛去溪頭，用降落傘投下一箱父親愛喝的清酒，也想像在學校上空盤旋，俯瞰同學們的一舉一動。在天空中，應該是最自由自在的吧。

嘉雄從一開始就認出來，海瑟爾飛曹是個和他同樣孤單的小孩，這種事情看一眼就知道了，而這就是他們成為朋友的原因。嘉雄帶了很多有趣的東西給海瑟爾飛曹玩，少年誌、剪貼簿、紙飛機、彈弓、橡皮筋竹槍、水滴糖和牛奶糖等等，他一直以為自己教會海瑟爾飛曹許多事情，長大之後才發現其實是海瑟爾飛曹持續滿足著自己的虛榮心。

而且海瑟爾飛曹並不真的孤獨。他們在廢棄部落遇到那天，海瑟爾把他從百步蛇前面救回來，而且竟然能夠叫蛇離開，這讓他太著迷了。他十分羨慕海瑟爾可以跟蛇談判、跟大樹溝通，甚至似乎能夠跟那間荒廢的老屋說話，海瑟爾的心和山上的萬事萬物在一起。而當他跟海瑟爾飛曹在一起的時候，似乎也能夠感覺到大地溫暖的陪伴……

他無法再想下去了，已經強忍哽咽到了全身都在顫抖的程度，再多想一秒鐘就會哭出來。嘉雄爬出被窩，披衣穿鞋往外走，假裝要去上廁所，悄悄溜出營房大門。

這時他看見屋外地面灑落著奇異的光，那是清麗的月色，淡薄、柔和，像水一般浸透一切。

離滿月還有好幾天啊，月光就已經這麼亮了。他想起霧鹿的月夜，鼻腔裡彷彿聞到濃重的煤油味，那是個直到今天都沒有電力的山村，擁有世上最美的月色。

他快步走出營房，月光卻彷彿躲避似的倏然消失，抬頭看時，一塊濃密的烏雲飄過來遮住月亮，只露出銀色勾邊，又很快整個將光芒吞噬。

遠處草叢傳來唧唧蟲鳴，剛剛立秋，晚風開始有點涼意了。

他想起昨天傍晚，肚子實在太餓，偷偷穿過基地西邊低矮的小丘稻荷山，打算去附近農家用肥皂交換番薯來吃。當他走到小丘頂上，正好看到夕陽西下，天氣好得不得了，雖然沒有絢麗的霞雲，但天空呈現清透的淡紅色，讓心緒跟著澄明起來。

「啊！好漂亮！」小丘底下的農舍邊，兩個十歲的小孩率直地對著落日大喊。他們遊玩打鬧，彷彿世上並無任何紛擾，歡快地唱起〈夕燒小燒〉。

彩霞暗了，太陽下山了，山上的廟裡，響起晚鐘聲。手牽著手，大家回家吧，跟著烏鴉，一起回去吧。孩子們都回家之後，月亮公公出來了。小鳥夢見天空的時候，金色的星星閃閃發光。

嘉雄在小丘上俯瞰，久久無法動彈，這簡直像是夢中經常出現的情景，他終於出發執行特攻任務，駕著飛機衝向敵艦，瞬間化為一團火球，與敵人同歸於盡，然後神魂繼續飛行，越過大洋，掠過海岸，轉個彎循著一道陡峭的溪谷飛到一座山村，那是他熟悉的霧鹿。他飛過駐在所和棒球場，飛過小學校前繞轉不已的迴旋塔，飛過父親驕傲一生的天龍吊橋，最後飛到廢棄的帕哈斯舊部落。

從空中俯瞰，地上有兩個孩子正在遊戲，一個是海瑟爾飛曹，另外一個是自己，頭上戴著那頂皮帽，打直了雙臂自由自在地飛行。他和少年的自己一起飛翔，他們繞過老屋，飛越屋前的大樹，飛在溪谷上面，飛進藍色的空中、白色的雲裡，那是他們夢寐以求的，自由的飛行。

嘉雄正覺滿心喜悅，轉頭看到並肩飛行的少年戴的皮帽，忽然失去浮力猛然墜落，整個從夢中驚醒，霎時覺得羞愧萬分，痛苦難當。

他和海瑟爾飛曹分別那天，海瑟爾把被他占用了好久的皮帽送給他，然而在那之後他再也沒有戴過一次，更因為擔心被平地人取笑，所以下山的時候根本沒有裝進行囊，遺留在霧鹿家中。

他以為自己會經常回到那座山裡，還有很多機會去取回熟悉的東西，然而外面的世界太大又太新，世事變化太快，就算駕著最新型的戰機也追趕不上，最後自己離開少年的一切越來越遙遠，發現時已經永遠失去。

他終於明白，海瑟爾飛曹送他的那頂皮帽才是真正的飛行帽，而且是世上唯一的一頂。而拋棄了這頂帽子的他，再也無法自由自在地飛行。

小山丘下的孩子們還在唱著，小鳥夢見天空的時候，金色的星星閃閃發光。

你願意原諒我嗎，海瑟爾飛曹——嘉雄看著孩子的身影漸漸隱沒在暮色中，聲嘶力竭地呼喊，原諒我——原諒我——

第十章 那一天

破曉時分，海朔兒站在池上飛行場正中間，右邊遠方是霧鹿所在的中央山脈，左邊地面盡處則是海岸山脈，中間寬闊的縱谷平原上懸漫著薄薄霧氣，像一襲輕紗。海朔兒面對著平坦筆直、長滿短草的夯土跑道，凝視微亮的天空，心想，今天會有飛機來嗎？

如果有的話，他希望那會是陸軍最新銳的四式戰鬥機疾風，空中不敗的猛鷹，舒展著巨大雙翼優雅飛來。

說不定那會是嘉雄駕駛的飛機呢，這頭猛鷹將會從自己頭上飛過，飴色機腹拉成一道倏忽而去的灰影，颳落一陣強風。接著嘉雄輕巧地一拉操縱桿，飛機立刻美妙地回應，仰頭高弧度爬升，向地面展示出濃綠色的機身全貌，以及機翼尖端兩圈耀眼的紅色日之丸。爬升到足夠高度之後，飛機往側面一翻身，機背朝下倒立著俯衝下來，快到地面之前才從容拉起。

這是嘉雄跟他說過無數次的飛行動作。

然而清晨的飛行場四周什麼都沒有，只有風呼呼吹著。海朔兒脫掉鞋子，用習慣的赤足感受地面，果然沒有丁點扎腳的石頭，怎麼走都很平整舒服，可見當年大家多麼認真把工作確實完成。

他還記得，跑道快要完成，已經可以看出樣子的時候，上面傳來指令，說乾燥的土面從空中看起來非常顯眼，很容易被敵軍發現，因此他們每天還從溪裡挑清水或爛泥撒在跑道上，跟太陽做意氣之爭。

小腿肚被搔得微微發癢，草太長了，這樣不行吧，會妨礙飛機降落的。他伸手拔起野草，發現砂礫移除之後，這裡不再是芒草的天下，開著黃花、紫花或白色小花的不知名雜草和各種蔓生植物，把跑道鋪成一塊長方形的青色草毯，和周邊荒地的芒草叢涇渭分明。

他拔了幾下，意識到這麼做的無謂，整個跑道有一千多公尺，怎麼拔得完？

何況這座飛行場根本從來就沒有被使用過，不曾有一架飛機降下來，在這條海朔兒投注了勞力、汗水與情感建造的平整跑道上滑行過一次，那怕就那麼一次。後來他才知道，池上飛行場只是備用的簡易飛行場，沒有維修站、儲油倉庫、機堡和對空砲陣地，甚至沒有任何人看守，簡單來說就是一條陽春跑道，以備臺東飛行場遭到破壞時可提供緊急起降。

昨天臺東農業專修學校宣布關閉，遣散所有學生。海朔兒乘坐夜車返回關山郡，原本應該在海端驛下車然後步行上山，他卻忽然非常想要再看看這座自己參與興建的飛行場，於是多坐了一站到池上，憑印象走到空蕩的飛行場來，躺在地上看了整夜星空與銀河。

海朔兒多希望有飛機來啊，就算不是嘉雄、不是疾風也沒關係，隨便來架什麼降落在這條美麗的跑道上吧，然而等了半天，卻沒有任何飛機的蹤影。他其實心裡明白，這座飛行場根本不會有任何飛機來，甚至連敵機都不屑投下一顆炸彈、浪費一顆機槍子彈。

一切都只是一場徒勞。就像他到臺東農校待了兩年一樣。

然而他在返回山上之前，依然強烈地想要再來看一眼，尋找曾經確實存在這裡的，那些他衷心相信過的東西。

眼角一陣眩刺，太陽從海岸山脈上方升起，投下斜照的光芒，把平原上薄薄的水氣畫成明暗兩道。山脈幽深的影子快速縮短，整個縱谷平原都醒過來了，仔細一看，天空中燕子多得不可思議，炫技似地快速迴旋飛翔。

腦後忽有動靜，一群哈斯哈斯鳥從他頭頂上啁啾鳴叫著快速飛過，向著前方而去。哈斯哈斯鳥從左邊飛向右邊是吉兆，從右邊飛向左邊是凶兆，那麼從身後越過自己呢？

海朔兒在飛行跑道上狂奔起來。

•

城戶八十八仔細端詳剛剛入手的銀線帽，也就是警部補正帽，和自己頭上戴的巡查部長正帽比較，兩頂大致相同，正面都是五枚櫻花葉簇擁的旭日章，差別只在帽圍綴帶，巡查部長是一條細金線，而警部補是寬邊銀綢帶。

就只有這點不同啊？城戶裡裡外外看了個遍，心想如果早幾年升遷也許會很高興吧，現在卻只覺得五味雜陳。

原本以為這輩子就是巡查部長幹到底的。事實上這次他特地下山，就是到郡役所辦理退休手續，同時在關山庄上尋找適合居住的房子。沒想到警察課課長小林正樹不僅駁回退休申請，還發給他升任警部補以及霧鹿監視區監督的派令。

「城戶君是最合適的人選……」小林課長不容商量地說，「現在整條關山越嶺道上就屬你最資深，也算得上蕃通，身體還行，往後霧鹿監視區就靠你了。」小林課長看他猶豫不決，補了句話，「現在大家都巴不得疏開到山上去呢，你還一心想下來躲空襲嗎？」

城戶非常明白，課長手上確實沒有別人可用。那些老資格又立過功的，不是早早調到平地要缺就是生病退休。年輕同事則一個又一個接到入伍召令，匆匆在神祠前拜別出發，留下他們這些不上不下的待退組，守著越來越冷清的駐在所。

人家說四十警部補，五十警部，像他這種沒考過甲科練習生（警官培訓）的基層巡查，如果足夠精明幹練，熬到四十歲前後也能升上去，但錯過那個時機就表示此生無望。他知道自己考績不佳，否則當初也不會形同流放般被派到最偏遠的溪頭駐在所一待七年，最後還是因為該所裁撤才終於調回霧鹿，以四十四歲高齡升為巡查部長，無功無過地又混了七年。

而今課長不得不讓他擔負重任，也是因為蕃情平穩已久，日常業務單純，就算隨便派個庸才坐鎮也無所謂吧。

這樣的任命一點都讓人提不起勁，加上課長滿臉煩躁，只想趕快把公務敷衍過去的表情，更讓人毫無升遷的光榮感。

不過城戶還是暗暗為此高興，他其實很想留在山上。申請退休是因為春枝風濕痛到受不了，而且接獲幸雄死訊後提不起勁做任何事，說孩子們都已經下山，再也沒有理由待在霧鹿了。現在既然獲得升遷，就能理直氣壯待下去了。然而他再怎麼樣也想不到，升任警部補後立刻就遇上一個難題——得在回山上前準備好一套制服。

臺灣的警察制度，警部補以上的服裝和配件必須自備，公家不發給。這在以往只要去服裝店訂製就行了，然而戰況不利，物資缺乏到連一塊布都很難取得，更別說購置一整套制服了。

他想起退休的老長官，曾任霧鹿監督的古川為藏，立刻前去拜訪。獨身的古川家裡凌亂不堪，而且大白天就在喝酒，得知城戶來意，轉身從壁櫥裡拉出團團硬塞的枕頭棉被衣服襪子，在底下找到一個箱子，打開來，裡面是疊得整整齊齊的一套警部補制服，說需要什麼自己拿。

城戶取出一頂銀線帽、一件甲種外套、一對肩章和一把指揮刀，解決了他的困擾。古川的帽子十分陳舊，而且霉味很重，原本應該用酒精擦拭或至少曬曬太陽再使用，但城戶沒有太多猶豫，當即把它戴上。

「有點緊，古川桑號稱蕃界勇者，沒想到頭這麼小。」城戶盡可能把帽子戴得深一點，但還是只能勉強扣在頭上。

「不是有句古話？沐猴而冠！」古川粗野地笑了起來。

「我當然不能跟古川桑比。」城戶苦笑，「你可是平定蕃界的功勳者，我只是警備線裁撤前最後留守而已。」

古川手上酒沒停過，一邊回憶警察生涯種種得意與驚險，又不斷抱怨起平地人的狡猾，尤其警察課那些傢伙多麼卑劣云云。他醉眼朦朧地看著戴在城戶頭上的那頂帽子，忽然沉默良久，表情變得黯淡而疲憊。

「我這輩子見識過最像樣的人物全都在山上，那些蕃人才是真正的好漢，和你堂堂正正較量到最後。」古川後來吐得一蹋糊塗，不斷喃喃地說，「男人就應該待在山上，下了山什麼都不是。幫我戴著這頂帽子回到山上去吧……」

城戶趕上每天一班往返新武路駐在所的公務車，準備回山上去。車子沿著筆直公路前進，駕駛探頭看看天空說，「今天也是好天氣呢。」城戶說，「大家老講什麼定期便、定期便，每天敵機固定時間來空襲，但我在平地這幾天，倒是都沒遇上，運氣真好。」

那頂過小的銀線帽緊緊箍在頭上，提醒他身為警部補應該要有的堂堂儀態，於是刻意挺起胸膛，但天氣炎熱，很快悶出一身汗，過緊的帽緣格外濕濡悶熱，令他額頭刺癢，忍不住摘下帽子用袖口擦拭。

陽光下看得分明，帽子內緣皮面破損，軟爛變形，不知是多少年汗水浸潤所造成。城戶重新把帽子戴好，不覺間發現自己正哼唱著故鄉的搖籃曲。

阮啊，只做到盆祭到盆祭，就做到盆祭為止……

他看向和道路平行的山腳邊，有幾棟傾圮的房舍非常眼熟，他剛來臺灣時曾派駐在那裡，是已經撤銷多年的里壠警備線海端分遣所。

當年幸雄就是在那裡出生的呢，他想，雖然幸雄三歲就帶回熊本老家，但這裡也可以稱得上是他的故鄉。唉，如果當初把他留在臺灣，他是否就不會加入海軍而是分派到別的部隊……

對了！城戶忽然醒悟，今天就是八月十五，盆祭的日子啊，怪不得會唱起搖籃曲。這樣說來，今年是幸雄的初盆呢，若按照習俗，親朋好友們應該要聚在一起悼慰亡故的幸雄。如果可以的話，真應該好好來辦的，但誰叫現在是戰爭時期呢。

將來自己死去以後，精靈會回去熊本老家，還是留在臺灣蕃地呢？城戶曾經不只一次想過這個問題。而幸雄的精靈又會回去熊本老家，還是到臺灣來呢？

他掏出一根菸點了起來，讓白煙和歌聲隨著窗外的風飄走。

•

連著好幾天「定期便」都沒有來。

熱得要命的朝陽，藍得不像話的天空，這是最適合空襲的日子，明坤做好隨時把店門關上躲進防空壕的準備，然而回過神時，都已經快要中午了，米軍都還沒聲沒息。

其實空襲已經在不知不覺間減少了，定期便改為不定期，甚至變成難得一見。有時防空警報響起，熟悉的緊張感再次湧現，火速躲藏掩蔽，敵機來時卻非平常的尖銳呼嘯，而是懶洋洋嗡隆嗡隆慢慢飛過，不掃射也不轟炸，只投下一疊紙炸彈，也就是宣傳單。

紙炸彈一片一片在空中翻轉不停，像一群喝醉的蝴蝶，飄落在樹上、屋頂、田裡或水中。警察們緊張兮兮地動員警防團和學生去撿，生怕被臺灣人看到，動搖民心。

上次撿紙炸彈，忙了半天才撿到五十張。米國人也太小氣了，不知道我們現在很欠紙張嗎？平常機關槍子彈打得都比這個多！人們私下交頭接耳，都說日本大概不行了，沖繩陷落、東京也被轟炸，廣島還被丟了某種新型爆彈，看來離戰爭結束不遠了。

天空還是一片安靜，但明坤這時卻希望米軍飛機像以前一樣約好了似的過來，狠狠對著驛站周邊掃射，或者來幾架很久都沒看到的B-24，從高空丟下幾顆炸彈。兩個月前美機在臺東街投下上百顆集束燒夷彈，整個街區陷入火海，連關山都能看見遠處的濃煙，聞到焦味。

事到如今，戰敗也好，轟炸也罷，要來都來吧。

原本明坤還想，七夕那天無論如何要弄到一點油飯好好祭拜七娘媽，請祂保佑美津平安長大。然而美津還沒活到那時候就死了，一早起來發現孩子身體冰冷，不知什麼時候去的。

最讓明坤痛苦的是，按習俗來說早夭的孩子算是「討債囝」，只能用蓆子包裹草草埋葬。何況戰爭非常時期，就算有心幫她做點法事也不被允許，必須在最快時間下葬。

人就這樣沒了。昨天還在家裡，今天就不見了。好像只是暫時不在屋裡，稍等還會回來，而不是死了。原來人的死可以這樣輕巧，彷彿被世界捨棄，不，根本就只是被忘掉而已。當然這是戰時，太多人都被輕巧地忘掉，不是只有美津。

世界忘掉這個小女孩，空襲則忘掉了關山。似乎就在美津死去之後，空襲跟著減緩了。明坤在美津頭七那天去後山，望著陽光下一片翠綠的縱谷，連灰白溪床看起來都這麼耀眼。沒有空襲的日子，看起來太美好了。

明坤滿懷苦悶，想哭卻哭不出來。他一直想要有個兒子，卻從來沒想過失去女兒會讓他這麼痛苦，原來自己這麼在乎女兒。昨晚就寢的時候，他相信美津今天清晨會回來，到夢裡看他，就像前陣子頻繁入夢的親人們一樣，但美津並沒有來。

他一點都不覺得她已經死了，但他不知道她去了哪裡。他想起把美津過房給紅緞的事，頭皮整個麻起來，像是有幾百根刺要從底下刺穿皮膚長出來。過房的決定是不是錯了，是不是因為這樣，紅緞就把美津帶走了？回想起來，那天要進防空壕祭拜的時候，心裡明明閃過一念，看起來好像墳墓啊，但自己竟然還是帶著美津下到這座墳墓裡去，親手把孩子交給那個從未謀面的冥間妻子。

都是自己的錯，他懊悔萬分，有炸彈在頭殼裡面爆炸，有子彈貫穿過胸膛。他張大了嘴叫不出聲，五十架 B-24 忽然從太陽裡竄出，兩百具發動機發出不可思議的爆響，正所謂晴天霹靂，比所有雷電交加的場面都狂暴，重型轟炸機同時肚皮一黑，打開腹艙丟下幾百顆橄欖綠色的炸彈，從山坡上看去，那像是從銀色雲霧裡傾瀉而下的綠雨，在地上綻出團團紅焰，爆風襲捲，把人的眼珠從眼眶裡壓出來，內臟震破，下一個瞬間身軀化為焦炭又徹底蒸發。那是太陽墜地，整個世界變成一道巨大的火柱和濃煙。

應該是這樣的吧，人的死應該是這樣的不是嗎？

但沒有，天空中沒有一架飛機，沒有任何鬼畜米軍的影子，沒有半點聲音。人的死不總是有聲音的。

這裡好安靜。

•

這是寧靜的一天。

整個關山郡靜悄悄地，沒有空襲，沒有滅火搶救，更沒有早就消失很久的軍歌口號等精神動員，是在戰爭末期極其尋常的空閒一日。

從鹿野、關山到池上一帶，電力系統已被空襲徹底摧毀，無法收聽廣播，沒有新聞，沒有任何戰爭情報。因此人們並不知道，這天正午大本營方面發表了前所未有的重大放送，並且是由天皇陛下親自以其玉音向一億國民宣讀詔書。

要到隔天，風中才開始輕聲飄盪著細絮的耳語，戰爭好像結束了。

第十一章 颱風

「日本倒了。」

林金堂拉著潘明坤到里壠商會後面的自家客廳，先倒酒痛飲一杯，然後稀鬆平常地說。

「日本倒了？」明坤雖然覺得這是遲早的事，但整個關山庄上氣氛沒有任何變化，一時不敢確信。

「臺南那邊的朋友打電話來說，昨天中晝天皇就在放送裡親口宣布戰爭結束，今天新聞紙也把終戰詔書都刊出來了。」

這就是終戰的感覺嗎，悄無聲息的，明坤想。

林金堂的眼神好像一隻不動聲色，耐心等到獵物自己送上嘴邊的蟾蜍。「馬上就會忙起來，我們要準備好。首先會有一批砂糖——」林金堂說驛前倉庫裡有幾百擔砂糖，他跟負責管理的軍人很熟，有把握弄一批出來賣。

明坤知道那批砂糖，空襲時他曾去幫忙滅火搶救，看到滿倉庫都是糖，心裡非常憤怒，糧食短缺成這樣，大家都營養不良，日本人卻不肯把糖拿出來配給，說是要做酒精的軍需物資，結果只是被炸壞或者被颱風雨水浸壞而已。如果當時這些砂糖，還有白米之類的食物能多配給一些，美津說不定就不會死了。

林金堂和他喝了幾杯，難得話多起來，「你別看我一天到晚跟日本人彎腰鞠躬，還改成日本名字，其實我也討厭日本人，有禮無體！但是沒辦法，做咱這種買賣就是要跟官府配合。」他皮笑肉不笑地說，「聽說臺灣會歸中國，我跟日本人關係太好，大家都知道，所以新的政府來之前必須有所表示。」

明坤不懂他的意思，但林金堂嘿嘿一笑不再多說，說要去臺東街一趟，抓起帽子就匆匆出門。

明坤在店裡愣了老半天，外面一片安靜，只有烏頭翁和麻雀依舊聒噪著，從牠們的叫聲聽不出戰爭究竟是否真的結束了。

他猛然想起一件重要的事，讓學徒顧店，匆匆拿了把鏟子到後院走下防空壕。從此不需要再來躲空襲了，這裡變成無用的地方。他如此一想，頓時覺得壕裡十分空洞生疏，好像一個原本恩怨糾葛很深的人物，忽然形同陌路。

小心地落下幾鏟，他記得大概一尺多深吧，果然沒兩下就看到那個油布包。打開一看，神主牌好端端在裡面，沒有不見也沒有發霉或變髒。

他揣著油布包飛奔回家，好像用浸濕的衣服兜著一尾活魚，生怕跑得慢了魚就要斷氣。他一到家就把神棚上代表天照大神的神宮大麻掃到地上，全家人聽到動靜都聚攏過來，驚奇地看著這一切。他指揮大家分頭找出菩薩畫像和香爐布置好，然後重新幫神主牌安座。

明坤上香祝禱，菩薩啊，潘家祖先啊，委屈你們了，日本倒了！一祭拜完，他便飛奔而出，跳進附近的小溪流裡，徹底洗去一身暑氣、汙穢和戰塵，同時也洗去「本島人」和「皇民」的屈辱身分。然而當他大笑大叫了一陣，全身浸泡在溪水裡，只露出一張臉對著蔚藍天空，想起死去的阿母和美津，忽然覺得這一切都很徒勞。戰爭徒勞，戰爭結束也徒勞，只是命運無端的捉弄和玩笑。

•

戰爭結束後頭幾天裡，庄內氣氛很怪異，人們都隱忍欣喜，互相提醒謹言慎行，不敢公然表露姿態，但越是壓抑，就越是有一種歡喜欲狂的情緒蔓延出去。

第四天深夜，林金堂吩咐明坤找了幾個親近信賴的人，點著煤油燈一起到里壠商會後面倉庫，把一個竹簍上的雜物挪開，露出底下暗藏的東西，赫然是許多支那國旗，不，從現在開始支那要改稱為中華民國了。

「你們分頭把這些旗子插在每一戶人家門口，尤其是日本人家，知道嗎！」林金堂命道。

明坤和朋友們帶著彷彿作亂造反的亢奮，以及一吐怨氣的勝利感，在黑夜中挨家挨戶插上旗子。

他從來沒有看過真正的中國國旗，報刊上印刷的不算，這時大把大把拿在手上有種奇異的感覺。日本國旗和中國國旗都有太陽，日本是白底上殷紅一丸，有種不容分說的決絕，中國則是紅底藍天上白日放光，他數了一下，共有十二道。

有些人家門口還插著日本旗，他們就拔掉丟在地上，用白色的太陽換掉紅色的太陽。每插上一支，看到旗幟顫動，就多了一分改朝換代的具體感。

「真想看明天早上日本人的表情。」黑暗中一人說，「他們囂俳那麼久，也讓他們驚嚇一番！」

明坤想起林金堂說要對新的政府有所表示，就是指這個行動吧，一夜之間換上滿街中國國旗，對日本人示威，也對新政府表忠。但林金堂是如何在短短幾天內準備這麼多旗子的，難道是事前就預料到日本會戰敗而先取得的嗎？如果被日本人發現可不得了，他是怎麼藏的？

他想到林金堂一向跟日本人關係良好，卻能夠馬上翻臉，做出讓日本人這麼難堪的事，真是無情。

不知不覺間，他來到臺灣人住宅區和日本人住宅區的交界，張阿土家就在這裡。他痛快地把張阿土家門口的日本國旗拔掉，像是終於拔起一根扎在肉裡很久的尖刺，然後把中華民國國旗插好。他很想親眼看看張阿土發現國旗被調換的表情，為此竟有些興奮。

就在這時，漆黑的屋裡有些動靜，大門緩緩打開，幾個倉皇的黑影從屋裡鑽出，身上壓著大包小包，弄出許多聲響又彼此告誡要安靜。

明坤本以為是小偷，隨即看清楚那是張阿土一家人，頓時醒悟，張阿土平時仗著日本人的勢頭太過囂俳，現在擔心遭到庄民報復，竟不得不全家連夜逃走。明坤本能地後退躲到隱蔽處，張阿土獨自走出來左右察看，忽然發現大門口插著的中華民國國旗，先是一愣，接著彷彿被人用布袋蓋住打了一拳，悶哼一聲又轉為憤怒，把國旗拽起來丟在地上。

但令明坤意外的是，張阿土瞪著地上的兩面國旗好一會兒，忽然把日本國旗遠遠踢開，彎下身子撿起中華民國國旗揣在懷裡，然後帶著家人離開家門，悄悄隱沒在黑夜中。

明坤如願目睹了張阿土受到折辱的一幕，卻沒有解氣的快感，反而只覺得空虛。但他也暗暗鬆了口氣，覺得多桑無論到哪裡應該都能好好活下去。

•

城戸八十八一回到霧鹿就得知日本戰敗的消息，也就是說，他升上警部補第二天就進入看守性質。

然而作為霧鹿監視區監督，也就是整條關山越嶺道東段的最高指導者，城戸決定如常履新，按照原定計畫巡視全線所有駐在所，從霧鹿往上，利稻、馬典古魯、戒茂斯、向陽，以至海拔最高的關山駐在所，每到一處就召集所有警務人員訓話，要求大家克盡職責，努力維持秩序。

「戰敗是苦澀的事實，但無論前路如何，只要我等在此地任職一天，就要抱持著過去相同的，不，更加敬慎的態度來執行勤務，絕對不可鬆懈，槍枝武器的保養，每天例行的巡邏，還有道路周邊草木清除工作都要做好，遵奉安藤總督所說的有終之美。」

這就是所謂的沐猴而冠嗎？剛開始他一邊講話還會忍不住想起古川贈送警部補正帽時的調侃，覺得自己確實缺乏領導者的威嚴和魅力，但連著幾個駐在所講下來，愈發真誠懇切，竟讓某些老資格的部屬聽得眼眶泛紅，讓他自己都感到意外。

他在關山駐在所留宿一晚，回程經過溪頭駐在所時進去看了一下，訝異屋子裡面這麼小。這個據點裁撤後荒廢了七年，灰沙堆積蛛網密結，雖然大致完好，但屋子裡一旦失去人的生息，便只剩下物理性的清冷氛圍。他覺得不可思議，自己是怎麼在這個火柴盒般的地方窩上整整七年的？

他走到門口望著向陽大崩壁，一時興起，鼓足中氣大喊，喂——今天也有山崩可以看嗎？隨行的警手嚇了一跳，莫名其妙。城戶心裡暗罵自己笨蛋，最近天氣晴朗，哪來的山崩？雖然這樣想，但畢竟還是期望能再看到一次那壯觀的景象，彷彿只要山壁再次崩塌，就能證明過去的一切並非虛假。

山壁彷彿向久違的老友致意似地，從上面喀啦喀啦掉下一顆石頭，滾轉著落入谷底，但此後便再無動靜。

只有這樣？未免太冷淡了吧。城戶嗤地一笑，忽然覺得有些懷念，但接著又被巨大的虛無感壓倒，自己的年華歲月，就像那些不曾被人目擊的崩塌，悄聲無息滾落谷底。唯一能夠證明曾經發生過的，只有屋後草叢裡一支支藍綠色的空玻璃酒瓶。

他心念一動，再次走進屋裡。牆角邊掉落著一份《理蕃之友》，保持著七年前翻折捲趴的姿態，上面的文字依然呼籲同仁要為蕃地的治理盡力，使臺灣成為光明天地。他沒有理會，推開邊門走進自己的宿舍，抬眼一看，不禁愣住。

東西南北幾山河，春夏秋冬月又花。征戰歲餘人馬老，壯心尚是不思家。

泛黃的紙拉門上題著這首詩，是自己的手筆，書法拙劣但還不失氣魄，而且字跡淋漓鮮明，彷彿墨瀋未乾。

城戶默默退了出來，無意識地伸手去拉門栓，這是他當年每次出入這道門時的習慣動作，這次卻拉了個空，門栓不知何時已經脫落不見了。

他轉身離去，任由門扉被猛然吹起的山風反覆搖動拍打，彷彿執拗的訪客非要叫醒還在沉睡的主人似的。

•

「把三吋速射砲拉出砲庫！」

回到霧鹿之後，城戶下令進行砲臺裝備檢查。

影山和砲班成員將那門露西亞大砲拉出砲庫。不過隨著年輕警察一一出征，大砲停止使用數年，砲班名存實亡，臨時找了幾個警手湊數。

「檢查開始，確認各部件沒有異常！」城戶說。

「是！」影山動作不如年輕時俐落，但畢竟熟悉所有細節，很快開始操作。

這是一門普提洛夫斯基 M1900 式76公厘野砲，操作簡單，進退彈快速，但是並未裝置駐退復座機，無法緩衝後座力，每次發射時都會晃動移位，必須重新瞄準，事實上並非真正的速射砲，只是過渡機種。因此當年陸軍在旅順擄獲之後，很快就將之淘汰，撥付給臺灣總督府拉到山上來對付蕃人。

以往影山總愛說，這門砲的身世堪稱傳奇，在聖彼得堡鑄造，不遠千里運到旅順要塞，被我軍擄回日本，又輾轉送到臺灣然後大費周章拉上深山，真是歷經了非常遙遠曲折的旅程。

城戶有時會想，那個普什麼夫斯基如果知道自己千辛萬苦鑄造的大砲最後被用來鎮壓遠方小島上的蕃人，不知做何感想？如今他卻覺得好歹它經歷過一場像樣的大戰，何況被軍隊淘汰後還能找到發揮本領的舞臺，也被保養得那麼好，同期出廠的其他大砲，大概早就都生鏽報廢了吧。

然而戰爭開始之後，這門砲反而就沒有再發射過，連保養射擊都停止。畢竟軍費浩繁，必須節省開支，何況蕃地平靜已久，沒有繼續開砲威嚇的必要。山下越是捲入戰爭的狂熱，乃至每天遭到敵機空襲，山上就更像是世外桃源般太平無事。

城戶想起自己留在溪頭駐在所的題字，對速射砲遭到閒置的待遇感到難以忍受。他二十六歲來臺灣，現在五十一，冒著性命危險把最精華的一半人生奉獻給臺灣蕃地，最終目的只是要把蕃人全數移住到平地，清空山區。以前上頭說這是為了國家全面的長遠發展，但現在戰敗了，一切都顯得十分荒唐，不知所為何來。

他想起以前嘉雄特別喜歡看大砲，每次都興味盎然前後繞看，把手按在砲管上感受金屬的冰涼，然後說開一砲試試看，但總是被大人們訕笑著回絕。

「開一砲試試看。」城戶說。

「啊？」影山詫異地停下動作。

「光靠目視無法確認武器狀態，太久沒有操作也會造成人員技術生疏，必須實際發射。」城戶隨口編了理由，「你不也常說，大砲太久不用會壞掉。」

「這個嘛……」影山光一搔搔後腦說，「但是在這種時期開砲真的好嗎。」

「我是霧鹿監督，有什麼問題我來負責。」城戶的目光就像陽光下閃耀的砲身光澤般銳利。

「那好。」影山雖有些遲疑，但骨子裡的砲兵魂也無法抗拒再操作一次大砲的欲望，於是像個興奮的孩子似地呼喊命令，指揮砲班調轉砲口，取出一枚砲彈填入後膛，鎖上尾栓，握緊引繩。

「預備——發射！」

碰的發砲聲後面拖曳著一道細長的咻咻尾音，帶著城戶心中的萬千情緒，遠遠地消散在山林中。這是城戶聽過最悲涼的砲聲。

從此這門大砲不會再擊發，很快就會朽壞在這清寂的山間，被世人所遺忘吧。城戶想。

•

海朔兒從平地回到霧鹿，一走進部落就沐浴在熟悉的炊煙裡，那是家家戶戶終年不熄的三石灶柴火，有赤楊、青剛櫟或九芎，讓空氣變得濃密、溫熱又帶點燻嗆，是生活本身的氣味，更充滿心與心在一起的緊密感。

然而當他進了家門呼喊 Ala，叔父納瓦斯卻告訴他祖父已經死了，葬在部落下方的公墓，他父母的墳旁邊。

祖父怎麼沒有埋在帕哈斯老家？海朔兒腦袋空白，好像再次遭到炸彈襲擊。

叔父納瓦斯說，父親是在紅岩壁溪淹死的，他不時會一個人回帕哈斯老家待著，那次卻過了好幾天都沒回來，大家前去尋找，發現他俯臥在過溪處的淺潭裡，應該是踩踏石頭和漂流木時失足落水。原本按照 Samu，應該把父親留在原地，但城戶部長聽說這件事，堅持要把父親帶回來葬在公墓。

Ala 不可能淹死，他的 Hanitu 那麼強壯……海朔兒詢問祖父去世的時間，似乎跟自己在臺東遭遇大空襲差不多日子。

海朔兒沒去公墓，他獨自前往帕哈斯老家。在紅岩壁溪的過溪處，水潭隱隱透露著碧綠色彩，清澈如同一汪流動的玻璃，美得令人痛心。他大聲呼喚，Ala！Ala！也不怕祖父已經變成充滿怨恨的惡靈，一心只想報復活著的人。

回到老家，海朔兒四處眺望，一切都沒變，依然是亙古的山巒、深谷、白雲、藍天、大樹。時間好像停止了，太陽卻移動得很快，山的陰影迅速籠罩了舊家。天空依然蔚藍透亮，半枚上弦月悠悠地在天頂出現，像是染上去的一個印子。

海朔兒決定在這裡待一晚。入秋了，白天還是很熱，但夜裡的風帶有涼意。屋子已經讓給祖先，裡面不能點火，晚上反而冷，所以他在大樟樹下生起火堆露宿。他蓋上薄布躺下，一串話語忽然自己從嘴裡走了出來，Ala，你是不是不想搬去平地，才決定要死掉？

這個念頭把他自己嚇了一跳，因為祖父不只一次說過，真正的人不會提早結束自己的生命。一個人的禍福吉凶，耕作與出獵成敗，乃至壽命長短都取決於是否謹守 Samu。祖父用一輩子實踐 Samu，努力做一個真正的人，從來沒有做過不恰當的事，所以才被眾人公認擁有最強大的 Hanitu。這樣的祖父，當然不會違反 Samu 去決定自己死亡的時機。

他深深自責，都怪自己下山，沒有遵守和祖父的約定，才害祖父死在溪裡。他對祖父的思念像是表面燒成焦炭而裡面仍透露著紅光的木材那樣乾烈灼人。他希望能再見祖父一面，不管是Hanitu還是惡靈都無所謂。

夜裡，海朔兒起來添了幾次柴火，並且觀察四周。然而祖父的Hanitu並沒有出現，不只是祖父，無論是埋在屋裡的老人家，滿山動物昆蟲，草木泉石，所有的Hanitu都不再向他顯現。自從下山之後他就感應不到了。

下半夜時，海朔兒忽然察覺生命樹上有奇妙的動靜，似乎有什麼東西在發亮，從樹冠深處透出幽藍光芒，而巨大的銀河斜斜懸在大樹上方。他第一次那麼清楚看見，銀河中間開著一條縫隙，一道門，而暗夜昂然矗立的生命樹，高大得像是能夠直通天際。

他走到生命樹下，拚命仰著頭觀看，幽藍光芒時隱時現，緩緩向上飄升，快要消失不見。他想爬上去一探究竟，正要伸出手腳，卻發現自己飛了起來，通過樹幹分岔點，繼續往光芒所在的地方前進。

奇怪的是，光芒越清楚，其他地方就越幽暗。他終於看到了，銀河的門縫緩緩張開，而那枚藍光朝著其中飄去，像玩累的孩子要鑽回母親的肚子裡。海朔兒跟著上升，藍光和銀河卻忽然不見，樹冠裡陷入徹底黑暗，彷彿被侵擾的猛獸巢穴般充斥著警戒與憤怒的氣息。同時一股陰寒從自己身軀裡最深的地方透出來，血液被冰凍，氣息被抽乾，思緒也越來越朦朧，霎時間失去浮力猛然墜下——

海朔兒在驚嚇中坐起身子，猛打寒顫，發現柴火徹底熄滅了，怪不得那麼冷。他試著撥弄火堆，但火已經死透，只剩下蒼白的灰燼。

他轉頭看向生命樹，只見祖父抱膝坐在樹下，是死去的姿態，不再有任何呼吸，眼睛微微睜著，彷彿還映照生前最後一瞬的景象，而僅存的一毫微光旋即就會逝去。

Mihumisang，我的 Ala。祖父說。

すまない！Ala，我沒有遵守跟你的約定！海朔兒激動地向祖父呼喊，然而話才出口就意識到他用了日語，因為他們的語言裡是沒有抱歉這個字眼的，既然所有的心都是相通的，就不會有抱歉的概念。

你要記得與月亮的約定。祖父說，做一個真正的人，謹守 Samu 來生活，任何時刻都不能懈怠，就像三石灶的火永遠都不能熄滅。你要讓 Hanitu 變強壯，山裡的老人家都在守護你，你的心會知道……

祖父的聲音慢慢遠去，終至杳不可聞。

海朔兒心臟狂跳，仔細一看，樹下什麼也沒有。他分不清剛才的事情哪些是夢，哪些是真的。

寒氣像冬天的溪流般凍人骨髓，令他從身體裡面不斷打出寒噤，無法控制地劇烈顫抖，他想趕緊把火堆重新生起，但手腳變得十分笨拙，始終無法讓木柴燃燒起來。

·

狂風暴雨侵襲著。

城戶和妻子並肩坐在幽暗的宿舍中央，感受屋子像滔天巨浪中快要滅頂的小舟。他們很少交談，事實上在風雨聲中也很難交談。瀑布般的雨水隨著風勢沖激在屋頂亞鉛浪板上，一波又一波嘩嘩嘩震耳欲聾。陣陣暴雨的間隙中則會聽到四面群山都在呼嘯，一種巨大厚實超乎人類尺度的低鳴，無休無止。

整棟屋子每根木頭都在嘰嘰哀哀呻吟，喀喀顫顫碰撞，好像隨時都會解體。陰冷黑暗與狂暴喧囂將人徹底包圍，占據所有感官，很快消去其他生命存在的氣息，將人孤獨地拋進天地狂亂的中心。

這時候，城戶聽見歌聲。

雨啊下呀下呀，人馬全都濕透，攀越啊攀越不過，那田原坂……

城戶顱腔震動，自己不知不覺唱了起來，但聲音都被風雨收去，他聽見的是祖母的歌聲。兒時每逢颱風來襲，全家人躲在搖搖欲墜的破屋中，彼此抱在一起，冰冷的水滴不住打在頭上臉上，外面一直傳來很大的不明碰撞或倒塌聲響，孩子們怕得哭出來，而這時祖母就會若無其事地唱起這首歌，那身影好像在說，才這種程度的風雨不要緊的，她見識過再劇烈的也都安然無事過來了。

但要是祖母見識到臺灣的颱風，恐怕也唱不出歌來吧，城戶想。

經過格外燠熱漫長，幾乎連幾滴雨都沒有的夏天，入秋之後卻接連來了兩個颱風，都是歷年罕見的強颱，吹倒樹木、摧毀房屋、奪走人命，山坡處處崩塌，溪流變成一條猙獰的黃濁惡龍，比人還高的石頭像是終於甦醒過來似的在水中行走，發出天崩地裂的聲音。

說來奇妙，城戶是在颱風的恐怖威力中，才終於有了戰爭已經結束的具體感受。

由於根本不知道有玉音放送這件事，戰敗兩三天之後消息才在人們口耳間低調傳揚，並且經由新聞紙上刊登的終戰詔書獲得證實。然而他有時會懷疑，戰爭真的已經結束了嗎？感覺不到任何變化，沒有鮮明的界線或一場戲劇性的儀式，好像未曾發生任何事。

因此當颱風毫不容情施展狂暴，對大地痛加蹂躪，將所有人都逼到命懸一線時，城戶才終於具體感受到戰敗應有的猛烈衝擊，用身體領受一個時代的終結。

颱風簡直是來把戰爭吹得一乾二淨似的。他不由得這樣想。

第十二章　清算者

「快點兄弟，今天這趟飛行視同作戰，我一定要比戴爾那傢伙先到尼爾森機場。」查爾斯・史克魯斯中尉充滿幹勁地鑽進狹窄的駕駛座。

「你是認真的嗎，查理？」副駕駛巴爾康說，「氣象官說今天的颱風很大顆耶。」

「我根本不在乎什麼颱風，你沒看天氣圖上颱風中心還遠得很，總之我不想輸給戴爾那傢伙。」查爾斯心想，繞過福爾摩沙西岸要多花一個半小時，希望機隊能搶在暴風圈前面通過。

他指示巴爾康開機，三號發動機螺旋槳如同紙風車般柔順地轉動起來，暖機幾圈之後猛地噴出一團灰煙加速，接著四號、二號和一號發動機依序啟動，整架飛機精神抖擻，蓄勢待發。

查爾斯看了看頭上晴朗的藍天，又看到排在前面出發的戴爾座機，想起任務簡報解散時他們幼稚的鬥嘴，戴爾撂話說會在尼爾森慢慢喝酒等他，查爾斯不甘示弱說他才會先到那邊喝上好幾杯，馬上就把氣象官的警告拋在腦後——強烈颱風烏蘇拉正迅速接近福爾摩沙，最好避免採取最短航線，而是繞到島嶼西岸，甚至沿著中國海岸南下。

「一號OK，二號OK。」查爾斯目視檢查左邊兩具發動機，然後看向右邊，「三四號很好，寶貝今天狀態絕佳。」

他鬆開剎車，讓座機在滑行道上前進。這架暱稱「清算者號」的B-24重型轟炸機，現在被改裝成運輸機，執行獲救戰俘後送任務，由五名機組員操作，搭載二十名乘客從沖繩讀谷機場飛往菲律賓馬尼拉的尼爾森機場。

查爾斯一心想趕快離開沖繩，這裡的氣氛令他窒息。經過慘烈的八十二天登陸作戰，以及日本人莫名其妙的自殺攻擊和平民被脅迫集體自殺，整座島上像是個被轟炸過的墓園，慘不忍睹。何況讀谷機場周邊入夜之後一片漆黑，連個喝酒的地方都沒有，更別提其他樂子，把人都悶壞了。

因此昨晚查爾斯跑去找他們八六六中隊的作戰官丹尼斯・歐康納，提議跟他換班飛這一趟。查爾斯是助理作戰官，跟丹尼斯交替出班與留守。

「我是沒差啦，但你才剛飛完一趟回來，不覺得累嗎？」丹尼斯說。

「我愛──死飛行了。」查爾斯吊兒郎當地說，「而且我等不及要把那些可憐的戰俘全都送回家。」

「我看你應該是把上馬尼拉哪個酒吧的女孩子了吧。你想去就去，不過得自己找願意跟你飛的機組員。」

「我欠你一杯！」

起飛很順利，今天早上四九四大隊的四個中隊共派出三十六架飛機執行戰俘運送任務，八六六中隊被排在八點二十分出發，九架飛機依次升空，依照戰術編隊前進。

查爾斯是真的喜歡飛行。雖然 B-24 普遍風評不佳，操控性差，裝甲薄弱，過長的機翼中彈時容易折斷，在海面迫降後就會迅速沉沒等等，素有「飛行棺材」和「寡婦製造機」的惡名，但他反而因此感到自豪，畢竟能夠驅使一頭遲鈍的大象作出馬戲團特技，那才是真本事。

而且無論飛過幾次，每當這個大箱子離開地面的瞬間，他都還是忍不住對科學的力量感到驚歎。尤其從太平洋小島上的基地朝著大海衝出時，簡直像是島嶼的一部分裂地而起，儘管不能像戰鬥機做出各種靈巧動作，但有什麼比乘著一座堡壘騰空飛昇更令人躊躇滿志的呢？

飛機掉頭對準二四二航向之後繼續慢慢爬升，目標是八千呎巡航高度。查爾斯透過對講機對通信員兼尾艙機槍手喬治說，「看好乘客，確保每個人都背好降落傘，嚴禁抽菸，而且沒有亂碰任何東西。」

他覺得把 B-24 改裝成運輸機是個蠢斃了的主意，腹艙原本是前後各兩排投彈架，中間只有一條狹窄的貓道，在幾千呎高空中打開投彈艙門時，走在沒有護欄的貓道上非常驚險。而所謂改裝成運輸機，不過就是在貓道兩旁焊上長條板凳，讓乘客坐在投彈艙門正上方，最多只能擠二十人。前幾天大家都在講，有一架飛機投彈艙門被誤觸開啟，頓時狂風亂吹，身體懸空的乘客們全都嚇壞了，甚至有兩名戰俘因此掉到海裡，屍骨無存。

好不容易在地獄般的戰俘營撐下來，終於踏上回家之路，卻從飛機上掉到海裡？真他媽倒楣！而且這樣怎麼跟家屬說啊，很遺憾令郎獲救之後被我們當成炸彈投擲了？

他盡量不去想坐在後面的戰俘們，那些可憐的靈魂，大部分是在菲律賓跟新加坡被俘的，有美國人、荷蘭人和澳洲人，狗娘養的日本佬不知用什麼殘酷方法折磨他們，每個都乾瘦憔悴不成人形，名符其實的行屍走肉。而這些都還是軍醫判定能經得起長途飛行的，很難想像其他人虛弱成什麼樣子？無論如何能熬下來的都是硬漢，必須脫帽致敬，但上帝保佑他們神智清醒不要亂碰任何東西。

不知不覺間，蔚藍天空消失了，起飛一小時後，機隊闖進濃厚的雨雲中，空氣一下子變得冰冷，窗外白茫茫的什麼也看不見，只能靠儀器飛行。

查爾斯啟動機翼除冰裝置，打開身上的電暖服開關，盯著陀螺儀進行慣性導航。B-24 的操縱裝置很重，對機外環境的反饋也大，做任何飛行動作都必須使足勁。他雙手隨時感受著操縱盤上傳來的震動，那是進雲之後的亂流和機翼積冰造成的，像是天空和雲朵對機身的撫觸，既輕柔又粗暴，猶如一頭熱情但不懂得控制力量的大狗，總是幾乎把你撞翻在地。

對講機裡傳來領隊機指示，然而無線電訊號十分嘈雜，一句有意義的話語都拼湊不出來。他試著發話確認但沒有得到回應，媽的，通訊設備又掛了，維修組還再三保證會搞定的，戰爭結束之後都混得不行。算了，反正領隊機說的不外乎是確認航向、保持安全間距之類的例行公事吧，機隊在雲中原本就是各飛各的，等出了雲再聯絡會合，大不了自己飛到馬尼拉。

查爾斯搞不清楚，到底自己寧願參與轟炸戰鬥，還是運送戰俘回家？戰爭結束固然值得高興，但在沖繩和菲律賓之間反覆運送戰俘，讓他覺得像個校車駕駛。四九四大隊是陸軍最後成立的一支重轟炸大隊，經過將近一年的嚴格訓練與不斷移防才正式投入戰鬥，然而九個月後日本就投降了，還沒能完全施展身手，也沒有像大家平常愛說的那樣把炸彈直接丟到裕仁和東條頭上。同袍們戲稱，四九四大隊已經改組為 POW AirLine 戰俘航空公司了。

當東京廣播電臺的英語廣播透露日本即將投降的消息時，所有人都樂瘋了，拋開紀律徹夜狂歡。等半個月後日本在密蘇里艦上簽訂《降伏文書》，V-J Day（對日本勝利日）正式到來，大家以為馬上可以回家了，但杜魯門總統說戰俘必須是最先回到家的人，而後送戰俘最快的方法就是把已經用不著的龐大轟炸機隊改裝成運輸機。

好吧，送這些受盡苦難的戰俘回家確實是很有意義沒錯，但誠實地說那不是查爾斯來到太平洋戰區的初衷。

他覺得駕駛重型轟炸機出擊頗有點中世紀騎士正面對決的味道，非常公平，轟炸機接近目標時直直前進，等到投下炸彈才會採取閃避動作，敵方攔截機和對空砲在這之前完全可以在預測航路上加以攻擊。

以「飛行棺材」的薄弱裝甲來說，這有點聽天由命，也可以說是膽識的較量，看你怎麼想。每架轟炸機都必須嚴守戰術編隊位置，避免彼此碰撞，並構成最綿密的防禦火網，而且為了追求最高命中率也必須保持固定航向，無論防空砲在多近的地方炸開，或者攔截機對著自己衝過來都不能動搖，就像那種古老的比試，當刀尖刺向眼珠也不能眨一下眼。

他參加過對中太平洋雅蒲島、帛琉、菲律賓馬尼拉灣，還有上海近郊吳淞機場的攻擊，都不算特別驚險，只有後期對日本本土，尤其轟炸吳港一役，經歷了異常激烈的戰鬥。

吳港在廣島附近，是日本海軍的重要軍港。當時日本因為缺乏燃油，把許多艦艇停泊在此，包括好幾艘主力戰艦和航空母艦，簡直就像是——沒有錯，這就是日本的珍珠港。

據說有一派將領反對這次攻擊，畢竟這些船艦動彈不得，已經無法造成威脅，不值得冒險犧牲。但最後還是為珍珠港事件報仇的執念占了上風，發動了好幾回合、數千架次艦載機的猛攻。

作為壓軸的最後一波轟炸，七十九架 B-24 重型轟炸機浩浩蕩蕩從沖繩出發，長程奔襲吳港。晴朗的天空，蜿蜒美麗的海灣，一場飽含恨意的廝殺在此展開。

事前就可以預料這會是一場硬仗，雖然日本船艦無法移動，但數十艘艦艇上的防空火砲依然完整無缺，加上軍港周邊層層部屬的重型對空武裝，構成無比綿密的火網。

當天所有人都摩拳擦掌、自願出擊，查爾斯也對參與珍珠港復仇戰興奮不已，但當他一抵達戰場，就被過量的腎上腺素和恐懼感淹沒。他第一次體會到「彈幕」和「彈雨」這些字眼在物理上的真實意義，而非文學性的想像。對空砲的不祥濁黑雲朵伴隨著爆破悶哼在上下左右不斷炸開，布成天羅地網，而砲彈碎片驟雨般打在機身蒙皮上。他覺得自己像隻老鼠一頭衝進了鞭炮亂炸的鞋盒裡，無處可逃，只能眼睜睜看著這最盛大、最不計成本也最醜惡的煙火施放。

他不能閃躲，不能有絲毫猶豫搖擺，必須堅守紀律保持在編隊裡的正確位置，否則可能和僚機碰撞，乃至於把炸彈丟到友機上，或者被友機投落的炸彈擊中，那是最愚蠢最荒唐也最讓人懊悔的錯誤。他正面朝向彈幕中心飛去，握緊操縱盤就像徒勞地想要掌握命運，但實際上唯一能做的只有接受命運給予的答案。

忽然一聲爆響，就在他的窗口，左側僚機主翼油箱中彈起火，整個機背熊熊燃燒起來，火焰狂噴亂扭，那是他最好的朋友湯瑪斯駕駛的寂寞夫人號。他媽的！他在心裡暗罵但臉上不動聲色，很快瞥了一眼之後又繼續專注在自己的操作上。

他看過許多 B-24 被擊墜的方法，發動機著火失去動力絕望地下墜的，機翼或機身整個折斷垂直栽落的，直接在空中爆炸解體的。他知道寂寞夫人的狀態還不算最糟，至少會有幾秒鐘讓湯瑪斯他們跳出機艙，將幾朵白色的降落傘花在機尾後方張開。

「炸彈離艙！」投彈手叫喊同時，儀表板上的投彈燈亮起，他也感受到機身重量減輕，立刻將油門推到底，側拉機頭往上脫離。這時一陣劇烈顫動，好像有一隻大手把什麼撕裂，接著看到一架攔截機從旁邊尖聲掠過。

輪到我了嗎？查爾斯想，他目光左右一掃，四具發動機安然無恙，但機鼻開始不正常地猛烈偏移。「狗屎！左垂直尾翼斷了！」頂部機槍手一邊還擊一邊叫道。

他使出吃奶的力氣頂腿蹬舵，努力抵銷損失一片垂直尾翼造成的偏向力，心想這樣有可能撐幾個小時回到六百哩外的沖繩讀谷基地嗎，兩條腿應該很快就會抽筋吧？但他無暇多想這個問題，眼前必須咬緊牙關先拉機頭爬升，逃出這個地方再說……

操縱盤劇烈震動起來，飛機彷彿鑽入一道瀑布，風強雨驟。查爾斯的心思回到當下，暗想該不會真的闖進颱風裡了吧，中心明明還那麼遠，這暴風圈未免也太大了。距離起飛已經三個半小時，雨雲依然無窮無盡，如同在幽暗的黑夜裡航行，非常不妙。他醒悟到稍早領隊機的通訊可能是指揮機隊往西繞行，而他錯失訊號落單了，但戰場的磨練讓他立刻專注在眼前處境進行判斷。

「我們在哪，威廉？」查爾斯問領航員。

「按照時間和速度來推斷，應該快到福爾摩沙東岸了。」威廉不太有信心地說。

「給我精確的位置！」

「我，我不知道……」

威廉是個菜鳥，因為查爾斯原本的領航員山謬不想連飛兩趟，所以只好抓個新人頂替，但這種情況下就算是山謬恐怕也無法精確定位。

照平常的航線，從沖繩讀谷出發往西南沿著宮古群島飛，到福爾摩沙的臺東廳海岸之後向左拐個狗腿彎，就可以朝南直直飛向馬尼拉尼爾森機場。但在雲層中看不見任何可以辨識位置的海面島嶼，在強風和亂流影響下也很難判斷實際飛行的速度和距離。

他只能靠經驗和直覺做決定，說穿了就是賭一把。太早轉向的話會鑽進暴風圈中心，遭遇機體結構無法承受的風雨，或者因為積冰嚴重而失速。但若太晚轉向，勢必將一頭撞上福爾摩沙島上超過一萬呎甚至一萬兩千呎的高山。真是名符其實的，夾在惡魔和深藍大海之間，進退維谷。

「機組員戴上氧氣面罩！」查爾斯下令，並從儀表板底下取出面罩戴上。

查爾斯決定繼續往前飛一段再轉彎，看能否僥倖衝出雲層，但為了安全起見，他得提升飛行高度避免撞山。而當高度超過一萬呎時，機組員有可能會因為空氣稀薄而變得反應遲鈍，甚至陷入昏迷，所以必須使用氧氣面罩。當然，B-24 改為運輸用途時並未預期有高空飛行的必要，沒有為乘客準備氧氣設備，這可能使得身體虛弱的戰俘承受風險，但這時顧不了那麼多。

抱歉，他心裡默想，都已經到這裡了，大家忍耐一下，我會帶你們回家，也帶我自己回家。

查爾斯想起在吳港被擊墜的好友，湯瑪斯從中彈燃燒的寂寞夫人號跳傘後生死不明，他平安落地了嗎，被關進戰俘營了嗎，現在獲救了嗎？

或許是因為今天的乘客中有一個長得很像湯瑪斯吧。說長得像很怪，因為戰俘瘦得皮包骨，可能連他們父母都認不出來。那個原本就特別蒼白矮小的戰俘，經過長期飢餓和勞役虐待，看起來甚至像還未發育的少女，但他憂傷的眼神莫名神似湯瑪斯。

命運真是不講理的事情，如果當初那枚對空砲發射時偏個零點幾度，中彈的可能就是清算者號而不是寂寞夫人，那麼跳傘被俘的就是自己了。以後見之明來說，在廣島和長崎投下原子彈沒幾天日本就投降了，襲擊吳港付出的犧牲根本沒有必要。

聽說廣島附近有一個戰俘營，原子彈爆炸時整個蒸發不見。他衷心希望湯瑪斯不在那裡。

直到戰爭結束前最後一週他們仍然持續出擊，並且開始參與投擲集束燒夷彈。這是由一細三十八枚小鋼管組成的燃燒彈，裡面填滿凝固汽油，落地前向四面八方散開，然後在六分鐘內引發華氏一千度（將近攝氏五百四十度）大火，對全是木造房子的日本城鎮具有毀滅效果。

Tarumizu（垂水）、Miyakonojo（都城）、Kagoshima（鹿兒島）、Miyazaki（宮崎）、Kurume（久留米），還有Kumamoto（熊本）。查爾斯清楚記得這些拗口的日本地名，他想他一輩子都忘不了。他們炸的並非軍事目標，而是一般街道。指揮官非常得意於這段期間的高命中率，百分之八十五，甚至百分九十，數字閃亮得可以別在胸口。但那沒什麼意義，因為攻擊過程完全沒有遭遇任何抵抗，他們飛得低低、悠悠哉哉丟下炸彈，就像在愛達荷州的芒騰霍姆基地進行基本操練一樣簡單。

飛機掉頭返航時，查爾斯從側窗往下看，原本的市鎮不見了，化為熊熊翻滾的煉獄之火，濃濁黑煙直竄到幾千呎空中。這是什麼鬼！我丟了什麼下去？地面上像是打開了地獄的入口，甚至連機艙裡都瀰漫著一股奇怪的香味，不是烤豬肉也不是烤牛肉，他忽然意識到那是人肉燒焦的味道，忍不住打起冷顫，回到基地後還執拗地燒起炭爐，煙燻機艙來去除那個氣味。

他渴望戰鬥，想給日本佬好看，但事情不應該是這樣的。

風雨太大了，水滴從側窗縫隙滲了進來，帶著金屬鏽蝕的甜腥，弄濕他的左邊褲管，冰冷得惱人。天地間一片黑暗，氣流紊亂，機身如大浪中的小船被拋起又墜落，駕駛艙內微弱的照明像是隨時會熄滅的燭火。他唯一能做的就是盯著陀螺儀，用快抽筋的手死命抓住操縱盤，整個肩膀和脖子硬得像是一大塊鐵砧。

黑暗中仍有雲影不斷從擋風玻璃前掠過，如同一縷又一縷數不清的幽魂。機身每片蒙皮都在震動鼓譟，像是有千萬隻手掌在外面拍打。他無法不去想，那天他們炸完熊本市，一回基地就聽到東京廣播電臺透露日本投降的意圖，大家狂歡了一整晚，隔天指揮官卻還是下令全都在宿醉的他們按照原定計畫出擊，對久留米投下燒夷彈。他們不愧是天生好手，那怕每個人都頭痛得要命，無法踩直線走向飛機，仍舊使命必達地把那座小鎮給燒個精光。

高度一萬零五百呎，查爾斯不知道這個數字是否正確。福爾摩沙真是一座奇怪的島，明明不大，中央卻有那麼高的山脈。晴天時沿著島嶼海岸飛行，欣賞高山與大海並峙的景色令人心曠神怡，但此刻那些山卻是比漫天彈幕更致命的存在。

差不多該往南轉了吧，看來應該是沒有機會穿出雲層了，只能硬著頭皮衝過去。就在查爾斯轉動操縱盤的瞬間，飛機忽然遇到前所未見的亂流，失去浮力急遽墜落，所有沒固定住的東西都到處亂飛，他像一顆被綁在駕駛座上的石頭跟著往大海深淵掉下去，全身血液衝到頭頂，心臟幾乎跳出來。等飛機重新產生浮力，高度計上的數字已經少了兩千呎。

他拉起機頭，像硬逼一匹快斷氣的老馬拖著車子爬回陡坡上方的道路。再撐一下，寶貝，我們辦得到，就像那次在吳港，左邊垂直尾翼整個斷掉，還不是平安返回基地，大家還特地在機尾拍照留念……

「有光！兩點鐘方向！」副駕駛大喊的同時他也看到了，雖然非常幽微，稍不注意就會錯過，但那是三個小時來出現的第一道自然光，是個雲洞，是他們尋覓良久的救贖。

他本能地向那邊飛去，雲層露出縫隙，四周亮了起來，地景倏然出現卻令人大吃一驚，機身下是劇烈起伏的山巒，左右稜線交錯而過，千萬棵樹木近得嚇人。

正前方橫亙著一道山嶺，像一堵快速逼近的綠色大牆。電光石火間他看到右前方有一處下凹的鞍部，應該可以越過去，於是拚死拉升，飛機幾乎就要撞到山巔，幸好上帝保佑間不容髮地從樹梢擦過——哼啦一道巨響，他再度體驗到那種熟悉而不祥的感覺，彷彿一隻大手把什麼給撕裂，他心知肚明這次斷掉的不會只是一片垂直尾翼，說不定是整個機尾，但他沒有時間擔心和猶豫，至少飛機還在往前飛，姿態也沒有跑掉。底下是一道急墜的深谷，但前方又有一堵更高的山嶺，他試著操縱但機身已沒有太多回應，他知道這回寶貝撐不下去了。

他看見，就在山嶺上面有一道長滿黃綠色植物的乾溪床，幾乎和飛機前進的方向平行，雖然地面並不平坦，但他沒有別的選擇，那就是最後的希望和答案。

「放下起落架！準備迫降！抓好——」查爾斯・史克魯斯中尉用盡剩下的力氣握緊操縱盤，正面朝著命運飛去。

山谷間的白雲又湧了上來。

第十三章
自由

城戶八十八從阿怒手上接過飛機的操縱盤，好像握住某個人不幸的命運，久久說不出話來。幾天前，關山郡警察課小林正樹課長親自打電話，交代總督府警務局下達的通知，說有兩架米軍的 B-24 受到颱風影響，在臺灣周邊失蹤，若有任何消息務必立即通報，如果發現生還者更要提供最大的救助。

城戶完全沒把這事放在心上，畢竟整個戰爭期間米軍飛機都對山區不屑一顧，戰後怎麼會特地飛到這種地方來？令人感慨的是，戰爭時整天喊著「鬼畜米英」，這時卻必須慎重遵從對方的指示，這就是戰敗者的悲哀啊。

緊連著兩個罕見的超強颱風侵襲，為關山越嶺道沿線帶來嚴重損壞。山壁崩塌大樹摧折，陡深溪谷裡轟隆隆響聲震天，冷涼輕薄的空氣中充滿草葉揉碎、土壤沖刷和石頭迸裂的微妙氣味，一轉眼又立刻變得豔陽高照，濕氣蒸騰令人難受。

駐在所房舍破損倒壞，警備道路柔腸寸斷，好幾處電話不通，而天龍吊橋的橋板全都被吹掉了，只剩空蕩蕩的吊索和枕木空懸在滾滾洪流之上。

風雨減緩之後，城戶立刻派人外出巡邏查看、接通電話線，命轄下各駐在所回報災情，並且苦惱著如何用手邊的材料暫時搶通道路、補修屋舍。短期內越嶺道恐怕無法恢復舊觀了吧，在這種時期，上頭沒錢也沒資源，說不定要等到新政府來才有機會好好整修。

這種等級的颱風十年也遇不上一個，卻一下就來了兩個。城戶心想，自己升上警部補隔天就戰敗了，而且還遇到大風災，真是不順利。不過有事情可忙也好，夫妻倆才不會一直陷溺在兒子們的事上胡思亂想。

收到幸雄訃聞的電報後不久，熊本的弟弟又寄來一封信說明詳情。弟弟接獲戰死公報，依照通知前往玉名市內的蓮華院誕生寺領取遺骨。只見長桌上挨擠著三十八柱海軍戰死者遺骨，住持誦經引渡亡魂，將其中一個小木箱交給弟弟領回，然而回程路上，木箱不斷發出叩兜叩兜的聲音，令他十分在意，到家後忍不住打開來看，裡面卻沒有任何遺骨或遺髮，只是一個小木片做成的牌位而已。

公報上僅僅簡單地說幸雄是在馬里亞納海戰中壯烈戰死，後來有同袍告知詳情，說幸雄是在航空母艦飛鷹號上服役，隨著該艦遭到擊沉下落不明，而軍方事隔一年才認定死亡。

為國效命，最後卻只換來一塊粗糙的木片作為戰死證明？真叫人悲憤。更令城戶夫妻無言以對的是，他們每天都到小神祠為兒子祈求武運長久，卻不知幸雄早已離開人世。

城戶反反覆覆把這封短信讀了好幾次，失魂落魄地走到天龍吊橋中間，被太陽曬得發暈，抽出一根幸雄帶來的恩賜菸點著，但受不了那嗆辣濃重的滋味，抽了兩口就丟下深淵。

春枝每天在地藏菩薩像前焚香為幸雄祈求冥福，以淚洗面。而終戰後昭雄和嘉雄也都毫無音信，生死未卜，令他們備感煎熬。城戶強顏安慰妻子，說戰爭已經結束，兩個兒子一定平安無事，但其實自己也暗暗擔心，畢竟終戰前局勢混亂，什麼事都有可能發生。

城戶想，像幸雄這樣在戰事最激烈時死去的，只能說天生命薄，但如果在終戰前後才犧牲，那就太冤枉了。也因此，當他聽說有米軍飛機失蹤時，第一個念頭是，這些人實在是運氣不好。

這天電話響起，是戒茂斯駐在所的落谷順盛巡查部長打來，語氣急切得讓人以為重新開戰了。他說利稻社的阿怒一行人上山打獵，發現一座山谷裡布滿飛機殘骸，還有許多西洋人屍體。城戶聽了像觸電似地跳起來，立刻要求他們到霧鹿來詳細報告。

一掛上電話，城戶想起天龍吊橋還沒重新鋪上橋板，阿怒還可以踩著枕木過來，落谷那傢伙一定不行，於是緊急下令全員出動，把手邊能用、能拆的木板都拿去鋪橋面，勉強鋪出一條斷斷續續的狹窄走道。

他走在處處空隙的驚險橋面上，看著底下溪水洶湧怒號，簡直像跳著鯊魚背過海一樣，腳都發軟，只能抓著吊索慢慢前進，好不容易才走到對面。

我真是老了，他想，當年懸掛在母線上工作可是驚險百倍，現在光是這樣就讓我覺得寸步難行。

就在城戶抵達溪谷對岸時，落谷順盛領著阿怒一行也趕到了。他們手上拿著幾個大金屬桶，各種金屬條、鋼索和鋁製蒙皮，最後又在落谷督促下不太情願地拿出一袋子彈，口徑不小，是重機槍用的。阿怒說他們只拿了一些用得著的東西，現場有更多巨大殘骸。

「還有這個。」阿怒從背袋裡掏出一物，是個操縱盤。

城戶碰到操縱盤的瞬間，心裡莫名震動，百感交集。他很自然用雙手握住，意識到這東西不久前還控制著一架重型轟炸機的飛行方向，乃至於一群人的命運，現在卻只連結著虛空，彷彿提線木偶的提板被驟然剪斷所有絲線，忽然失去重量與懸念。

同時他生出一個奇妙的想法，直到這一刻，戰爭才終於來到霧鹿了。

影山拿出米軍飛機辨識圖讓阿怒指認，問是什麼樣的飛機？

「全都破掉了。」阿怒搖搖頭，「整個山谷裡都是破片，還有很多斷手斷腳的屍體。」

「正確的屍體數目有多少？」城戶問。

「我們不敢久留，也沒有仔細數，總之惡靈很多，一直拉我的腳害我跌倒。」

「那有生還者嗎？」

「有一個！是個女孩子，剛好掉在水池裡所以還沒死掉，但是可能晚上太冷，我們到了沒多久她就死了。」

「女孩子？」城戶以為自己聽錯了，用日語和布農語各確認一次，但仍無法相信機上有女性乘客。「確切的地點在哪？」

「就在往大分的路上，哈因沙山後面，先過三個水池，再過兩個水池，然後是很多鹿的乾溪床水池邊，熊味很重的地方。」

「傷腦筋，這樣哪知道是哪？」城戶換個方法問，「從這裡過去要多久？」

「很近，從戒茂斯上去一天就可以到。」

城戶心想，布農族人沒有現代距離觀念，在山上行動力又強，他們說的「很近」往往還挺遠的，但既然阿怒明確指出哈因沙山，也就是三叉山，那大概不出兩、三天路程。

消息層層上報，經臺東廳警務課報告臺灣總督府警務局以及臺灣軍司令部，再通報已經抵臺數日的米軍戰略情報局官員。

米軍很快提供更詳細的情報，失事飛機是由B-24轟炸機改裝的運輸機，當天從沖繩載運被解救的二十名盟軍戰俘前往馬尼拉，轉搭船隻歸國。機上連同五名機組員共有二十五人，請臺灣總督府先行協助搜救可能的倖存者並收拾屍體，米軍稍後將派人前來處理。

臺東廳駐軍及警務課接獲必須優先慎重處理的指示，立刻下令關山郡成立搜索隊，第一陣由越嶺道上的駐警和布農族人就近組成，會同從平地趕來的三名憲兵，盡快抵達現場了解情況，後續則由平地派出規模龐大的第二陣提供支援。

城戶決定自己帶領第一陣上山，然而他遇到兩個意想不到的麻煩。

首先是阿怒不肯帶路。無論怎麼費盡唇舌，阿怒就是不願意再次前往墜機地點。他說那麼多橫死者曝屍荒野，而且還支離破碎，全都變成怨氣沖天的惡靈，去了絕對會遇上壞事，甚至丟掉性命。

「我們是去帶他們下山，對方會心存感謝的。」城戶這樣說，但阿怒依然不為所動。城戶看出來，阿怒對於自己沒收了他撿回來的子彈心生不滿，不過這也是沒辦法的事。

戰爭結束後，蕃人，不，高砂族理解到日本即將結束對臺灣的統治，傳出零星騷動，比如宣稱要去打獵借用大批槍枝，卻故意不歸還等等。萬一到時候米軍要求交出墜機上的機槍等武裝，數量卻短缺太多，說不定會惹上意外的麻煩，因此這點絕對不能輕忽。

另一方面，現在已經不能像以往那樣強迫布農族人去做他們不情願的事，只能另找嚮導。

城戶遇到的第二個困難是，春枝極力反對他帶隊上山。

「這是臺東廳直接下達的命令，由霧鹿監督擔任搜索隊長，是我的職責。」城戶說。

「警部補也好，霧鹿監督什麼的也罷，你才當一天日本就戰敗了，根本不算數。」春枝異常強硬，「早就叫你退休，一直拖拖拉拉不知道在捨不得什麼。」

「就算看守性質，也還是我的職責，正所謂有終之美。」

「你可以居中坐鎮，派年輕的警察上山，有必要自己玩命嗎？」

任憑城戶說得唇焦舌敝都無法說服妻子，她越說越激動，爭執半天之後艱難地在榻榻米上坐下，喪氣地說，「幸雄走了，昭雄和嘉雄也沒消息。我身體越來越差，風濕痛得難受，萬一你上山有什麼意外，剩下我一個人真不知道該怎麼辦。」

「到現場只有兩天路程，有布農族人帶路，不要緊的。」城戶覺得妻子的話不太吉利，心裡有個疙瘩，但並非不能體諒她的處境，於是說，「我大半輩子在蕃地服勤，新政府來了之後會怎麼樣還不知道，或許這是退休前最後一個任務，我必須好好完成。」

•

海朔兒跟隨獵團返回霧鹿。抵達距離部落最近的一道稜線時，擔任 Lavian（獵團領袖）的叔父納瓦斯跳上報訊的突岩，對空連放兩槍，通知家人他們獵到兩頭公鹿。

大家陸續卸下網袋休息，這次狩獵成果驚人，只花兩天就打到好幾隻水鹿、山羌和飛鼠，尤其是一頭極其壯碩的大公鹿，是很多年來不曾有過的斬獲。眾人謹守 Samu 避免傲慢誇耀的舉止，但人人臉上放光，掩不住內心欣喜。

多虧了這次借出來十二把槍，有槍果然不一樣啊。過去日本警察規定，打獵最多只能借五把槍，每把配發五顆子彈，但日本戰敗之後像是從樹上摔下來的猴子，潑辣氣焰全消，當叔父納瓦斯開口要借十二把槍，日本人非但不敢拒絕，還直接打開彈藥庫任由挑選最好的槍。

海朔兒記得獵團出發前舉行了他從未見過的盛大祭槍儀式，所有槍枝、弓箭和獵刀都放在空地中央，獵團在內圍成一圈，沒有參加出獵的老幼和婦女則圍在外圈，叔父納瓦斯用茅草拍觸武器同時領唱 Pislai（祭槍歌），他唱一句，所有人就跟著唱一句：

百發百中！百發百中！

百發百中！百發百中！

所有的水鹿屈服於我的槍下！所有的水鹿屈服於我的槍下！

所有的山羊屈服於我的槍下！所有的山羊屈服於我的槍下！

所有的野豬屈服於我的槍下！所有的野豬屈服於我的槍下……

海朔兒可以任意選擇一個音高來唱，又跟所有人和諧共鳴。他感受到被接納包覆，當所有的心都在一起時原來這麼溫暖強大。

然而當他們抵達獵場，Lavian 指示採取圍獵，命大家散開，眾人毫不遲疑各自奔入山林，獵犬們也都興奮衝出，海朔兒卻發現自己完全不知該怎麼做。他下山兩年，已經徹底忘記打獵的方法，更要命的是，他努力想要感覺山上老人家的指引，以及萬物的 Hanitu，但什麼都沒有，整個人空空蕩蕩地，只能無助地站在過度寂靜的森林裡。

而且他必須隨時忍住差點打嗝和放屁的衝動，那是會讓整個獵團都陷入險境的禁忌。沒想到吃了兩年平地食物，連腸胃都被改變，對從小吃慣的食物無法消化了。

甚至當前方傳來追擊獵物的呼嘯聲，而身旁樹叢發出動靜，他差點舉起弓箭就射，卻發現那是堂弟布衮，頓時嚇出一身冷汗，比撞見黑熊還要害怕。結果整趟狩獵他都不敢出手。

最後叔父納瓦斯好意叫他上前為一頭中彈倒地的水鹿結束性命。叔父說，這樣你就有戰功，我也可以幫你安排婚事了。

當海朔兒看著水鹿絕望而空洞的眼睛，將獵刀抵在牠的喉部時，卻只想到祖父曾說，打不到獵物是山上的老人家認為你還沒準備好，心還不夠平靜……

小時候跟長輩打獵的感覺都回來了，叔父納瓦斯坐在報訊的突岩上說，大家一起到森林裡去領受天神的賞賜，長輩們會講述各種山上發生過的事跡，真令人懷念！

是啊，能夠再次這樣打獵太好了。眾人徹夜分解獵物，剔除骨頭，燻烤成肉乾以減輕重量，幾乎都沒睡，卻反而格外亢奮。

我們下次應該借更多槍出來。叔父阿樹浪說，不，我們應該叫日本人把槍還給我們，而且讓我們搬回原本的部落，過著人應該有的生活！

對！眾人紛紛附和。

走吧，家人們都在等待！叔父納瓦斯頂起裝滿鹿肉的背囊。眾人一邊邁開步伐，一邊拉長聲音唱起背負沉重獵物回家之歌，曲調猶如無盡起伏的稜線，向家人傳遞獵團即將抵達的訊息。

海朔兒對著此情此景，想起在臺東學到的一個日文詞彙：自由。他覺得大家好像是斬斷鍊條重獲自由的動物，展現出從未見過的神采和活力。但他不由得想，自由並不是斬斷什麼就能獲得的東西，尤其對自己來說，如果不知道該做什麼，那麼就算去除了束縛也沒有差別。

眾人回到霧鹿部落入口時，遠遠就看到有幾個日本警察在等待，領頭的是城戶警部補。叔父阿樹浪戲謔說，日本人該不會聽到我們說不打算還槍，著急地在這裡等候？

「Mihumisang，這次打獵收獲很多啊。」城戶用這句話當作打招呼。然而人們最忌諱炫耀收獲，否則傲慢的態度會惹怒祖先和動物之靈，日後不肯再賜與獵物，因此叔父納瓦斯趕緊說，「這麼一點收穫不算什麼，都要感謝天神的賜予。」

「今天特地在這裡等候，其實是要請你們幫忙。」城戶警部補急切地懇求眾人帶路到哈因沙山附近去找墜毀的米軍飛機。

「那裡原本是大分的獵場，大分被移住下山後改由利稻使用，我們不能隨意前往，應該由利稻的人帶路。」叔父納瓦斯說。

「就是因為利稻的人無論如何都不肯去，所以拜託你們。」城戶罕見地使用了拜託這樣的字眼，「你父親生前對高山地區非常熟悉，你們一定也能勝任。三個從平地來的憲兵已經抵達，第一陣搜索隊明天就要出發，請你們務必協助。」

叔父納瓦斯依然拒絕，因為大家已經聽利稻的阿怒描述過現場狀況，有很多死狀悽慘、屍體破碎的西洋人，全都變成暴厲的惡靈，就算擁有再強壯的 Hanitu，一次被那麼多惡靈纏上也無法抵抗。

「西洋人的 Samu 不一樣。」城戶預先準備好一套說詞，懇切地說，「他們信仰叫做基督的天神，只要好好將屍體收拾安葬，在墳墓插上十字架，基督就會讓他們的 Hanitu 平靜下來，從惡靈變成懂得報恩的善靈，而且那塊地也會恢復乾淨。」

大家聽了半信半疑。經過日本統治多年之後，人們確實理解到世上有不同的 Samu，很多時候人們被迫遵從日本 Samu 行事，似乎也平安順利。這樣說來，西洋人有不同的 Samu 也不奇怪。

「協助搜索的話，下次打獵可以提供更多槍和子彈！」城戶明快地說，「米軍飛機上有用的物品也都任由你們拿取。」

這個提議很誘人，大家不由得彼此互看。前幾天阿怒一行到霧鹿來時，拿著各種金屬桶子和製品，大多是鋁合金，眾人借來把玩，覺得輕巧又強韌，用途很廣，不禁大為羨慕，也想去現場拿一些回來。

海朔兒獨獨對操縱盤感興趣，拿到手上的瞬間全身一震，這是他第一次碰到真正的飛機部件，腦中彷彿看見整架飛機的樣子，甚至感受到某種召喚。

他一聽阿怒說的地點就知道，那是多馬斯・海朔兒打死熊的樹那邊，Ala 曾在樹下跟他講述祖先事蹟，他們還在附近的獵寮過夜。這使他感到憂心，如果這個地方被惡靈盤據，以後就再也無法靠近，也沒有機會去感受祖父的 Hanitu 曾在那裡的痕跡。

他在臺東讀書的時候聽說過一些西洋人的事情，他願意相信城戶說的，只要好好安葬屍體，就能夠讓那塊凶地恢復潔淨、惡靈變成善靈，這太讓他嚮往了，希望祖父、父親和母親的 Hanitu 也能夠變回善靈。

「這麼重大的事情我們必須聆聽遵從預兆的指示。」叔父納瓦斯說，「就讓今天晚上出現的預兆，還有夢占的結果來決定吧。」

「千萬拜託！」城戶警部補竟然對眾人低下了頭。

•

關山天后宮前辦起盛大的中元普度法會，明坤拿出大半積蓄認了一份醵金，又購買許多香燭紙錢三牲供品，就算再忙也要抽空去聽法師誦經，希望透過供養四方孤魂的功德，迴向給阿母和美津，讓她們往生西方淨土，或者轉生善道。倘若她們不幸變成野鬼，也能藉此受到供養度化。

剛終戰前幾天，一切悄聲無息，雖然人們都知道日本戰敗，畢竟在五十年威壓統治之下餘悸猶存，又有風聲說二十萬臺灣軍不甘願束手就縛想要繼續抵抗，因此大家還是不敢太早露出情緒。

但在林金堂暗中指使明坤率人挨家挨戶插上中國國旗之後，隔天清早空氣就整個變了。日本人走出家門看到滿街都是青天白日滿地紅的旗幟，個個都像挨了悶棍，垂頭喪氣躲回屋裡，往後再也沒有半點趾高氣昂的姿態，而這立刻鼓舞了人們歡慶的心思。

日本投降後一個禮拜就是中元節，大家有志一同，都要把被禁了好幾年的普度重新辦起來。

庄內的氣氛像是一串被點燃的鞭炮，頭聲炸響起來就連環不絕，這一切在媽祖金身被迎回天后宮，並在廟前搭起祭壇和戲臺之後推上高潮，拜神、祭祖、普度孤魂、放炮、燃燈、弄獅、演布袋戲、戴枷贖罪、表演目連救母故事，原本日本人禁止的行為一一重現。廟前排滿小吃攤，市場上大肆叫賣，雞鴨牛豬堆成肉山，柿子文旦青菜魚乾什麼都有。

里壠商會的生意猶如山洪暴發，大家爭先恐後搶購商品，什麼酒水糖餅、金紙線香、杯盤碗筷甚至桌子椅子全都供不應求。

就算過了農曆七月底鬼門關上，但人們拜拜的勢頭絲毫未減，畢竟已經太久沒辦普度，得好好補償好兄弟們，何況戰爭期間死了那麼多人，戰後接連兩個大颱風又造成很大災害，大家都說陰魂不安，生人身家也跟著動盪，因此沒辦普度的都趕緊補辦。不只在廟口築起主普祭壇，也有大大小小的街口普、市場普和專門超度孩童亡魂的囡仔普，或者就在自家門口擺上供桌普施。很多已經辦過的又辦起二次普，沒完沒了，眼看要一路拜到中秋節去。

晚上滿街都在燒金紙，掛起寫著陰光普照的燈籠，替好兄弟照路，也像是對長年的燈火管制宣洩不滿。明坤走在路上，偶然看見快要盈滿的月亮升上來，才意識到已經好幾天都在燈火中忽略了月亮的存在。

人人都在祭拜和慶祝，但明坤心事重重。每次一閒下來，他就會想到在戰爭期間死去的阿母和美津，當時無法辦七七法事，也沒有設牌位，非常擔心她們魂魄無處可歸，變成飄盪零落的野鬼。雖然戰後重新將祖先牌位安座時，同時也補設兩人牌位，但祭拜完跋桮問吃飽了沒，卻一連得到不置可否的笑桮，令他懷疑她們到底在不在？而這讓他心內莫名歉疚。

大家都說，終戰之後人也自由了，神和鬼也自由了。但明坤想，自由不是把取消令給取消就能恢復原狀的。曾經被「整理」撤除的神像和牌位，只要放回供桌就好了嗎？一度斷絕了香火的神明不知道是否還在那裡，未曾招引安頓的魂魄也不曉得能不能找到正確的路歸來。他想不透這些，唯一能做的只有多捐醵金，多參加法會，希望盛大而連續的法事能把神明、祖先和一切都召喚回來。

在這樣熱鬧忙碌的氣氛下，沒有太多人關心米軍飛機墜毀在山上的事。當然這曾短暫成為人們茶餘飯後的話題，事不關己地看日本軍警緊張兮兮地奔走組織，但一般人很快就將之拋到腦後，畢竟要忙的事情太多了。

第二陣搜索隊的動員非常不順利，長久以來，徵調勞役就十分令人厭惡，勞動繁重工資又少，耽誤原本的生計，只是迫於日本人的威勢無法拒絕。如今日本倒了，大家都覺得何必再受指使？就算官方信誓旦旦保證發給高額工錢，還是徵不到多少志願者。

那天兩名憲兵後山定和野中義男來拜訪林金堂，請求里壠商會提供物資和人力支援搜索隊。林金堂對於日本軍人畢恭畢敬的態度顯得很得意，爽快承諾協助，並指著明坤說他對霧鹿一帶非常熟悉，可以參加。

末了林金堂叫明坤提兩盒月餅送給對方，後山定幾番推拒說不能拿民間的東西，林金堂直說這段期間大家都辛苦了，一點小東西不成敬意，硬塞過去。兩人大概在這段期間看多了臺灣人不友善的眼神，對此十分感動，稱謝而去。明坤看出來，林金堂並非如同往常討好日本人，而是享受著和對方平起平坐，甚至更高一等的暢快。

明坤當著外人不好拒絕參與搜索，免得讓林金堂沒面子，但事後馬上說他不想去。「假使當時美津沒有受到轟炸驚嚇，說不定還可以活下來。若是別款飛機墜落也就算了，我實在不願意跟米軍轟炸機有什麼牽扯，請阿爸諒解。」

「你的想法我知道，但這次搜索咱們絕對要參加。」林金堂的理由還是那一套，之前里壠商會跟日本人走得太近，新政府來了之後恐怕處境不利。「現在從天上落一架米軍飛機下來，這可是天賜良機啊，咱們去參加就對盟軍有功勞，將來不只可以避免麻煩，還能夠有好處。」

明坤無法爭辯，只能沉默退開。他察覺林金堂從來就沒有把自己當成真正的囝婿，商會經營關鍵的人脈和貨源也不讓他接觸，終戰後在臺南讀工業學校的林茂榮回到關山，更是擺出一副少爺姿態，在在讓明坤明白自己對繼承商會的野心只是妄想。在林金堂眼中，自己不過就是一個好使喚的店員罷了。

昨日荒郊去玩遊，忽覩一個大的骷髏，荊棘叢中草木坵，冷颼颼，風吹荷葉一枝倒愁。

普度祭壇上法師開始誦唱〈歎孤讚〉，也就是俗稱的〈骷髏歌〉，讓明坤留神起來。小時候每逢普度，他都很喜歡〈骷髏歌〉，因為法師會一邊誦唱一邊拋擲糖仔餅，孩子們和一些遊手好閒的大人都會去接。明坤長大後才理解，那就像是普度的實際演示，由小孩和羅漢腳扮演孤魂野鬼，接受陽間的施捨供養。

儘管他從來沒有真正聽清楚讚詞內容，但每當法師在木魚、小鼓和鐃鈸伴奏下滿心喟嘆地呼喊，骷髏喔——骷髏喔——，他都會忍不住發笑，並且和玩伴們一起胡鬧地跟著喊，骷髏喔——骷髏喔——

骷髏，骷髏，汝在滴水河邊臥撒清風，翠草作毯月作燈，冷清清，又無一個往來弟兄。

法師誦唱之際，用淨水將桌上的糖仔餅灑淨除穢，接著不住向前拋撒，果然有許多小孩和好事者伸長了手去接。好像一群在戰爭中失去生命的冤魂、沒有接引安頓而流離失所的孤魂、無人供養受盡飢寒折磨的餓鬼，挨挨擠擠爭搶食物，唯恐落空。

骷髏，骷髏，汝在路旁邊，這君子是誰家一個久遠先亡，雨打風吹受雪霜，痛肝腸，淚眼汪汪。

明坤第一次認真聆聽讚詞，法師滄桑的誦唱令他想起戰爭期間的艱辛、轟炸的恐怖、失去親人的哀痛，還有擔憂阿母和美津亡魂無所歸依的煎熬。

……今宵齋主修設冥陽會，金爐內終焚著寶香，廣召孤魂來赴壇場，消災障，受霑法力，速往西方！

法師將剩餘的糖仔餅盡數拋撒，廟埕上人們蜂擁爭搶，不由自主發出一陣陣歡快的呼聲，喔——喔——

明坤看著眼前情景，覺得自己也像是個無所依歸的孤魂，沒有知覺神識，眼眶空茫地永遠隨風飄盪。

第十四章　迷霧

海朔兒在天快亮時準備出門。他穿上皮衣，戴上一頂新的皮帽，那是按照祖父教他的方法，自己用山羌皮做的，完全符合他的頭型。

稍早的時候，家人們圍在三石灶旁討論彼此的夢。叔父納瓦斯夢見有人送他一把鋒利的獵刀，堂弟布袞夢見高山頂上有火光，都是大好吉夢。叔父阿樹浪夢到被很大的風吹得從樹上跌下來，堂弟阿里曼夢到溪流發出惡臭，則都是強烈的凶夢。

大家對於是否應該為日本人帶路上山爭論不休，最後決定由做了吉夢的人去，再看沿路的預兆決定是否前進。

你呢，海朔兒，你作了什麼夢？叔父納瓦斯問。

海朔兒夢見自己站在哈因沙山山頭下的那座水池，也就是月亮的鏡子旁邊，強風把水面上的月光倒影吹得碎成千百片。他手上拿著一頂皮帽，是小時候祖父按照他的頭形製作，後來送給嘉雄的那一頂。海朔兒知道夢見跟祖父有關的事情是不吉的，因為祖父已經變成惡靈。

我夢見有人送我禮物。海朔兒這麼說。

那就是吉夢了，你可以自己決定要不要去。叔父納瓦斯說。

我要去。海朔兒說。

天一亮，眾人帶著獵犬到駐在所前和日本警察會合。城戶看到他們非常高興，介紹同行的憲兵後山定和野中義男，加上三名警手，共同組成第一陣搜索隊。

隊伍隨即出發，從駐在所側門走下長而陡的之字形階梯前往天龍吊橋。

海朔兒走在最後，看見左邊樹上停著一隻哈斯哈斯鳥，於是停下腳步觀看。有別於一般生性躁動的哈斯哈斯鳥，這隻鳥並不在枝椏間跳躍也不鳴叫，只是歪著頭和海朔兒對看，彷彿遇到什麼令牠不解的事情。

他靜靜瞧著那隻嬌小的黃綠色鳥兒，覺得真是神奇，這樣一個好像放在手心裡輕輕一握就會死去的生靈，卻如此輕盈巧妙，而且會向人傳遞禍福吉凶的訊息。

海朔兒追上眾人，來到天龍橋邊。叔父納瓦斯取出酒壺，正準備進行祭告神靈的入山儀式，忽然有一大群哈斯哈斯鳥從右邊飛來，帶著一串清亮圓潤的啁啾鳴聲，簡直沒完沒了地越過吊橋上面飛往左邊去。

「這麼多哈斯哈斯鳥從善靈存在的右邊飛向惡靈存在的左邊，這是非常強烈的警告，執意出發的話一定會遇到致命的危險！」納瓦斯臉色大變，立刻放棄這次出行。

「怎麼了？」後山問，「不過是繡眼兒嘛，有什麼稀奇？」

「遇到不祥的預兆。」城戶苦著臉軟磨硬求，但納瓦斯不為所動。

後山喊道，「喂，說好要帶路，約定的獵槍也提供了，怎麼臨時反悔？」

納瓦斯雖然聽不太懂日語，但感覺後山盛氣凌人，不滿地說，「日本都已經戰敗了，還能這麼霸道嗎？」說完轉身就走。

城戶追上去好言安撫，終歸無用，喃喃說這可怎麼辦才好。

這時海朔兒看到一隻哈斯哈斯鳥飛到吊橋左邊的樹上，他直覺地意識到，這就是剛才盯著自己看的那隻。鳥兒原地前後轉身跳動了兩次，又看了看海朔兒，倏地展翅像打水漂般上下擺盪著向右飛去。

「我願意帶路。」海朔兒大聲說。

「啊，真是太好了！」城戶拍著額頭道謝。

叔父納瓦斯回頭說，不顧凶兆執意出發，會遇上災禍，你忘記Samu了嗎？

叔父，我並沒有忘記Samu，海朔兒說，但我看到屬於我的吉兆，指引我的腳走向該去的地方。多馬斯打死黑熊的山谷，也有祖父和我留下的腳印，如果變成不能靠近的凶地太令人難過了，我想讓那些米國人變回善靈，也讓那塊地恢復潔淨。

•

除了海朔兒之外，堂弟布衮也願意一起去。第一陣搜索隊總共八人，他們的任務是盡快趕到墜機現場了解情況，用軍鴿將消息送下山，然後初步清點、收集遺體。

搜索隊循著關山越嶺道前進，並在戒茂斯駐在所投宿一晚。隔天早上，海朔兒帶領隊伍走獵徑，從越嶺道旁的一道土壁攀上去，踩著藤蔓和雜木間露出的石頭前進。颱風雖然已經遠去多日，密林中的土壤依然濕濡，稍微沒有踩穩就會打滑，而且山坡陡急，抬頭就看見前人的後腳跟，必須手腳並用攀登。

海朔兒聽到有人在後面接連滑倒兩次，回頭一看，城戶手肘和膝蓋上都沾滿泥巴，神情狼狽。海朔兒心想才剛上路就這樣，不知道後面他走不走得了？幸好很快就攀上一塊平緩之處，能夠輕鬆前行。

幾步之外，眼前豁然開朗。這是一個碗底形狀的小山坳，兩邊山坡緩緩上彎，地面林木疏朗而高大樹冠彼此交疊遮蔽天空，每一根枝幹上都掛著松蘿，懸垂有如霧淞，地面鋪滿蕨類和苔蘚，構成一座綠色廳堂。

就在這時，陽光出來了，從右邊高處斜照而下。青嫩的樹冠和松蘿彷彿是自己亮起來的，陽光只不過輕輕喚醒它們內在的光，綠意與綠意連成一座通透的光之穹頂。

海朔兒感到詫異，這條路他跟隨祖父和獵團走過好幾次，並不記得來過這樣的地方。他想起祖父曾說，同一個地方在不同的天氣和時刻下，看起來會很不一樣，所以不能過度依賴眼睛的印象，要靠心去感覺。

一豎起耳朵，他立刻發現一個有點反常，卻又讓人覺得再自然也不過的現象——這裡沒有聲音。沒有山雀在枝椏間飛渡，沒有喜歡道人吉凶的哈斯哈斯鳥，沒有老鷹在森林上方的高空長嗚，也沒有草葉間的蟲嘶，乃至於一點點風過林梢的颯颯。

這就是一個純然的，屬於光的所在。

眾人盡皆屏息不語，在這樣的場所，即便衷心讚美或輕聲嘆息都像是褻瀆。

上面是美麗的綠光，腳下卻暗藏凶險。像這樣陽光難以透達地面的林間土壤，表面被蕨類和落葉遮蔽，乍看無害，其實有好幾個浸飽了水的爛泥塘，那是惡靈的陷阱，一不小心踩到就會深深陷下去，並且被惡靈的手緊抓不放。

泥地上橫躺著幾株倒木，讓人忍不住想踩踏上去，但那有可能已經徹底朽爛，讓人一踩穿就失去重心摔倒。比較理想的方法是踩在苔蘚和泥地的邊緣，順著自然生成的邊界前行。

走在這樣的地方，越是被光的美吸引，就越有可能踩進泥塘。但過度仔細專注在腳下，你就錯失了一生難得一見的美。

在如此美景中展開旅程，海朔兒心裡喜悅，暗暗覺得彷彿受到某種祝福。然而不久之後碗狀的山坳兩側迅速收窄，變成逼仄的乾溪溝。陽光照在生長在朽木上的青翠苔草，其中夾雜著許多橙紅色的落葉，如此鮮明，彷彿一群剛剛死亡墜落的蝴蝶。

溪溝轉而往右，逐漸下切，從林木間往外望，前方山壁也是往下。海朔兒醒悟走錯了路，停下來朝著左邊高處觀察，並無任何路徑。他叫隊伍暫停，自己回到最初上來的一小塊平地，發現獵徑就在那旁邊，循著不起眼的土坡繼續上去，就能走到稜線上，於是呼喚隊伍過來。

「找這兩個小子帶路，到底可不可靠啊？」後山嘟嘟囔囔地埋怨。

海朔兒毫不在意，逕自往稜線上攀去，他相信他們是被引領去接受那美麗的祝福。

•

越過一座小山頭之後，搜索隊開始下切溪谷。

出發前，城戶試著在地圖上研究可能的墜機地點和搜救路線，但終歸徒勞。霧鹿駐在所有一張〈三十萬分一臺灣全圖〉，雖然確實畫出關山越嶺道全線，標註上每個駐在所，但畢竟比例尺太小，非常粗略，毫無細節可言。

因此城戶只能概略知道，中央山脈主脊從北邊的秀姑巒、大水窟迤邐往南，經過達芬尖和南雙頭山之後，在三叉山猛然折而往西，接上向陽山和關山。而從三叉山往東，另有一道雄偉的稜線通往新康山，途中再岔出一脈向南抵達布拉克桑山。也就是說，萬尺（三〇三〇公尺）以上的峰線，在三叉山附近形成一個略作十字形的交叉。

搜索隊從戒茂斯出發後，必須先翻過一個小山頭，然後下切新武路溪上游谷地，再登上一道陡急的稜線，抵達三叉山。然而實際走在山嶺中，很快就會發現這樣簡略的概念毫無幫助，城戶能夠依靠的，只有一開始就走錯路的年輕布農嚮導。

至少那個地方是真的很美，城戶盡量往好處想，而且才十分鐘就發現錯誤立刻回到正途上了。

往溪谷下切的這片山坡位在北面，日照較少。幸好這日天氣大好，陽光明朗，顯得森林裡綠意盎然，潤澤舒爽，但可以想見平時濕氣極重，植物的生滅輪替非常快速。樹木根部覆著苔蘚，枝幹掛滿松蘿，有些巨木甚至通體包著綠苔，彷彿套了一件毛衣。

走了好一會兒，城戶才意識到，這片森林裡充滿了正在腐化的倒木，可能比他在這片山區值勤十五年間看到的總和還要多。原本堅硬的參天巨樹，被濕氣和微生物用不知多少歲月悄悄化成鬆軟的木塊，漸至變為泥土。倒木身上全都覆蓋著溫柔的綠意，因此在陽光下煥發一片生機，完全沒有半點朽爛的死亡氣息。

城戶走過一棵倒下的巨木，被其龐大的量體所驚嘆。像這樣的樹，過往只能仰頭瞻望，而今橫亙眼前，讓人更加體會到那是多麼雄偉的存在。他從樹根往樹梢走，默默數著一百年、兩百年、五百年、一千年，彷彿看見巨木的一生，從嫩芽初生，一寸一尺往上抽長，那是超乎凡人短暫生命所能領略的悠長時間。

他撫著樹身，覺得人也應該這樣，窮盡一生努力拔高，堂堂矗立山間，然後轟然塌倒在孕育自己的土地上，將身軀供做養分，回報世間，生生不息。

他們在中午時分到達溪底，跳著溪床上的石頭通過。溪流相當清澈，琉璃般的水色讓灰白溪床上的褐黃色碎石泛耀著金屬光澤。兩岸巨樹掩映，十分原始而優美。

隊伍在此稍事休息，拿出飯糰充飢，野中寶貝兮兮察看他負責攜帶的軍鴿，呆姆好奇地四處嗅聞。大家一邊讚賞風景優美，還彼此開起玩笑，氣氛相當輕鬆。

半小時候繼續上路，立刻遭遇連續陡上。從溪畔開始，就有幾隻不知是蜂還是蠅的小蟲不斷在城戶頭上耳邊飛繞，有時剛好穿過陽光，反射出細小而銳利的綠色光芒，讓人無法忽視，牠們雖不叮人，但很煩擾。

這一側是向陽的南坡，日曬充足，離開溪底後林相疏朗，樹枝上不再附掛地衣菌藻，顯得乾淨清爽，地面上則覆蓋厚厚一層褐色的松針地毯，腳下觸感綿軟，跟上午是完全不同的情景。

然而這段看似舒爽的路途，實際走起來卻意料之外地辛苦。全程是望不見盡頭的陡上，有些坡面近乎垂直，也幾乎沒有落腳點，得抓著樹根用蠻力硬攀上去。

兩個布農青年走得飛快，日本人在後面苦苦追趕。城戶察覺有人沒跟上，回頭去找，看到野中上氣不接下氣地坐在地上，接過後山遞給他的飯糰和水猛然吃喝起來，結果才吃兩口就哀嚎一聲，說肚子很痛，甚至手腳都開始抽筋，全身硬結得像鐵塊，又虛脫得癱倒。

「振作點。」後山斥責道，「你這樣也算是軍人嗎，拿出點樣子來！」

「稍微休息一下也好。」城戶摘下帽子擦拭滿頭汗水。

「喂，這真的是獵徑嗎？」後山質問海朔兒。

「從剛剛的溪底上山只有一條稜線，跟著往上走就對了。」海朔兒說。

話雖如此，但當野中稍微恢復，繼續上路之後，稜線時緩時陡，有時近乎垂直，有時又隱入一片平坦的空地，路跡經常漫漶不清，讓人不由得感到疑惑。

隊伍持續趕路，天快擦黑時抵達一個平坦而能避風的小水池，決定在此過夜。

•

城戶第一次在高山上看見日出。

昨晚海朔兒和布袞用隨身背的鐵鍋煮好白飯，還煮了一些沿路上採摘的植物，竟然頗為美味。城戶問這些是什麼菜，海朔兒講了些沒聽過的布農名稱。城戶想到警察們在駐在所的空地種滿蔬菜，不外乎是白蘿蔔、紅蘿蔔、地瓜、白菜和高菜之類，都是日本人吃慣且容易照顧的，但大家在這座山裡十五、六年，卻從來不曾去採摘駐在所範圍之外的野生植物來品嘗，更沒有想過向布農族人學習，平白錯過了讓生活變得豐富的機會。

吃完飯隨即就地躺倒，很快睡著。只依稀記得每當營火快熄滅時就有人起身加柴撥旺，溫度忽高忽低難以安眠，但實在走得太累，再睜開眼睛時天已大亮，旁邊有人喊著，要日出囉。

只見東邊山外一片雲海鋪展到天邊，上方幾塊浮雲金光閃亮，雲海邊緣隆起的雲峰則勾勒著一道金邊。那彷彿高爐中燒灼的鐵塊，從暗紅變成亮橘，又一下子白熾耀眼，預示著旭日即將躍起。

倏然間，太陽光芒堂堂放射，雄健不可逼視，卻又令人無法將目光移開。

城戶沒有想過山上的日出是這樣震撼人心，難以言喻，那是純粹的光明，穿透身軀把人心底的陰暗一掃而空。

也許這將會是自己在高山上看到的第一次，也是唯一一次日出。他不知道為什麼有這樣的念頭，或許是景色太過壯麗到讓人覺得一生只有拜見一次的福分。他也好奇，如果自己剛到越嶺道上服勤就見識過這樣的日出，往後這些年會不會有什麼不同？

「看！那個就是哈因沙山。」海朔兒指著反方向叫道。

眾人轉頭，看見北邊林梢上方露出遠處一座山頭。城戶有些意外，原本以為這座著名的高峰必然氣勢雄渾，實際上卻是曲線柔和，覆滿箭竹草叢，並在朝陽下敷陳著橙紅暖意，感覺十分可親。

吃過早飯後出發，在溪澗裡裝了路程上最後一壺活水，一個半小時後爬到一處平緩草原，哈因沙山頭近在咫尺。

更令城戶驚喜的是，他終於見到聽聞多次的シヌベシ池，也就是布農族說的月亮的鏡子。這座湖泊比想像的還要大，靜靜躺在群峰之間，充滿明朗開闊的意象。晴空下，鏡面般的湖水將蔚藍天色和輕柔白雲收納在黃綠色的草原窪地裡，彷彿另外一個世界的入口。

我終於來到這裡了。城戶沒想到會如此深受觸動，這是他聽過無數次的高山風景，從此他不再只是所謂的越嶺道警察，而是實地踏入崇山峻嶺、上達萬尺峰線的男人。

在這當下，他深切體會到，自己對這片山嶺有多麼陌生，說是駐守山區十多年，卻只在一條安逸的道路上移動。說是蕃地警察，其實困守在虛幻的日本山村裡，假裝過著故鄉的生活。乃至於，人們還稱他為蕃通，自己卻從來不曾真正認識這些布農族人。

城戶體悟到自己有多麼渴望留在山地，直到終老。即便日本戰敗，不再領有臺灣，他仍然想要繼續留下來，就算必須改換國籍，變成中國或者哪個國家的國民都無所謂。

「日本人是否會被遣返」是近來大家最關切的話題，他很難想像被遣返到熊本，畢竟離開二十五年，回去也已經變成徹頭徹尾的外地人，不再有「家」可言。

在臺灣大半輩子，他的住所永遠是宿舍而不是真正的家，說起來他是個沒有家的人。不，從今往後這裡就是他的家，他的故鄉與歸宿。將來亡故之後，自己的精靈也會在每年盆祭，地獄油鍋的蓋子打開時回到霧鹿，接受山嵐與松濤的供養。就算兒子們都已經下山，沒有人在山上為自己除草、點燈指引道路，他的幽魂閉著眼睛也能歸返。

他想留下來。他想好好走過更多山嶺，多看幾次高山上的日出，並且親眼目睹月光映照在這座美麗的湖水上，啊，光想就很美。

海朔兒領著第一陣搜索隊抵達月亮的鏡子。儘管他無法感應到任何 Hanitu，也沒有山上的老人家給予指引，但憑著記憶前進，沿路和布袞討論，有時則派出呆姆找路，畢竟把隊伍順利帶上來了，這讓他稍微鬆了口氣。

祖父曾在這裡告訴他射日的故事。當第二個太陽被射下之後，世界陷入一片黑暗，英勇的父子只能在黑暗中摸索下山。他們不斷丟石頭探路，走得很慢，偶然間，石頭打中一隻在湖邊飲水的山羌額頭，山羌驚啼一聲喚醒世界，天地重現光明。

這也就是為什麼山羌眉心有一道疤痕的原因，祖父指著他眉心的胎記笑說。

Ala，我又來到這裡了。海朔兒摸了摸額頭，望著月亮的鏡子默想，Ala，雖然我的心還感覺不到你，但我知道和你越來越靠近了。

從月亮的鏡子邊緣走上坡頂，就是中央山脈主稜。

這是全島最高的峰線，視野遼闊，遠望群山層層疊疊鋪展出去，從深綠轉成墨藍，與天相接。箭竹草毯鋪成的山巒大片起伏湧動，像是凝固的海濤，崩壁豪邁地坦露出高山嚴峻的內在，而杉林前緣依然固執地沿著崩壁邊緣生長，叢叢填滿深谷。雲霧有時從谷間噴湧而出，有時悠然從天空飄來，陽光時隱時現。

高山上的時間感不一樣，攀登的疲勞，空氣稀薄造成的頭痛和氣喘，還有紫外線曝曬，都讓人無法判斷時間流逝的速度。高山上的空間感也不一樣，在森林裡穿行時不知身在何方，好不容易來到箭竹草原上，遠近景物一目了然，卻又像是一切都沒有盡頭。

接下來的路途很單純，只要沿著主稜前進就行了。海朔兒記得從月亮的鏡子到托馬斯・海朔兒打死黑熊的山谷只要半天，這段路起伏平緩，就算以日本人的腳力也一定很快就到了。

他領著隊伍切下碎石坡，橫過一片箭竹草原，正覺得十分順利，卻忽然有一陣濃雲掩上來。那不是輕巧的午後薄霧，而是雲海上漲淹沒群山，還夾著陣陣雨勢。原本太陽曝曬的灼熱感，立刻被濕潤的寒意衾蓋住，原本清晰的山勢與路跡也在一片白茫中徹底消失不見。

海朔兒循著主稜左側的山坡向北前進，原本空曠好走的箭竹草地上慢慢出現由小檗、杜鵑和高山芒混生的灌木叢，再往前走更進入杉樹與灌叢緊密交雜的地帶。他熟練地從枝椏縫隙間鑽過，身上的皮衣皮帽使他猶如一頭山羌般滑順靈巧，但日本人叫苦連天，防雨斗篷時常被杜鵑枝椏勾住，手腳不斷被小檗藏在葉片背後的銳刺冷不防猛戳，或者被回彈的樹枝掃在頭臉上，像一記熱辣的耳光。

「喂，這裡根本沒辦法通過啊！」後山煩躁地拔出佩刀對著灌叢一陣砍劈，氣喘吁吁地說。

「停下來！先停一下！」城戶同樣滿臉疲憊。

「就快到了。」海朔兒說，「這裡路很簡單，就是一條瘦長的稜線，不會有錯的。」

「這哪是路？你昨天一開始就走錯，現在又帶我們往樹叢裡鑽。」後山抱怨道，「讓幾個小鬼來帶路實在是天大的錯誤。」

「你知道路你自己走啊！」布袞不客氣地頂撞回去。

「可惡──」後山正要發作，城戶趕緊把他拉住，四面張望一番，獨自爬到稜線頂端觀察，過了一會兒喊道，「另外一邊有個水池，也有避風的坳地，先到那邊休息一下。」

「我們已經非常接近了。」海朔兒篤定地說。

「方向也許沒錯。」城戶說，「但雲霧太濃，隊伍前後看不到彼此，要是有人掉隊或走散就麻煩了，還是等雲霧散開一點再說吧。」

•

濃霧籠罩，團團迷茫。

城戶八十八舉目四望，什麼都看不到。山上的雲霧真不得了，好像把世界都抹消掉，乃至於把他整個人也徹底抹消了似的。如果閉上眼睛，就會有種錯覺，彷彿四面都是無底深淵。

三天前他還在霧鹿駐在所煩惱著風災的善後事宜，此刻卻困坐在海拔萬尺的荒山野嶺迷霧中，真是不可思議。自己為什麼會在這裡？他理智上當然知道是在執行搜索任務，但身心五感體驗到的情境實在超過理解。

不過，人生不也就是這麼回事嗎？他想。

•

「戰爭明明都結束了，竟然還要出這麼麻煩的任務。」野中抱怨。

「有骨氣點。」後山斥道，「就算戰敗了，我們還是軍人。何況這次任務影響到米軍對臺灣的觀感，責任重大。」

「是，是。」野中不以為然地敷衍，一邊在背包裡摸索，忽然叫道，「咦！我竟然把這個帶上山來了。你們看，這是里壠商會送的本島式月餅，我本來想在霧鹿就吃掉結果忘了。」

「背著這種東西，怪不得會走到抽筋。」後山又好氣又好笑，一把搶過月餅說，「今天就是中秋節，不如大家分著吃吧。」

「不留到晚上賞月宴的時候再吃嗎？」野中說。

「笨蛋，這種地方哪來的賞月宴。反正困在這裡也沒事，不如吃個餅權充過節吧。」後山拿出刀來把月餅切成小塊。

「沒想到能在這種地方吃到月餅。不過話說今天正巧也是秋彼岸節的第一天呢，米國人真會選日子。」城戶合十拜領，拿著月餅走到海朔兒身邊坐下，也分給他。

「我在臺東吃過這個，叫做綠豆椪。」海朔兒拿了一塊餅。

城戶感嘆道，「布農族和日本人一起在高山上吃本島人的月餅，真是緣分奇妙呢。」

「嘉雄君好嗎？」海朔兒忽問，「戰爭結束了，他會回來霧鹿嗎？」

「唔……」城戶沒預期被問到嘉雄的事，一時語塞，又恍然醒悟道，「啊，他很珍惜一頂皮帽，原來是海朔兒君給他的吧。」

「是的。」

「原來如此。我也很久沒有收到嘉雄的消息，只能祈求上天保佑他平安無事。」城戶百感交集地看著手上的月餅說，「說到中秋節，本島人都在這天團聚、祭拜祖先。彼岸節則是我們掃墓的日子，每到這個時候，墓地裡火紅的彼岸花就會開成一片，我們用水洗淨墓碑，奉上萩餅供養，總之秋天就是家族聚在一起懷念故人的時候。」

城戶想起自己一家四散各地，幸雄已死，另外兩個兒子音訊全無，不要說團聚懷舊，連他們是生是死都不知道。自己年輕時來到蕃地，對利稻、戒茂斯、馬典古魯這些異國地名感到陌生，待得久了慢慢習慣，卻沒想到昭雄被派往新幾內亞的拉包爾，幸雄則死在馬里亞納海域，都是更加陌生、更難以想像的地方。

「小米收成之後的滿月是我們的新年。」海朔兒說，「祖父說以往在老家都會舉辦新年祭，就算在霧鹿不能舉辦祭典，祖父也會帶領我們，對月亮說今年已經順利過去，並且誠實地告訴月亮這一年違犯了那些 Samu，這樣一來，過錯都會隨著舊的一年過去，而我們也會再次和月亮立下新的約定。」

「只要向月亮懺悔就能得到寬恕嗎，真是很好的風俗呢。如果是我的話，今年應該向月亮懺悔什麼呢？」城戶竟認真思考起來。

「我違反的 Samu 太多了，這次月亮大概不會原諒我吧。我在不該吃甜食的時候吃了很多，我沒有好好照顧田裡的小米卻去臺東學習種稻……」海朔兒垂下了拿著月餅的手，「而且我沒有遵照祖父的吩咐，陪伴他回到帕哈斯去斷氣，把他埋在老家裡，任由他自己在回去老家的時候跌到溪裡淹死，又像是被丟掉的破布一樣埋在公墓，害他變成惡靈。」

「你的祖父不是惡靈，他的葬禮我也參加了，雖然簡單但很慎重，我還在墳前念了佛經，祈求他的冥福。」城戶拍拍海朔兒肩膀，「你父親達琥過世時我也請高僧來搖鈴誦經，他們的亡魂都已經得到超度，放下怨恨成佛了。」

「祖父說只有 Hanitu 不夠強壯，違反了 Samu 的人才會因為意外而死。但我不懂，祖父明明那麼高尚，大家也都說我父親是個好人，為什麼他們會變成惡靈？」

城戶看著海朔兒的側臉，發現和達琥非常相像，這強烈地勾起他的記憶。「我認識你父親，他確實是一個非常好的青年。聽好，他是在開鑿道路的時候因公殉職，是守護這片山林的英靈啊！」

城戶很想告訴海朔兒，達琥是因為自己對未發火藥判斷錯誤才喪命的，但他說不出口。他曾把自己禁錮在冷僻的溪頭駐在所多年，後來格外關照海朔兒，送他下山讀書，就是希望能夠贖罪，但即便如此，他依然沒有勇氣真正面對自己造成的悲劇。

「因公殉職就不算惡靈嗎？」海朔兒問。

「不算……吧。」城戶幾乎招架不住，他想起為國捐軀的幸雄，訃報上也說幸雄是護國英靈，然而所謂馬里亞納海域究竟在哪裡，幸雄為什麼會被派到那樣遙遠陌生的地方。如果可以，要他花再多錢也願意請高僧到幸雄墳前誦經超度，讓兒子往生淨土，但幸雄葬身大海屍骨無存，這樣的願望永遠無法實現。

「我一直在想，」海朔兒說，「雖然祖父總是說惡靈沒有法術可以解救，只能驅趕，但我不想把他們趕走，我很想知道有沒有什麼方法能夠讓他們變回善靈？如果日本的高僧能夠超度日本的亡魂，西洋人的基督天神能夠讓西洋人的亡魂得救，那麼祖父和父母親一定也有辦法變成善靈吧！」

「一定可以的，世間沒有度化不了的冤屈和悔恨。」城戶低聲說，「這就是我們來到這裡的原因啊，這些墜落在山上的西洋人，其實也都是和幸雄還有達琥一樣的年輕人，他們想回家，我們就來送他們一程，不讓他們遺落在荒山野嶺，他們自然就能安息了……」

呆姆忽然在遠處吠叫起來，海朔兒轉頭一看，雲層開始消退了，天色逐漸恢復明亮。海朔兒跳起身來，尋著呆姆的聲音爬到一個小山頭頂上，霧氣像猛然拉開的舞臺簾幕般退去，視野豁然開朗。

底下就是他少年時跟著祖父看見有無數水鹿生息的平臺，以及側面延伸出去的狹長凹谷。他站在當年眺望的同一個地方，祖父曾在這裡告誡他，好獵人是安靜的，不可驚擾山。

然而他忍不住大喊：

「飛機——」

第十五章　月光

城戶八十八來過這個地方，見過這個情景。

現實上當然不可能，畢竟他未曾離開越嶺道前來高山地帶。但他真的見過，而且可以預感踏出下一步之後將會遇到什麼，感覺到什麼。

是在夢中見到的嗎？但夢裡哪會有這股氣味？

當他們踩著箭竹草叢的縫隙，從小山頭頂切斜線往下方的事故現場時，可怕的氣味滲在霧氣裡將人徹底浸透，那是混合著各種潮濕的氣味，豪雨沖刷開厚厚的腐植土，汽油爆炸的焦灼，金屬和塑膠燃燒的嗆鼻，以及包裹在核心裡最執拗的，死亡多日的腐爛血肉氣味。

只要聞到一下，就知道這氣味將一輩子凝聚在口鼻之間，永遠忘不掉。那會穿透毛孔進入身體，更趁著每一口呼吸深深鑽到人的心裡，喚醒本能中對死亡的厭惡，以及恐懼至極卻又無從抵抗的絕望感。

然後才看到滿坑滿谷的飛機殘骸，以及支離破碎的斷肢殘軀。一截手臂，一條腿，還有落腳時不可能不踩到的，各種部位不明的肉塊。

殘骸在長滿矮箭竹叢的狹長乾溪床谷地綿延散布，看不到盡頭，沒有稍微完整的部分。可以想見，飛機墜毀時以全速撞擊地面，徹底解體，破裂成無以計數的部件與碎片，除了起落架和星形發動機這類較大的裝置還可以辨識，其他全都扭曲破碎，機上人們的屍體也散落得到處都是。

一棵樹上掛著白色的降落傘布，在風中啪啦作響，傘下一個重物來回搖晃像鐘擺，兀自規律地計算著時間的節奏，仔細一看卻是殘缺的軀體，時間對他早已永遠失去意義。

事發十天，颱風暴雨浸泡、烈日曝曬，都讓屍體狀態迅速惡化。許多屍體沒有頭，脖頸畢竟是人身最脆弱的部位，在猛力撞擊下最容易折斷，被遠遠拋飛。眼球也很容易被甩出，不少頭顱的眼眶都只剩下空洞的窟窿，像還沒完成的人偶，而那裡面充滿了蠕動的蛆蟲。

有人開始乾嘔，有人反覆誦念南無南無，也有人淚流不止。搜索隊成員們像是走入了同一個噩夢，然後各自成為空洞的遊魂，斷絕與外界所有聯繫，恍惚地四面飄盪開來。

野中茫然地取出一路上小心照看的軍鴿，把鐵籠打開，雙手高舉向天要讓牠飛走。後山低聲提醒，說還沒綁上情報呢，但他似乎並不反對就這樣把鴿子放掉，下意識地摸索口袋掏出一根菸點上。

飛吧，不要回鴿舍了，想去哪就去哪吧，野中喃喃地說，但那鴿子卻像是更怕籠外充滿死亡氣味的世界，縮在角落不敢動彈，直到野中將牠一把握住取出，狠狠往天空拋去，鴿子才慌忙撲拍翅膀逃走。

城戶仍在記憶或夢境中遊走，他確定自己經歷過這一切，但眼前所見所感卻又非常不真實。他陷入恍惚的狀態，任由身體自己行動。

他在狹長谷地裡攀上爬下，檢視一具又一具遺體，遇到俯身趴臥的就翻過來看。除了幾個穿著飛行夾克的機組員比較正常，其他人，應該就是那些獲救的戰俘，雖然腹部因腐爛而開始腫脹，但頭和四肢都瘦得皮包骨，有些極為蒼白，有些則開始變綠發黑，也有被燒成焦炭的屍體依然伸長雙臂像是想要攫住什麼，難以想像他們生前經歷過的殘酷待遇，以及撞毀前一刻的恐懼。

不是這個，城戶想。他繞過各種殘骸和崎嶇的地形，舉步維艱地移動到下一具遺體旁認真端詳，心想，也不是這個。

天色開始轉暗，他急躁起來，硬拖著酸楚沉重的步伐往更遠、更深處去尋找。

終於，在一個小水窪邊，城戶發現阿怒說的「女孩子」。這是少數身軀完整，而且在墜機時奇蹟存活，多挨了幾天才受凍死去的人。他其實是個男人，只是因為過度蒼白乾瘦而顯得嬌小。他側躺著，四肢垂在同一邊，轉頭向天，黯淡的灰藍色眼珠已經不再尋求解答。

城戶那股似曾相識的記憶在此處抵達終點，彷彿他在臺灣二十五年的蕃地警察生涯，就是為了這一刻。他艱難地試著蹲下身子，忽然膝蓋一軟直接跪倒。

太殘酷了，命運實在太殘酷了，你一定很不甘心吧。城戶想把死者的眼睛闔上，伸出手卻頓了一頓，覺得那徹底失去焦點與殘影的瞳孔太過熟悉又太過陌生，凝望良久之後終於將手掌撫在死者冰冷的臉上，不住低聲呼喚。

幸雄……幸雄……

整條狹長的乾溪床谷地裡飄盪著許多惡靈，海朔兒的心知道。

從臺東回到山上之後，他曾經無法感覺任何 Hanitu 的存在，但這時心徹底打開了，甚至比過往任何時候都清晰，跳過眼睛、耳朵、鼻子和皮膚，直接感受到四周的所有存在。

他感覺到每一個惡靈都充滿巨大的痛苦，承受著永遠的驚懼、衝擊、撕裂和烈火燒灼，不甘心受到這樣悲慘的厄運又無處申冤，也因此仇恨活人，想要報復。

惡靈們糾纏著海朔兒，對他傾倒怨恨，讓他頭痛欲裂，使他胸口像是卡進一塊堅硬的石頭無法呼吸，所有內臟都被擠壓著，每踏一步都被絆倒，試著重新站起時又莫名其妙跌得更重，被地上的各種金屬碎片狠狠地刺得流血，眼淚鼻涕無法控制地不斷流淌。

原來凶死之人真的會變成惡靈，而惡靈喪失了心，無論生前多麼正直善良，都已經不再是原本的那個人，只有無盡恨意和強大邪氣，像閃電落雷，狂風暴雨，山崩洪水，不是人類可以與之共處的。

所以祖父和父親真的都變成惡靈了。這個體悟讓海朔兒更加痛苦。

他在煎熬中本能地去找多馬斯・海朔兒打死黑熊的那棵樹。谷地面貌大變，草木被刈倒，到處都有燒焦的痕跡，水鹿早就跑光，只有會吃內臟的黃喉貂從屍體裡鑽出來，比箭還快地奔竄著。

沿路上各種死者的慘狀令他害怕，臭味令他害怕，惡靈令他害怕，但他還是不斷獨自往前走。

海朔兒花了好一會兒才找到多馬斯・海朔兒的那棵樹，它被攔腰撞斷，只留下一小截摧折的殘幹，整個樹冠飛到不可思議的遠處。

他背靠殘餘的樹幹頹然癱坐，望著逐漸昏黑的凹谷，腦筋一片空白。他發現手上握著不知何時撿起來的一塊金屬，也不曉得那是什麼，而腳底割破鮮血直流也沒感覺。

這一切遠超過他的想像，也讓他明白自己的天真。他自以為曾經見識過許多巨大的力量，像是震撼群山的三吋速射砲，拉著十幾節車廂風馳電掣的火車，還有直上雲霄的飛機，尤其是能夠投下火焰將整個臺東街燒掉的重型轟炸機。這些都曾經讓他深深折服，相信世上有不同的Samu，乃至於有能夠讓惡靈轉為善靈的力量。

但現在一架重型轟炸機就在這裡硬生生整個解體，在天神指尖輕彈下化為碎片。他被這景象擊倒，彷彿自己身體裡面也有一部分跟著撞碎死去，又像祖父曾說的，人跌倒或者受到驚嚇時Hanitu 會脫離身體，如果沒有及時叫喚回來，就會變得癡傻，不記得自己走過哪裡、看見什麼。

他開始渾身發抖，一股巨大而難以言喻的情緒悶在身體裡面亂衝亂闖卻無法發出來。他看不到別的隊員，充滿死亡的谷地裡彷彿只剩下他一個人。隨著夜幕降臨，惡靈的力量也隨之增強，像百步蛇一般大口吞噬、將毒液射入他的身體，直到他麻痺斷氣為止。

他呼喚山裡的老人家，還有傳奇的多馬斯・海朔兒，希望得到他們的拯救，但一無所獲。他也試著感受祖父和父母親，那怕是他們的惡靈也無所謂，但他分辨不出惡靈們的面貌，那只是一團團汙濁濃稠的怨恨。

天色徹底暗了，星星一顆顆亮起，連綴成為銀河。海朔兒無法動彈，只能在痛苦中沉入越來越幽深的黑暗裡。

忽然間，一道奇異的光芒降臨，那是巨大的月亮從凹谷盡頭的山嶺上冉冉升起，如此皎潔，如此美麗，卻又如此淡漠，對眼前的一切無動於衷，只將恆常不變的清輝遍灑大地，讓萬物敷上一層藍光，照出幽幽的影子。

那影子的濃度不到日影的一半，彷彿萬物的靈魂也變得稀薄，而軀體不再真實。海朔兒看著自己的影子，又舉起手看著掌心，忽然閃過一念，或許此刻的自己只是脫離身體出來遊晃作夢的Hanitu，而不是擁有心的那個原本的我。

身體和心可能一開始跌倒的時候就躺在原地，只有 Hanitu 繼續遊蕩至此。而如果 Hanitu 無法回到心和身體，那麼 Mataisah（夢）是不是就會變成 Mataz（死亡）？

月亮逐漸升高，遠離山嶺，堂堂高懸空中。

海朔兒看著月亮，心裡的思緒像苧麻剝下的絲線一樣又多又亂，想要向月亮開口，卻一句話也說不出來。

他察覺山谷裡似乎有什麼動靜，回頭一看，只見遍地幽光閃爍，那是無數飛機殘骸淡淡反射著月光，而且不只是谷地中間，連兩側的斜坡上也都布滿銀點，比白天時看到的還要多上好幾倍，好像銀河的一部分流瀉到地上。海朔兒就在這片幽光的中心，死去的飛機環繞著他。

身前不遠的地上，一顆渾圓的石頭被照亮。那是一個頭顱，面對月亮升起的方向，微微仰頭，半睜著眼領受月光的滌淨。

海朔兒不知從哪生出一股力量撐起身子，慢慢走過去拾起那顆頭顱，摘下自己的皮帽為頭顱戴上。

銀光下，頭顱毫無表情，彷彿正沉浸在最深沉的睡眠中，得到永恆的平靜。海朔兒無法將視線移開，不願將視線移開，彷彿一個遊魂寬慰地看著安然沉睡的自己。

．

潘明坤沒有想到，搜索隊會離開越嶺道那麼遠，穿過沒有路的原始森林前往高山地區。

天氣變了，前幾天酷熱的日頭消失，取而代之的是低得快要壓到頭頂上的流雲和陣陣強風。一開始他還覺得歡迎，走起來不會那麼悶熱，但進入深林中越爬越高，風從微涼變成充滿寒意，只要停下來休息一下，身體就直哆嗦。

一回神，同行的阿美族人都已經不見蹤影，只剩明坤自己一個人。

森林裡到處看起來都一樣。他順著路跡前進，卻走到完全封閉的深菁密林，想撤回頭時又找不到原路。他特地用心記住某棵姿態特別的大樹，但換個方向看去，又好像每棵樹都一樣，無從判斷應該朝哪個方向前進。

他大聲呼喚，同伴的回應並不遠，頓時寬下心。朝聲音的方向才走幾步，就看到樹幹上有一道鮮明刀痕，那是嚮導留下的路標，而自己剛才完全視而不見。

同樣的過程不斷重複，他以為走在確切不疑的路徑上，卻馬上再次迷失，感覺非常喪氣。雲層變厚，時間應該沒那麼晚但天色暗得好快。他頭痛起來，好像有一團黑霧在腦殼裡發脹，也開始有點喘，就算停下腳步休息也喘個不停。疲累讓他失去警覺，埋頭順著一條寬大的路跡走了好久，忽然發現前後不見人影，而且路消失了，或者說看起來四面都是路，不知該往哪裡去。更糟的是，這次沒有人回應他的叫喊。

明坤開始心驚，覺得自己在這深山裡丟失了，不知道自己在哪，也沒有人知道自己的下落。變黑的森林安靜下來，彷彿不懷好意。他只聽見自己粗重的呼吸，暗光鳥嗚嚕嚕啼叫，還有周遭不時傳來的可疑動靜，像枯葉碾碎、乾枝折斷，還有更多無法形容的聲響，不知是猛獸、蟲蛇，還是山精鬼怪？

他覺得被騙了，這裡明明就離戒茂斯駐在所很遠，才不是保正說的「再上去一些」那麼輕鬆，然而想這些都已經太遲了。他害怕必須一個人在這野外過夜，非常無助。

他念了幾聲佛號，卻忍不住質疑這裡有沒有神明和佛祖？

他一直覺得天龍吊橋的橋門有點像日本神社的鳥居，通過那底下就進入另一個領域。而從戒茂斯離開越嶺道，又到了完全不同的世界，一切都是未知的神祕，或許高山上只有蕃人信仰的神靈存在吧。

叫天天不應，叫地地不靈，說的就是這種情形。戰爭期間，他們被迫把神像撤除，過著沒有神明庇佑的日子。現在神明回到庄內，他卻自己跑來這荒山野嶺。

四天前，部落會會長，也就是舊稱的保正隨同幾個警察到處徵調出役，說第一陣搜索隊放回信鴿，已經找到墜機殘骸了，第二陣必須立刻出發，但願意去的人很少，會長千拜託萬拜託，保證發給高額工錢，最後畢竟還是阿美族頭目山元光夫號召了近三十名族人加入，才讓搜索隊有足夠人手，其中很多是和明坤一起搬運物資上山的熟面孔。

十五名憲兵、四名警察，加上七十名出役人夫，總數達到八十九人，陣容浩大。阿美族之外多半是閩南人，也有幾個客家和平埔族人，甚至還有一個從臺東郡徵來的卑南族人。

在新武路駐在所集合時，明坤心想，這還真是一支大混合的隊伍，簡直就像是臺灣住民的集合展示。

第二陣隊長落谷順盛巡查部長宣布，這次的任務是要到山區協助埋葬墜機罹難的西洋人，原本米軍希望將屍體運下山，但現場狀況不允許，所以改成就地鄭重埋葬。出役者的工作就是把木板和鐵鎚鐵釘等工具搬上山。

大家看到路邊那一疊木板，紛紛用各自的語言暗罵。每塊木板長七尺、寬一尺三寸、厚五分，重量是還好，但比一個人還要高出許多，只能兩兩一組，把木板擱在肩頭上前進。明坤分配到兩把鐮子，得以獨自行動。

天氣大好，隊伍出發時吆喝聲此起彼落，阿美族人帶來的幾條狗也搖著尾巴前後竄來竄去，讓明坤想起四、五年前剛開始押送物資上山的光景。那時越嶺道沿線駐警人數還多，每次運送都必須派出五十名阿美族人背負物資，形成壯觀的景象，也總是讓人心中充滿期待。

隊伍在霧鹿和戒茂斯各停留一晚，然後離開越嶺道進入原始森林。隊員們腳程差異很大，光是在平順的越嶺道上就已經頭尾拉得很長，進入森林後更是一下子就徹底分開，身手俐落的阿美族人領先，居中的主要是日本憲警，漢人和平埔人大多落在後隊。

這天離開戒茂斯時，已經有人覺得不對勁，才過中秋卻吹起陣陣北風，莫非是要做風颱？部分警覺心高的人因此放慢腳步觀望，把隊伍拖得更長。

明坤很自然和阿美族人走在一起，沿途都是看慣的風景，很有親切感。然而以往他並不需要背負重物，這次走起來甚為吃力，很快就意識到自己和阿美族人的差距，漸漸迷失在密林中。

就在徹底失去同伴聲息時，明坤看到前方有個紅影一閃，似乎是眼花了，但直覺朝著那個方向前進，終於走到比較平緩的路段，趕在天黑之前找到幾個正準備過夜的阿美族人，大大鬆了口氣。如果再晚一點，明坤就會錯過發現他們的機會，因為他們躲進一個小水池邊的杉林下，並且把千辛萬苦搬上來的木板搭成簡陋屋頂，徹底隱蔽在黑夜中。

這些阿美族人說，他們還算是走得慢的，最快的幾個人早就跑得老遠，說不定已經抵達目的地了。

幸好有這片屋頂，使得柴火得以升起，提供些許暖意。即便如此，明坤還是持續頭痛喘氣，徹夜發抖，腳板冷得像冰塊，尤其當柴火減弱時就會驚醒過來。

風呼呼吹著，杉樹和松樹針葉嘩啦嘩啦作響，怪不得人家會說「松濤」，真的跟海浪一樣。明坤彷彿睡在颱風要來之前的海邊，浪濤聲一波推著一波。

•

深夜裡，明坤猛然驚醒，四周漆黑一片，不知自己身在何處，所為何來？

自從美津死了之後他就不曾再夢到紅緞，但是剛才夢見紅緞牽著美津，背對他坐在一條大河邊。他上前兩步，幾乎快要看到紅緞的臉了，他還沒有看過紅緞的樣子，但這時紅緞低下頭幽幽地問，你到底有沒有心要娶我。

平靜的大河忽然像大海般洶湧起來，浪濤聲一波波拍打著，水花飛濺在臉上。明坤醒來，那濤聲響亮依舊，原來是杉林的搖動。

明坤對紅緞的話感到莫名其妙，他不是早就已經娶過了嗎？她還想要怎樣？而且他這段時間一直想問紅緞為什麼要把美津帶走，夢裡卻竟忘了說。

妳到底要什麼？明坤蜷縮著身軀不住發抖，想起自己來到這荒野窮途之地，暴露於寒風冷雨，忽然悚然一驚，莫非紅緞糾纏不放，真正的目的是要把自己也帶走嗎？他娶了女鬼為妻，所以鬼魂要將他帶到另外一個世界去長相廝守。

風變得更強更冷了，頭還是一樣痛著。

不知過了多久，天亮了，他們立刻出發。一顆冰冷的雨滴打在明坤手背上，又一顆打在額頭上，像是有人輕拍著他提醒什麼，見他執迷不悔，雨勢就劈頭蓋臉來了。天氣惡化得很快，急雨和陽光彼此較勁似地迅速交替。流雲從北邊衝著他來，低低壓在頭頂上飛得好快，好像踮起腳尖就摸得著。

切過一道溪溝之後，大致上都是平緩的草原。陽光把箭竹叢打得青綠一片、把每顆雨滴都照耀得無比清晰。善於奔跑的阿美族人兩兩成對扛著木板飛快前進，肌肉發亮，讓明坤追趕不上。

他們在正午之前抵達目的地。翻過最後一個小山頭，先是聞到鑽透肺腑的濃重惡臭，然後看到難以置信的景象。明坤腳步踉蹌地走下山坡，對著滿坑滿谷殘骸發愣，心想這就是在我們頭上丟炸彈的那個轟炸機嗎？從殘骸量來看真的是很大一架飛機，但徹底破碎到這程度又讓人無法想像原本是什麼樣子。原本他對這個投下災禍的敵方惡魔深惡痛絕，實際看到這般悽慘模樣，一腔怨恨卻頓時被巨大的衝擊所掩蓋。

凹谷中有個小水池，乍一看彷彿開著無數搖曳的白色蓮花，仔細端詳才發現是許多白色布包擺在池邊，上面壓著一具又一具殘缺的屍體，沾染黑濁血汙，被陣陣風勢吹得躁動不安。有人說那是降落傘，每個死者身上都背著一具，就被當作現成的裹屍布。

明坤不住作嘔，好像小時候第一次經過市場肉攤，看見動物死體、聞到刺鼻腥羶，整個胃不由自主痙攣起來，身體試圖把某些不潔不祥的東西硬擠出去，滿臉都是鼻涕眼淚，然而又無法克制走近前去觀察的衝動。他看到多數屍體身首分離，而許多頭顱裡沒有眼睛，只剩下兩個空洞的窟窿。

昨日荒郊去玩遊，忽覩一個大的骷髏。

他想起法師的頌唱，霎時間，覺得這些沒有眼睛的頭顱都在瞪視著自己，看透了自己，穿過血肉，看到同樣一副骷髏骨架。

所謂孤魂野鬼就是這麼回事嗎？明坤想起阿母和美津，她們的肉身在地下都早已化為枯骨了吧，而她們沒有得到安頓的魂魄是否還在荒野飄盪、受盡折磨？

他恍然醒悟，自己被派遣到這個地方為罹難者收屍，是要來做一場大功德的普度，以此供養慘死荒山的孤魂們，這是無論花多少錢、請多厲害的高僧辦多少法會都比不上的。就像目連尊者即便擁有大神通也無法消解母親的業力，必須供養十方，用大福田來迴向給死者。

於是他強忍不適，拿著鏟子上前加入忙碌的清理隊伍。

·

潘君！你在這裡做什麼？城戶詫異地說。

城戶部長！明坤看到熟人，感覺一陣安心。然而眼前的城戶和平時非常不同，全身上下沾滿汙黑血漬，飄散著濃濃屍臭味，不僅臉上掛著和死亡共處慣了的漠然，連眼神都變得空洞，彷彿已經有一腳踏進另外一個世界。

一陣夾著冰冷雨點的狂風吹來，城戶緊緊按住頭上的帽子，同時把明坤手上的鏟子搶走，嚴厲命令道，天氣惡劣，待在這裡非常危險，你必須立刻下山！

不，我要留下來幫忙。明坤喊道。

山的顏色變了。海朔兒過來說，颱風來了，就算不趕快下山，也得先到安全的地方躲避。

後山定卻說，大家好不容易把屍體收集完畢，根據兵籍牌做了名冊，寫好現場報告書，只剩下屍體還沒有埋葬。如果這個時候撤離，恐怕招致米軍怨言，留下禍根。

我們有多少木板？城戶問。

二十二片。山元光夫說。

未免也太巧了吧，跟找到的屍體數量一樣。城戶沉吟說，一具屍體一塊木板絕對不夠用，也沒時間挖坑下葬。雖然沒辦法講究，但至少要封起來避免被野獸吃掉或被颱風吹散。

山元提出辦法，把四片木板釘成沒有分隔的長條箱子，可做五個。多的兩片木板剛好鋸成十片方形，當成頭尾擋板。屍體一包一包放進去，也許可以放得下。

事不宜遲，趕快做完趕快撤離。城戶對阿美族人大聲宣布，說搬運木板任務已經完成，大家可以下山回家，如果願意留下來幫忙，他很感激。話一說完，大半人立刻離開，只有幾個留下。

野中！我命令你立刻下山。後山喊道。

是？野中義男面露疑惑。

你不是一直吐又沒吃東西，現在不走，等一下撤離時在那裡拖累全隊可不行。後山把一個背包交給野中，裡面是二十二面鋁製兵籍牌，還有手表、項鍊和皮夾等罹難者的遺物。後山低聲說，你一定要活著下山，把這個交給米軍。

軍曹⋯⋯

我竟然把這麼重要的東西交給你，不過也別無選擇了，快走吧。後山一拍野中肩膀，命他立刻動身。

潘君也走吧。城戶說。

不，請讓我留下來幫忙。明坤堅持說，多一個人手，大家就可以早一刻撤退。

城戶點了點頭便轉身幹活，那邊山元已經鐙鐙鏘鏘釘起木板。

‧

當最後一包屍體勉強塞進木箱，蓋上最後一片木板，準備敲釘封棺時，一陣冰雹猛然襲來，在木箱上打得咚咚作響，彷彿心有不甘的亡魂憤怒抗議，把眾人砸得疼痛不已。

方才全心全意趕著完成最後的作業，一抬頭才發現，凹谷裡已然狂風怒號，所有樹木狂亂搖擺，四面八方傳來尖銳呼嘯，彷彿無數孔洞同時被吹響。大家搶著釘上鐵釘，把棺木放進匆匆挖掘的淺坑稍微固定，最後插上一副簡陋的十字架。

走吧！城戶再次環顧狹長的小凹谷，依舊是處處殘骸，幾片鋁製蒙皮被狂風吹得滿地亂滾，但已看不到任何遺體。他在風中大喊，任務完成，撤退！

海朔兒抬頭看，天光所剩不多，只能走多遠算多遠。眾人踩著箭竹叢，頂著風雨吃力地爬上小丘，再回頭時整條凹谷已然隱蔽在雨霧中。

情況比想像的糟，凹谷裡多少還有些地形屏障，中央山脈主稜上卻毫無遮蔽，必須直接承受所有風雨。這時吹著東北風，像是從背後逼著人們加快步伐，但不時有狂亂的瞬間陣風從出其不意的方向猛然推來，一不小心就會被吹落山坡。

濃厚的雲層壓得低低的從天上飛來，也從陡峭幽深的山谷底急漲上來。前方稜線時隱時現，隊伍行進速度十分緩慢。天色暗得太快，馬上就會陷入無邊黑夜，每個人都渾身濕透，氣溫又迅速下降，在這毫無遮蔽的稜線露宿太危險了。

怎麼辦？海朔兒耳邊響起祖父的話，要用你的心，讓老人家引導你。他停下來，站直身子大聲祝禱，老人家啊，今天我帶著眾人來把山上恢復潔淨，遇到天神憤怒降下的風雨，請帶領我們的方向，指示一條生路。

流雲忽然打開一道縫隙，山稜稍微亮了起來。呆姆朝著右下方的森林吠叫了幾聲，海朔兒醒悟到祖父帶他去過的石壁獵寮就在附近，心中清楚地浮現出方向，立刻大喊一聲，並且毫不猶豫往側面山坡下切，鑽進杉樹林中。

樹蔭下天色更加昏暗，只能憑感覺摸索，但海朔兒像是在白晝的草原上移動，總是能找到最好走的路徑，巧妙繞過障礙，並且保持著所有人都跟得上的速度，最後終於在完全陷入黑暗之前抵達獵寮。

內凹的石壁將大半風雨擋住，海朔兒跟祖父一起修繕過的木柱和松樹皮屋頂也還屹立著。眾人像初生的山豬仔般緊緊挨擠在一起，暫時得到庇護，但未來命運未卜。

獵寮外天搖地動，潑灑著冰簇般的暴雨，而漫長的夜晚才剛剛開始。

第十六章　歸宿

深夜裡，惡靈如影隨形，海朔兒的心知道。不只是墜機身亡的二十幾個盟軍亡魂，還有整個山間乃至平地上，霧鹿事件中被日本人設下陷阱屠殺的，日本入侵山區時雙方交戰犧牲的，被迫出勞役時意外死亡的，在米軍空襲下喪生的……它們全都在巨大颱風席捲下被喚醒、被召集，而它們的痛苦與冤屈又更催動了颱風的威力。

亡靈們匯聚成龐大暗影，發出黑色的光。它們是重傷之下發狂的獸，是受盡煎熬而無處宣洩的魂魄，沒有辦法從無止無盡的折磨中解脫。子彈穿過身體的劇痛，火藥爆炸的震撼，天降邪火的燒灼，這一切彼此激發、互相增長。

它們聞到海朔兒一行人身上散發的屍臭，窺伺到這群人暴露在脆弱的處境，被引誘而來。

黑色的光狠狠糾纏著海朔兒，讓他頭痛欲裂，渾身痙攣，上一口呼吸找不到下一口呼吸，急速哮喘卻無法把空氣吸入身體裡，意識逐漸變得模糊，快要失去所有知覺。

Mihumisang，好好呼吸，好好活著，Ala，祖父說。

Ala！海朔兒聽到祖父的聲音，從黑暗的邊緣活轉回來。

那團黑色光的中心透出深紅，裡面是不可思議的高溫，迅速轉為橙紅金燦，又在瞬間變為無法逼視的強光，將整個世界籠罩成為耀白一片。

祖父說，快躲進山棕樹下，只有山棕樹能夠抵擋太陽的燒灼。

海朔兒本能地滾進山棕淡薄的影子裡，山頭後方傳來奇妙聲響，起初像是無數蜜蜂同時撲拍著翅膀，接著有如連聲不絕的悶雷，最後變成不祥的轟鳴，那是四具發動機全速運轉的重型轟炸機，正要飛臨頭頂。然而從山頭上躍起的並不是飛機，而是一輪熊熊燃燒的巨大太陽，幾乎遮蔽了半個天空。

快！祖父說，射出你的箭！

海朔兒舉起弓箭，用盡所有力氣張開，朝著太陽疾射而去。這是他射過最強的一箭，然而距離太遠，箭矢很快變成一條扭動而畏怯的小蛇，失去向上的力氣，根本都還搆不著太陽就瞬間被燒為灰燼。

太陽不斷上升，震耳欲聾地衝向雲霄，海朔兒全身毛髮都被燒灼捲曲，發出刺鼻臭味，他忍受不住卻又無處可逃，覺得痛苦萬分。

Ala！祖父大聲喊道，我們耗盡一生艱苦跋涉，等的就是這一刻，你一定要射中！眼看太陽就要高高遠去，海朔兒一咬牙從山棕葉底下跳出來，拿起一副碩大無比的弓，使勁拉開，然而弓弦太緊難以拉滿，雙手也不斷顫抖。

百發百中！祖父大聲喝道。

百發百中！海朔兒跟著叫喊。

百發百中！多馬斯・海朔兒・拉伐里昂和所有同名的Ala們齊聲高呼。

百發百中！海朔兒高呼。

太陽屈服於我的箭下！所有山裡的老人家們齊聲高呼。

太陽屈服於我的箭下！海朔兒怒吼一聲，感覺一股泉水般涼爽的清流直通到身軀深處，霎時把弓拉滿，放手射出，那支箭像是有生命一樣飛竄而去，霎時消失在白光裡。

太陽上升之勢忽然停歇，看似頓在空中，接著發出金屬迸斷的連環巨響，一邊爆炸一邊朝著海朔兒這邊急速墜落下來。

一切太亮、太熱、太響，海朔兒想躲回山棕樹下，卻感覺整棵樹無聲地燃燒起來，無法再提供他任何保護。在連串震動大地的撞擊之後，世界陷入漫長死寂。

海朔兒再次睜開眼睛，萬物恢復了可見的輪廓，但四周已經變成一片焦土。海朔兒很驚訝自己並沒有死，雖然渾身灼熱疼痛但還能行動。

一陣介於人類、野獸和奔雷之間的淒厲嘶嚎傳來，一個渾身散發著青冷白光的巨人從廢墟中站起身來發狂怒吼，祂右眼插著箭桿，噴出滾燙的血液，濺落之處所有東西都被燒毀，而血液瞬間冷卻變成光芒閃爍的琉璃，噴灑在天幕上就成了銀河與星空。

巨人憤怒地朝著海朔兒過來，才踏兩步就已經降臨在他頭上，巨掌直直拍下，根本來不及逃走。海朔兒在千鈞一髮之際閃進巨掌的指縫間，巨人見沒有拍死他，狂暴地輪番用左掌右掌不斷拍打，卻因為指縫太大而總是被他躲過。

海朔兒五臟六腑都被震得翻湧不已，難受得快要爆炸，終於被一記掌風搧到，重重撞在岩石上，嘴裡一陣劇痛，兩顆側門牙脫口飛出。

巨人似乎力氣用盡，發出粗重的喘息聲單膝跪了下來，右眼依然不住流著鮮血。祂緩緩伸出手抓住海朔兒，用未瞎的左眼瞪視。那眼神頑強、倔強、嚴厲又哀傷，瞳孔深處有潔白的幽光，隨著祂的呼吸而盈缺。

那眼神看透海朔兒的靈魂深處，煥發著無可抵抗的魔力，彷彿要將他的神魂都吸走。巨人不曾開口，但海朔兒知道祂即將要說什麼，海朔兒分明聽見那句質問：人類，你可知道為什麼遭遇這樣的災禍嗎？

海朔兒隱約記得答案，那是祖父曾說過無數次的，但此刻他被那幽光所拘束，無法動彈也無法回答，只覺巨人的手十分冰冷，令他寒凍難耐。海朔兒閉上眼睛，卻甩脫不了那迷魅的逼視，以及沁入骨髓的寒意。

人類，你必須記得與我的約定。巨人長長地吁了一口氣，逐漸冷靜下來，把手鬆開，但表情依然淡漠。祂拔下插在右眼上的長箭，將被射穿的眼珠托在右掌心，遞給海朔兒。

海朔兒跌坐在地上，伸出顫抖的手接過那顆眼珠，霎時感到一股溫柔的暖流注滿全身，撫平傷口和疤痕，消除了疼痛不適，更理解包容了他所有的軟弱、愧疚和悔恨。

巨人不知何時消失了，海朔兒環顧四周，整個地面泛著一寸高的青白色光芒，布滿無數巨人之血凝結成的琉璃珠，流轉著奇異光芒。他看得癡傻，回過神來才發現那些原來全都是破碎的飛機殘骸，在月光下發出幾乎杳不可聞的嘆息。

濃雲飄過，遮蔽了月亮，大地陷入徹底的黑暗，海朔兒再次變得渾身冰冷難耐。

・

阮啊，只做到盆祭到盆祭，就做到盆祭為止。盂蘭盆趕快來，阮就能早點回家。

要是阮死了，就埋在路邊，有人經過就給阮一朵花。

花要什麼花，沿途盛開山茶花，澆墓自有天落水。

城戶在黑暗中聽見歌聲。

他循著歌聲摸索前進，路徑崎嶇蜿蜒，上上下下，好幾次撞到突出的岩石，但終於來到唱歌的人前面。那是春枝抱著三歲的幸雄，即便看不見，他也能感覺到母子的身姿形影。

妳在準備盆祭要用的供品嗎？城戶問。

今年盆祭已經過了，秋彼岸也過完了。春枝說。

那妳在準備什麼呢？

總是有準備不完的東西啊。

這麼暗怎麼做？城戶從懷中摸索到防水布包，拿出火柴。

不要點亮！春枝厲聲說，絕對不可以看！

那有什麼關係。城戶滿不在乎地將火柴畫著，嚓的一聲，四周亮了起來，猛然之間大受驚嚇，看見春枝懷中的幸雄竟是一具被海水泡爛的屍體，蒼白膨脹又布滿青黑色的斑點，上面都是蠕動的蛆蟲，啃咬之聲嗤嗤作響。

城戶大叫一聲，轉身往外奔逃。火光熄滅，他在黑暗中跌跌撞撞，周身疼痛，但恐懼感逼使他不斷向外逃去。

前方似乎就是出口，只要離開這裡就安全了。城戶奮力前進，外面轟隆隆、嘩啦啦下著暴雨，越靠近出口聲音越嘈雜。快要逃脫時，身體好像被什麼纏住，再也無法移動，陰磣寒意從背後欺來，瞬間就到了他背後，同時一股冰冷的激流淹沒了他的雙腳。

•

水灌進來了！

整個獵寮都被驚醒，暴雨匯聚成流，順著山壁沖瀉而下，形成一條水道從獵寮中間穿過。原本坐臥休息的隊員們跳起來，黑暗中不知該往何處躲避，腳下都被浸濕，簡直像踩在碎冰裡。

城戶驚醒沒多久，又因為太過疲累而湧現深沉睡意，彷彿要被拉回剛才的噩夢裡去。每個人都一樣睏倦而且受凍，寒意從身體深處冒出來，由裡向外冷透骨髓，讓人像是剩下一副空架子，無法控制地哆嗦顫抖。

大家手挽著手互相取暖，不時原地踏步保持清醒，並且發現原來人不只站著可以睡著，還可以一邊踏步一邊睡著，有時飢寒交迫到失去意識，有時卻又被強烈的飢餓感喚醒。隊員們彼此叫喚，睡睡醒醒，不知挨了多久，忽然有人喊天亮了。城戶一看，獵寮外似乎微有天光，隊員們的形貌也影影綽綽浮現出來。

這裡已經無法避難，後山定說，颱風還會持續一、兩天，留下來只有死路一條，等可以看到路的時候就出發吧。

好！城戶問，誰身上還有吃的嗎？

我還有一點原本給狗吃的小米。海朔兒拿出用月桂葉包裹的狗糧，但被雨水浸濕，冰冷黏稠。

潘明坤拿出空便當鋁盒，海朔兒把小米糧倒進去，城戶點燃剩下的筆記本，放在便當盒下面烘烤，實際上作用不大，但短暫的火光帶來莫大希望。便當盒傳了一圈，每個人用指尖抓一小撮吃下，權做充飢。

誰還有菸嗎？後山問。

城戶拍拍口袋，裡面有個菸盒，取出來分發，剛好一人一支。他把菸點上，大家彼此湊近菸頭互相點燃，一時間幽暗的獵寮裡點點紅光，忽明忽暗，煙霧瀰漫，心理上有了些許暖意。

城戶從來不曾感覺一根菸的時間那麼短又那麼長，每一口都如此珍惜地品味，卻又沒幾下就抽完了。煙的微溫和辛辣讓原本麻木的感官稍微恢復，一口比一口濃烈。他深深吸了一口，看著菸頭紅光燦爛發亮，把煙停留在身體裡很久才長長地吐出來，竟然最後才意識到這是幸雄帶來的恩賜菸，至此全部抽完了。

出發吧！城戶大聲說。

我一定會帶大家下山。海朔兒說，森林裡路徑不清楚，大家跟緊不要失散。

布袞說，我走在最後押隊。

城戶說，等全員都回到稜線上之後，大家就各自前進，不要彼此等候了。無論是誰倒下，也不要為此耽擱一秒鐘，爭取寶貴的時間尋找生路。

山元說，就以必死的決心，懷抱希望尋找生路吧。

潘明坤說，祈祝大家在越嶺道上再會！

在越嶺道上再會！眾人高舉香菸呼喊，然後把菸蒂狠狠彈出。在最後一點紅光落地熄滅之前，海朔兒已然當先衝入雨瀑之中。

•

像是命運最終判決之前，上天所施捨的一點慈悲，隊伍離開獵寮時風雨短暫停歇，順利攀回稜線上。

但開始前進之後，隨即又大雨如注。隊伍很快走散了，有些人一開始就完全走不動，尤其到了稜線抬升的路段，頭尾距離馬上拉開。整個世界變成一個大瀑布，四面八方除了傾盆大雨沒有別的景物，雨水更不斷流進眼睛，只能低頭看著腳下。

明坤不知自己是在隊伍的哪一段，甚至無法確定自己是否還走在對的方向上。他沿途看到幾個倒臥的阿美族人屍體，都是昨天先一步下山的，應該是被迫露宿在稜線上而凍死。他不知道這意味著方向正確，或者自己也正步上死者的後塵。

他頭痛得要命，喘氣之外還開始乾咳，每一步都很吃力。全身衣褲鞋襪早就徹底濕透，又冰又重，好像一副鐵盔甲，把體溫不斷拔走，寒冷徹骨。

前面的路還很長，現在就這麼艱苦，能撐多久？明坤幾乎無法再踏出一步，心中浮現絕望，恐怕就要命喪這荒山之上。

忽然間，他看到前方又有個俯臥的人，是穿著防雨斗篷的憲兵。走上前把對方翻過來一看，乃是野中義男，雙眼微睜，死不瞑目。

明坤意識到斗篷是救命寶物，伸出凍僵的手笨拙地去解釦子，卻怎麼也解不開，而且一停下腳步就冷得不斷發抖，煩悶而痛苦地嘶嚎起來。他明白多停留一秒鐘就多一分危險，於是取出肥後守小刀把釦子線割斷。

沒想到野中忽然睜大眼睛，猛然呼了口氣，竟還沒死透。明坤嚇得一屁股坐在地上，頭皮發麻，但生死交關，顧不了那麼多，掙扎起身繼續拉扯。野中舉手抗拒，但已沒有半點力氣。明坤硬把斗篷從野中義男身上拽下，使他翻滾了一圈。

明坤把斗篷套在身上，嘶吼道，別怨我，反正你已經活不成了，我們臺灣人也被日本人欺負得夠久了！

他正要起身離開，又看到野中的眼睛，那是完全空茫渙散的目光，瞳孔一收一張，隨時都會失去最後的神采。但野中卻竟執拗地伸出手，甚至轉過身子，試著去抓地上一個背包，不斷指點比畫。

明坤疑惑地打開背包，裡面裝著兵籍牌等罹難者遺物，是後山交代野中帶下山的。

你是要我帶走這個？明坤難以置信地說。野中鬆了口氣癱瘓在地，滿臉都是雨水，只剩下急促而短淺的呼吸。

明坤撇下野中大步走開，又猛然停住腳步痛哭失聲，一陣強風輕易把他撥倒在地。明坤不知道自己為什麼哭，但就是有無盡的情緒從身體裡冒出來，他從來沒有這樣用力哭過，阿母死的時候沒有，美津死的時候也沒有，好像在這一刻才終於能夠真的為她們感到哀傷，讓積壓的淚水傾瀉，撕心裂肺地哭嚎。

不知過了多久，他聽見暴雨不斷擊打著質地粗劣的羊毛斗篷，啪噠啪噠啪噠啪噠。

他連滾帶爬回到野中旁邊，野中已經看不見，聽不到，也失去所有神識，氣若游絲但確實仍在呼吸。他一咬牙，脫下斗篷蓋在野中身上，說了聲御免（抱歉），抓起那個背包，起身奮力在暴風雨中前進。

・

紅緞一如往常坐在大河邊，像一座湖那樣看不到對岸的大河，寬闊平靜。

她起身向河流走去，形影美好。她走到河邊，牽起一個小女孩，卻是美津。

阿爸。美津說，阿爸不用替我煩惱，阿母很照顧我，我在這邊很好。

原來美津不是被紅緞帶走的，相反的，美津原本就天命已盡，幸好在那邊有紅緞接引，才不至於游離孤單。

兩盞水燈靠近岸邊，燭火在風中搖曳，卻不會熄滅。明坤知道這是紅緞和美津的水燈，她們就要去了。

明坤在攀下一個陡直的土壁時直接往下摔落，翻滾了很長的距離才停下來。他的頭靠在一個水窪邊，水面反射耀白天光，又被大雨打得像是沸騰的滾水。

離開野中後，好不容易爬上主稜高點，來到一小片平坦地面，前後點綴著幾個矮丘，完全沒有任何路跡或記號，只能盲目亂走。他越走越慢，越走越沒有知覺，終於離開稜線，進入無邊的密林裡。樹木激烈搖晃，整座山都在動盪，但畢竟將風雨稍微阻擋，讓明坤以為自己還有機會繼續前進，直到從土壁上摔落。

他躺在地上無法動彈，腦中浮現冥妻身影，忽然懂了紅緞那句質問──你到底有沒有心要娶我。

明坤終於醒悟，自己當初爭取冥婚只是貪圖禮金、攀附林家，自己其實從未把紅緞當成真正的妻子，好像普度時祭祀的孤魂野鬼，再怎麼豐厚供奉，都是希望他們吃完快走，別留下來害人。他總是在夢裡和紅緞激烈交合，向她求子，祈求繼承商會，但醒來時又都覺得非常畏懼。

其實紅緞這樣少年早逝的無主孤娘尋求歸宿，不只是在牌位上有個名字，接受香火供養，也是想成為真正的潘家人。他曾懷疑是冥妻把自己引入絕境，要帶他去陰間廝守，然而此刻他明白並非如此，紅緞是來護佑而不是加害自己。

他的視線越來越模糊，視野越來越窄，眼前只剩下這一片水窪，彷彿一片大湖，一條長河。

他彷彿看見紅緞，用最後的力氣伸出手，想要好好握住她的手。

．

紅緞靠在明坤肩上，溫軟的小手牽著他，紅色裙擺緩緩飄動。明坤看到她有幾絲頭髮散亂地岔出鬢邊，伸手把髮絲掠在她的耳後。

妳真好看。明坤第一次看到紅緞的面容。

紅緞和美津起身踏上靠在河邊的水燈，水上又飄來第三盞燈。那是我的水燈嗎？明坤想。

紅緞開口說話，但雨聲太大了，他聽不見，於是也起身上前，一腳踩進溫暖的河水裡。

你放心，紅緞說，阿滿有身了。

真的嗎？

是個很美、很有元氣的女兒呢，紅緞嫣然一笑。

啊，太好了！明坤衷心喜悅。

河面上星星點點，許多火光亮起，那是無數水燈順著河水緩緩漂動，從上游到下游，無止無盡。

城戶在稜線上和其他人走散，只有長年跟隨他的兩個警手依然在身旁陪伴。他們好不容易離開稜線，通過哈因沙山山頭，原本要繞過月亮的鏡子邊的高處，但這時城戶變得很不對勁，一個踉蹌就往陡坡滾下去，爬起來之後又拚命往湖邊下切。

城戶不知哪裡生出來的力氣，走得比誰都快，讓警手追趕不上。他直衝到湖邊，大喊好熱好熱，開始把衣服一件又一件脫掉，佩劍和鞋子也甩在一旁。

不好，他失溫了！一個警手喊道。

城戶把自己脫得赤條精光，最後發現頭上還戴著帽子，一把摘下來就遠遠拋進湖裡。

好熱！好熱！城戶熱得受不了，一腳踏進冰冷的湖水裡，忽然強烈地聞到身上泛著惡臭，於是用手掬水潑灑在身上，清洗雙眼和口鼻。

這時他看見嘉雄。

嘉雄扮演成神話演劇中素盞鳴命的模樣，戴著假鬍子，身穿白長袍，脖子上掛著玉飾，腰繫寶劍。他抽出寶劍，氣概十足地喊出臺詞。我啊，我叫素盞鳴命，是高天原之主天照大神的弟弟！

敵艦來襲，緊急出動！

嘉雄瞬間換上全套飛行服，雄赳赳氣昂昂，跳上最新銳的四式戰鬥機疾風，很快飛上天空。他在暴風雨中盤旋數圈，忽然急速俯衝而來，對著地面用機槍掃射，打下一波波冰錐般的雨箭，落在城戶滾燙的身軀上。

住手，快住手！城戶徒勞地對著天空叫喊，但聲音完全隱沒在風雨和飛機的發動機聲中。

嘉雄反覆拉起又俯衝，射下一波波槍彈，打爛種滿高菜的菜園，機翼削斷一整排燦爛盛開的櫻花樹，把天龍吊橋的橋面打出一排排坑洞。嘉雄再次拉起機頭，盤旋之後對著東北方舉手敬禮，城戶看出他要做什麼，絕望大喊，住手！住手！

嘉雄的座機變成一架四發動機的重型轟炸機，從高空中俯衝加速，發出尖銳得不應該是這個世上會有的呼嘯聲，衝向霧鹿山村，最後伴隨著連環爆炸將整個霧鹿駐在所徹底摧毀。

房舍倒塌，殘存的木構熊熊燃燒，城戶看到自己的宿舍只剩幾根柱子，紙拉門上的題字被暴雨淋濕，每一個字都在一瞬間變得模糊，化為墨汁往下流淌，像黑色的血液，猶自低吟著，山川草……木轉……荒涼……

四面八方都是暴雨澆不熄的大火，城戶拖著疲憊的身軀向飛機墜毀之處走去，看見一個蒼白瘦弱的小孩子被甩出機艙趴在湖邊，連忙上前拉起來一看，卻是三歲的幸雄，雖然分隔了二十多年，還是跟他記憶中的一模一樣。

歡迎回家，幸雄。

城戶把孩子抱在懷裡，看見湖畔高處的岩堆間有個小洞，一拐一拐地踩著石頭爬上去，彎身走進那個剛好能讓他容身的洞穴裡，面朝洞口盤腿正坐。大風大雨將外面隔絕，這個小小的空間就是他的全部世界，不多不少，徹底包容著他，讓他感到非常安心。

渾身燒灼的燥熱消退了，心緒變得清涼，風雨聲逐漸安靜。意識模糊之際，他抬頭看見，洞外是一片充滿祝福的透明綠光，有一株杉苗昂然挺立，正要迎向它的千年歲月。

我回來了。城戶八十八伸出手，幾乎可以摸到那棵樹，他對趴在自己肩頭安然沉睡的孩子說，我們到家了。

尾聲

刷！海朔兒獵刀斬下，將死者的右掌齊根切斷。

脫離身體的手掌看起來變得不一樣，不再是某個整體的一部分，彷彿有了自己的個性，乃至於自己的故事。然而隨著血液從斷口滲出，手掌短暫的生氣立刻煙消雲散，恢復成一塊死去已久的遺骸。

那塊厚實的手掌比看起來輕盈，海朔兒把它放進背囊中，疊在另外七個手掌上。它們不太一樣，卻又好像沒什麼差別。海朔兒好奇地想，如果自己的手掌混在裡面，能夠辨認得出來嗎？

那麼，現在就將貴體掩埋。影山光一領著兩名警手，用石頭和樹枝堆置在死者身上，然後用鏟子挖土覆蓋。

海朔兒看著死者——堂弟布袞的最後一面，輕聲說，你在這裡，我的心知道，前往你該去的地方吧。

影山合十祝禱，真是抱歉，不是像樣的葬儀，也無法好好挖掘墓穴。我們能做的只有這麼多，敬請諒解。手掌火化之後會帶下山舉行公祭，然後發還家屬，請安心到另一個世界去吧。

陽光穿透樹林，在墳堆上灑落點點光斑，不住閃動。四面蟲鳴鳥叫，綠意清新，前幾天的狂風暴雨好像騙人似的。

不，經過三場強烈颱風清洗過後的山，是不一樣的山。海朔兒想，即便用眼睛看起來很像，但累積多年的所有不祥、不潔之氣一掃而空。那些被颱風召喚而來的惡靈，以及它們匯聚成的龐大黑色暗影，也已經被徹底吹散，他的心知道。

海朔兒起身時暈眩了一下，努力讓自己站穩，隨即繼續前進。

颱風過後兩天，關山郡隨即通令組成第三陣搜索隊尋找二十六名未歸還的前兩陣隊員、收拾罹難者遺骸。海朔兒雖然剛剛才從風暴中生還，身體非常虛弱，卻毫不猶豫表示要加入。

死者散落在山上各處，只有我才能找到他們。海朔兒說，而且我承諾過要帶大家下山，我聽到他們正在呼喚我。

他說的沒錯。自從抵達墜機所在的山谷，他就開始能夠感覺到 Hanitu。在獵寮那一夜，他也感覺到祖父和山上的老人家。但真正的關鍵在於，他是和罹難者們一起經歷過那場颱風而生還的人，只有他感覺得到他們的心。

他並記不得自己怎麼穿過暴風雨從山上下來，如何熬過冰寒飢餓。但他依稀有印象，每當失去方向的時候，就會有聲音告訴他該往哪邊走。好幾次他跌倒在泥流中滑落大段陡坡，總是幸運地在掉落斷崖前被樹叢擋住，儘管全身上下被刮出數不清的傷口，到處撞得瘀青，卻竟然沒有真正的大傷，得以平安回家。

而此刻他在陽光燦爛的山林裡，同樣擁有強烈直覺，知道每一個死者在什麼地方。即便偏離獵徑深入密林，或者墜落在隱蔽的溪溝，他都能感覺到。

當他在死者身旁坐下，伸手為對方闔上眼睛的時候，他會看到死者生前最後看見的影像，感受到他們的痛苦。那讓他重複不斷回到凍寒的暴雨裡，陷入徹底絕望的情緒，承受生命脫離肉身的撕扯。

然而死者黑霧般的怨恨與不甘，會因為被看見、被感受而釋放，化為一道嘆息消散進山林裡，輕拂過杉樹發出颯颯的聲音。

海朔兒身體很虛弱，又跟著罹難者一次次體驗死亡，照理說不可能撐得下去，但那些背囊裡的手掌支持著他，把最後一絲能量都全部交付給他，讓他有力氣繼續前進。

從死者們的眼睛，他看到，第二陣搜索隊隊長落谷順盛，在入山第一個晚上就凍死在露宿之處。他看到，第二陣依照腳程拉開變成前、中、後三隊，只有以阿美族人為主的前隊抵達目的地，中、後隊則在風雨大作時決定折返。有人在新武路溪底的杉林中避難但沒能熬過寒冷長夜，有人拖著飽受摧殘的身軀前進直至力竭倒地，有人摔落陡峭懸崖，也有人背靠石壁端正盤坐，守著最後一絲尊嚴接受死亡降臨。

在一棵大樹下，倒臥著三個阿美族人。一隻萎靡不堪的黑狗趴在旁邊守護，看見有人來，眼神哀傷地不住嗚咽。海朔兒摸摸牠的頭，拿出小米飯糰餵食，黑狗卻不肯吃，只繞著主人屍體彷徨打轉。

好孩子，讓我來幫你的主人。海朔兒伸手摀在一名死者眼上，那是山元光夫，和自己一起從獵寮離開後在主稜上失散，憑藉矯健的腳程切入森林，卻在雨霧中迷失方向，怎麼都找不到下山的路，最後只能偎靠在這棵大樹下，難逃失溫而死的命運。

海朔兒一一感受並釋放山元和他兩個姪子的痛苦，砍下他們的右手掌。等埋好死者，那隻黑狗才終於願意吃點食物，然後落寞地消失在森林中。

接連撫慰三個亡者讓海朔兒非常疲憊，胸間煩惡洶湧，必須靠在樹上休息。在這時他感覺到，亡者們背後還有一股更大的哀慟存在，而真正召喚自己的其實是這哀慟。

他們繼續上路，在一個小水塘邊找到潘明坤，以及他身上那個裝有盟軍兵籍牌等遺物的背包。海朔兒發現死者雖仍眷戀著身體，但沒有悔恨和罣礙，臉上表情平靜，他幾乎不費任何心神就讓亡靈離去。

走出森林來到箭竹草原，經過月亮的鏡子時，海朔兒感覺到城戶八十八就在湖畔岩堆的洞穴裡，而死者已經得到屬於它的歸所，因此海朔兒並未上前打擾，甚至沒有告訴影山光一。

他們沿著中央山脈主稜往北，又找到幾名死者，最後抵達米軍飛機墜毀的山谷，和第三陣搜索隊主隊會合，那是來自霧鹿和利稻部落的人們，先一步抵達這裡，就地砍伐木材、重新挖了深坑把盟軍棺木鄭重埋好。

海朔兒把背囊裡的手掌取出來，排列在一根砍倒的樹幹上。失蹤的搜索隊員共有二十六名，但只收集到二十二隻手掌，正好跟先前找到的盟軍遺體數量一樣。

海朔兒看著這些手掌，它們各有各的形狀、膚色和質地，乃至於個性。其中有布農、阿美、日本、閩南、客家、平埔和卑南，但此刻已經分不出哪一隻手掌原本的主人是誰，屬於哪一個族群。

影山召集眾人為罹難者默哀，然後宣布將所有手掌一起火化，撿拾遺骨帶下山交還家屬。眾人用油脂豐富的鐵杉和二葉松枝幹搭成焚火臺，把二十二隻手掌堆在上面，然後點火引燃。

當第一股白煙竄起，空氣扭動起來，海朔兒忽然意識到這簡直像是一場獻祭。

一個巨大的時代轟然終結，而充滿未知的新時代尚未開始，世局變幻混沌難明之際，在戰爭中彼此殺戮的雙方，還有在這片土地上恩怨糾纏數十年的每個族群，被莫名的力量召喚來此成為犧牲，獻上五十一條生命。

就在這時，一陣大風吹起，將火苗搧成烈焰，讓整個焚火臺熊熊燃燒起來。

海朔兒明白了亡者們背後那股巨大的哀慟，來自這塊滿身瘡痍的大地，那是由征伐、仇恨與戰爭所造成的傷害。

他彷彿看見從右眼中不斷流淌出鮮血的月亮巨人，逼視著自己反覆質問。這質問像一顆石頭重重打在他的眉心，他心裡一驚，對著焚火臺縱聲長呼，沒有詞語也沒有曲調，反覆一聲又一聲地呼喊。人們先是覺得詫異，但隨即陸續加入他的呼喊，用著各自的聲調，組成不斷堆疊升高的和音，緩慢而堅定。所有生者和亡靈，天地萬物的神魂，都在此刻合而為一，彼此共振。

•

海朔兒回到帕哈斯老家，舊家屋被颱風吹垮屋頂，變成廢墟。他不再擁有那個幽暗而令人無比安心的休息處，不過他也已經不需要了。

那對並生的大樟樹，其中一棵攔腰折斷，栽倒在山坡下。而另外一棵大樹依然壯碩地挺立著，雖然樹冠看起來剩下一半，卻不減其昂然向天的姿態。

海朔兒將手按在樹幹上，感到無比平靜。所有的 Hanitu 都在這裡，祖父的，父母的，祖先們的，布袞的，還有他自己的。Hanitu 們圍在一起，學著蜜蜂的嗡嗡聲響，讚頌偉大的天神。他的心知道。

Mihumisan。海朔兒•拉伐里昂說。好好呼吸，好好活下去。

後記

小說的起點常常來自於某些幽微線索，暗示著背後隱藏著一個廣大世界，卻又充滿未解的疑惑。

一開始接觸三叉山事件這個題材，首先吸引我注意的是時間的特殊性，這是在日本宣布投降之後、中華民國接管臺灣前的空窗期，無論政治、文化、身分和社會都即將發生劇變而一切又還混沌未明；其次，清算者號上的罹難者有美國、荷蘭與澳洲軍人，搜索隊中犧牲最多的是阿美族人，另外有日本、布農、閩南、客家、平埔和一名卑南族人，幾乎是當地人口組成的縮影，非常具有象徵性。

讓我覺得疑惑的是：這些人為什麼要上山？

日本軍警遵從命令上山搜救比較容易理解，但臺灣各族群已不再是被殖民者，沒有非得配合官方動員的義務，然而最後仍有近百人加入前後兩陣搜索隊，朝著陌生的高山地帶與最終的悲劇命運前進。

因此這起空難複合山難事件，簡直像是一場為戰爭結束所舉行的獻祭——當我腦中浮現出這樣的念頭時，不禁大受震動，產生了用小說來探索的願望。

奇妙的是，當這個寫作計畫公開後，陸續發現有好幾組人在彼此不知情的狀況下同時以這個題材進行創作。其中最受注目的當然就是小說家甘耀明後來在二〇二一年出版並獲得極高讚譽的《成為真正的人》，此外也有電影製作團隊、新聞記者和前輩軍史作家分別用不同形式切入這個曾被人們遺忘超過半世紀的冷門題目。

我強烈感覺到，冥冥之中有股力量想要讓這個故事被說出來。這並非訴諸神祕主義的靈異感通，而是說，沉寂已久的三叉山事件重新在人們的視野中浮現出來，背後必然有什麼對當下臺灣社會的集體無意識引發共鳴，喚醒與這段歷史對話的契機，也促使我更加投入這趟探索的旅程。

這部小說的完成有賴許多人幫助，也因此牽繫起幾段美好緣分。一九九九年，我剛畢業時曾短暫在公共電視《我們的島》節目擔任攝影助理，因而與布農族傳奇獵人林淵源（Nas Qaisul Istasipal）大哥相遇，從他那裡第一次認識布農，以及山上的老人家的事。我把這部小說中的布農少年命名為海朔兒（Haisul，郡社群發音），作為對林大哥的紀念。

特別感謝甘耀明老師，當我們一連絡上，他立刻毫不藏私地分享好幾份獨家史料，是我無法取得也無從回報的。二〇二〇年十一月，耀明、布農作家沙力浪（Salizan Takisvilainan）和我組成一支隊伍，前往三叉山地區踏查兩處美軍墜機殘骸現場，得到最直接的體驗與感悟。沒有他們帶領同行，我無法獨自抵達。

謝謝記者劉煥彥慷慨提供從美國取得的珍貴資料，他對此事件的研究熱忱也感染了我；承蒙鹿路電影高炳權導演、徐國倫監製和陳嘉蔚編劇分享他們前往九州大牟田市訪問高齡九十歲的城戶嘉雄先生的收穫，嘉雄先生曾加入特攻隊的經歷，後來成為這部小說的一條重要軸線。

感謝印刻文學的編輯林家鵬，在我對拙劣失敗的第一稿感到徹底絕望時，指出這個故事的核心關懷所在，讓我得到近乎救贖的鼓勵；謝謝作家七董年對初稿透澈而中肯的建議，小說人物因而得以從內在湧現動能；作家謝旺霖對三稿細膩懇切的評析，讓幾個關鍵意象變得豐厚飽滿。

為了增加敘事的真實性與層次感，我請東布青夥伴謝博剛老師與邱夢蘋（Langus Lavalian）老師審定關於霧鹿空間環境與拉伐里昂氏族的描述；老同學、資深機長和作家伊森校正關於飛航的細節；並感謝沙力浪先生、張維斌先生、黃耀進先生、鄭玠甫先生的協助；書中若因文學性考量，或者出於疏漏而造成與事實不符的描述，當然都由我負完全責任。

謝謝國藝會贊助本書寫作與發表；謝謝全球華文文學星雲獎對這部作品的肯定，尤其是評審老師們以寬廣的胸襟視野接納這樣一部頗不典型的「歷史小說」，格外令人感心。

謝謝印刻文學總編輯初安民先生與副總編輯江一鯉小姐長久以來的溫暖支持和協助。

感謝撫養我長大的外公潘承烈先生和外婆潘劉金滿女士。很遺憾小時候不懂得多探詢他們的生命故事，我在這部小說中借用了他們的若干經歷，試著透過書寫去揣摩那個時代臺灣人可能的樣子，以此致敬。並謝謝支持我寫作的母親潘玉燕女士、大舅潘宗仁先生和照顧我的家族長輩們。

最後謝謝共同創作夥伴P君，一如以往，她創造了這份書寫中許多美好的靈光，並阻止或者優化我各種愚濫粗礪的發想。多少時刻，我們沉浸在故事中，捕捉虛構世界裡閃現的真實美麗光彩，一起編綴成這本小說。

INK PUBLISHING

文學叢書 727

當太陽墜毀在哈因沙山

作　者	朱和之
總編輯	初安民
責任編輯	林家鵬
美術編輯	黃昶憲
校　對	孫家琦　朱和之　林家鵬
發行人	張書銘
出　版	INK印刻文學生活雜誌出版股份有限公司 新北市中和區建一路249號8樓 電話：02-22281626 傳真：02-22281598 e-mail：ink.book@msa.hinet.net
網　址	舒讀網http://www.inksudu.com.tw
法律顧問	巨鼎博達法律事務所 施竣中律師
總代理	成陽出版股份有限公司 電話：03-3589000（代表號） 傳真：03-3556521
郵政劃撥	19785090 印刻文學生活雜誌出版股份有限公司
印　刷	海王印刷事業股份有限公司
港澳總經銷	泛華發行代理有限公司
地　址	香港新界將軍澳工業邨駿昌街7號2樓
電　話	(852) 2798 2220
傳　真	(852) 2796 5471
網　址	www.gccd.com.hk
出版日期	2024年 1 月　初版 2024年 6 月 5 日　初版二刷
ISBN	978-986-387-696-0

定　價　460元

長篇小說 創作發表專案
國藝會 PEGATRON 和碩聯合科技股份有限公司

長篇小說專題資料庫

國家圖書館出版品預行編目資料

當太陽墜毀在哈因沙山／朱和之 著. -- 初版
. --新北市中和區：INK印刻文學，2024. 1
面；14.8 × 21公分. --（文學叢書；727）
ISBN 978-986-387-696-0 (平裝)
863.57　　112019609

舒讀網